Bruno de Stabenrath

Fils de militaire, Bruno de Stabenrath est né en 1960 dans une famille de sept enfants. À 15 ans, repéré par François Truffaut, il entame sa carrière de comédien et joue dans *L'argent de poche*. Une dizaine de films suivront, puis la chanson : il crée dans les années 80 "Borsalino", orchestre dont il est le chanteur, et se produit alors dans les soirées "jet-set" de ses amis. Mais le 17 mars 1996, sa voiture verse dans un ravin. Tétraplégique, il passe quatorze mois à l'hôpital de Garches. Ne pouvant plus ni chanter ni jouer, il se met à écrire des publicités, des pièces de théâtre, des scénarios pour la télévision (*Un gars, une fille...*)et *Cavalcade,* son premier roman, autobiographique, dans lequel il raconte son séjour à la Garches. *Cavalcade* a reçu le prix Révélation à la "Forêt des livres" en 2001.

CAVALCADE

BRUNO DE STABENRATH

CAVALCADE

ROBERT LAFFONT

© Éditions Robert Laffont, S.A., Paris, 2001
ISBN 2-266-12626-1

à François Truffaut, Jean-René Huguenin,
Dennis et Carl Wilson.

à la tribu « Stab ».

« On ne va jamais aussi loin que lorsque l'on ne sait pas où aller... »

OLIVER CROMWELL

1

Alizée

Je ne tiens pas debout. Je ne tiens pas assis. Je tiens très bien couché, je suis tétraplégique.

Un an avant que je me brise les cervicales, alors que je ne réalisais pas la chance que j'avais d'être un *Homo erectus*, un jeune homme aux semelles de vent, j'avais – inconscience ou prémonition – entamé une grève des jambes en décidant de rester alité plusieurs semaines. Je refusais de quitter mon lit.

Je pesais des tonnes. Depuis des mois, zombie j'étais. Alizée était partie, Alizée ne m'aimait plus. Son départ avait tout fauché sur son passage. L'absence me plombait l'âme, le cerveau, le sexe, la moelle épinière et me condamnait à une paraplégie provisoire puisque j'espérais son retour, donc la délivrance. Elle venait danser la nuit sur le plafond de notre chambre. Les lunes se succédant aux matins, je vivais à l'envers et cogitais grave. Comment la faire revenir ?

J'ai pensé à quelque chose de spectaculaire, un accident de voiture. Un demi-litre de sang éclaboussant le plastron de mon smoking

déchiré, les phalanges cassées, l'arcade sourci-
lière ouverte et un tibia fracturé. Trois lignes
dans *Les Nouvelles de Biarritz*.

Minuit en cabriolet. Je roule très vite sur
une corniche de la Côte basque, laissant derrière moi les feux de Saint-Jean-de-Luz. Je
n'arriverai jamais à la frontière espagnole. Je
suis saoul, j'ai perdu au casino et bander me
déprime. Tant pis pour Michelle, une rousse
de Liverpool qui me caresse. Elle ne m'enlè-
vera pas de l'idée que même bien né, bien beau
et bien con, ma vie est aussi lisse que la piste de
danse du night-club El Divino (où je l'ai alpa-
guée) et aussi glauque que les créatures qui
trépignent sur les tempos techno. Sont-ils
pathétiques ces pantins noctamburnes ! Qui
attend qui et qui cherche quoi ? Rien ne rem-
place un amour. Rien ne comble l'absence.
Rien ni personne ne me donnera autant de plaisir que les mains d'Alizée, que sa bouche, que
les sursauts de son corps nu entortillé dans un
drap blanc lorsque je la surprenais dans son
sommeil.

J'accélère tandis que Michelle profite des
tournants pour me faire le coup du poulpe et
coller sa chair contre ma chair. Elle glisse
sa jambe par-dessus la mienne. Dans deux
minutes, elle va m'escalader. Je n'ai pas
envie de ralentir, encore moins de m'arrêter
sur le bas-côté. Je n'ai pas le temps, j'ai rendez-vous avec ma mort. Michelle monte le
son de l'autoradio au maximum et dégrafe
son bustier. J'ai souvent constaté que la
voix de Mick Jagger a une très mauvaise

influence sur le comportement des jeunes femmes, pourtant il suffirait d'un geste pour calmer le jeu. J'ai un *Revolver* dans mon chargeur CD, l'album des Beatles... une manip' et hop ! La voix dompteuse d'ovaires de McCartney suinte des pores métalliques de ma Sony High Fidelity et calme la donzelle. Je ne tente rien... je suis programmé, ma sono est programmée, ma voiture est programmée et je glisse tranquillement au bord de la falaise dans l'air tiède et léger.

Michelle, à moitié nue, jette ses talons aiguilles sur un pauvre type à Mobylette et les Rolling Stones s'excitent de plus en plus dans les baffles. Ça devient pénible et bruyant cet acharnement de mes voisins anglais. Je suis seul, je souffre et j'ai six hooligans dans ma décapotable : cinq gars et une fille, Michelle qui me lèche le cou. Sa langue s'acharne sur mon tympan. Elle me déchire la chemise, griffe mes pectoraux et plonge sous le tableau de bord. Excellent prétexte pour rater le virage : *Ricaner sous les étoiles, quitter la route à poil... Michelle, ma belle... sont des maux qui vont très bien ensemble.*

À l'hôpital de Bayonne, le docteur Langlois opère ma jambe d'une fracture ouverte au fémur droit. J'ai perdu beaucoup de sang mais c'est sans importance vu son taux d'alcoolémie : il aurait été inutilisable, sauf, peut-être, pour transfuser la reine des prunes à l'eau-de-vie.

Tel un matelas géant, l'océan a amorti la chute du véhicule. J'ai été éjecté et, sans un

13

pêcheur insomniaque, je serais mort noyé. Michelle n'a rien, juste quatre points de suture sur la langue qui l'empêchent d'articuler et de formuler des phrases intelligibles. On dirait qu'elle a la bouche remplie de morceaux de banane. Je ne comprends rien... ah, si ! Elle est furieuse : elle a perdu sa bague de fiançailles.

Alizée apprend la nouvelle entre Saint-Martin et les Grenadines ; son voilier fait demi-tour. Deux vols de nuit et un TGV plus tard, la voilà à mon chevet, le teint hâlé, du sable s'échappe de ses espadrilles. *I Will Survive*, chante Gloria Gaynor dans la télé de location, pendant que je ressuscite au creux de ses seins.

Un mois au centre de Quiberon et je retrouve mes jambes. Notre amour n'a plus besoin d'attelles, de perfusions ou d'antibiotiques. Devant la mer, Alizée, mon poney sauvage, remonte le bas de sa tunique indienne et court au bord des vagues.

– Poisson Chat, je t'aime ! hurle-t-elle, en coursant un goéland.

Je prends une grande décision : je lui ferai moins souvent l'amour et lui parlerai davantage. Je vais m'occuper de son âme. Parce qu'elle a envie de se tremper les jambes, elle défait sa robe. Ma métisse blonde est toujours aussi émouvante. Je cours, je boite, je mouille, j'ai mal mais je suis guéri :

– Alizée, je t'aime !

Nous tombons sur le sable.

Je ronronnais dans les bras d'Alizée lorsque l'infirmière de nuit m'a bousculé :

– Monsieur, calmez-vous ! Vous faites un cauchemar ! Je vais vous remettre l'oxygène... vous respirez mal !

Peu m'importe que ce soit l'air de la mer ou d'une machine qui ventile les alvéoles de mon corps en miettes pourvu qu'on me laisse mes rêves. Ma pensée se résumait alors à un souffle, à une supplication : un voyage définitif.

On ne devrait jamais réveiller un tétraplégique qui dort.

2

Joyeux anniversaire

Le vol plané en voiture qui a anéanti mes fonctions motrices et sensorielles s'est passé un dimanche sur la route de Melun, le 17 mars 1996, trois jours après mes trente-cinq ans. J'ai toujours détesté les dimanches, les anniversaires, les départementales. Et dire que je me suis planté même pas bourré, même pas vite, même pas suicidaire ni même en train de faire des cochonneries avec ma passagère !

On ne sait jamais pourquoi une voiture quitte la route. La mienne est partie en tête à queue, puis en tonneaux pour finalement se renverser dans un ravin. Sous le poids du véhicule, le toit ouvrant s'est disloqué et je me suis retrouvé la tête en bas, prisonnier de la tôle, conscient que j'étais vivant mais incapable du moindre geste. Impossible d'attraper une clope dans mon costume froissé, histoire de patienter en attendant les secours.

– Soyons positif, me dis-je, c'est peut-être l'occasion d'arrêter de fumer.

L'angoisse me grignotait le ventre. La colère aussi. Cet accident n'était pas noté dans mon

Palm Pilot. Un goût vaseux d'hémoglobine me brûlait les naseaux et la bouche. Je dus fournir un effort colossal pour déglutir et cracher. J'avais le nez dans l'herbe coupée et la terre éventrée s'imprégnait de mon sang.

– Et si c'était la fin ?

Mauvaise blague... Et mon destin, alors ?

Ne travaillais-je pas depuis de longues années pour être le nouveau Jacques Dutronc de la rue du Bac ? *Nous entrerons dans la carrière quand nos aînés n'y seront plus,* dixit Gainsbourg.

Le problème, c'était que Jacques « l'opportuniste » n'était pas mort et que moi j'allais crever !

Quelle injustice ! Je venais de signer avec mon groupe un contrat chez Capitole, une maison de disques qui lançait les nouveaux talents ! Adieu, veaux, vaches, cochonnes, disques d'or... disque rayé, oui ! Le seul sillon que j'avais réussi à graver, c'était ce champ de merde au bord de cette départementale. À quoi servent des chansons qui ne seront jamais enregistrées, jamais diffusées, jamais écoutées ? À rester compressées dans ma boîte crânienne, elle-même comprimée dans une autre boîte ratatinée ? Ma propre compilation compilée. Mixage raté... Trop grave, beaucoup trop de graves...

J'attendais. Dans quelques secondes, j'allais revoir le film de ma vie : des images de François Truffaut retraçant l'épopée de Poisson Chat, l'enfant sauvage. Mes écoles buissonnières, mon dépucelage, mon piano, mon premier voyage à New York, Alizée : point final.

Rien ne se passait à part le silence et le tutoiement de la mort. Mon cerveau paniqué zappait dans la matière grise et balançait ses fichiers dans le désordre. Un vrai bombardement introspectif. Les questions fusaient à toute vitesse :

– Devais-je annuler le dîner de demain soir avec Carla Bruni ?

– Avais-je retiré mes chemises du pressing ?

– Et mes dettes ? Mes impôts ? Mes loyers en retard ? Mes amis, mes amours, mes emmerdes ?

– Pourquoi la drogue et mon abonnement à *Karaté Hebdo* ?

– N'avais-je jamais dit à mes parents que je les aimais ?

– Qui allait récupérer tous mes vinyles des Beach Boys ?

– Pouvais-je considérer comme consentantes des jeunes femmes que j'avais séquestrées chez moi sous le prétexte d'un dîner avec des amis ?

– Pourquoi avais-je si mal ?

Soudain, je me suis souvenu que je n'étais pas seul dans la voiture. Qu'était devenue Gwendoline qui se trouvait à l'avant avec moi ? Je ne voulais pas de son beau cadavre sur ma conscience ou sur mon CV ! Je rembobinais le scénario des dernières minutes. J'avais essayé de l'embrasser, elle avait détourné la tête. Pourquoi ? J'avais posé ma main sur sa cuisse... mais surtout, j'avais lâché le volant ! Les tonneaux, puis la bascule sur le toit... le choc avait été très violent et Poisson Chat s'était chopé le coup du lapin.

J'étais maintenant écrasé par la masse de mon corps qui pesait sur mes cervicales et m'étouffait peu à peu. Si Gwendo était à moitié raide elle aussi, on avait peu de chances de survie sur cette petite départementale. Ma mère m'avait pourtant prévenu :

– Ne quitte jamais l'autoroute !

Bon... c'était peut-être le moment de prier.

– Notre Père qui êtes au cieux... j'arrive ! Je pense qu'on sera deux. Dites, oh My Sweet Lord, la cellule à côté de celle de Betty Page est-elle libre ?

La réponse fut instantanée :

– Vous serez là, dans dix minutes ? Oui, je reste en contact !

Gwendoline, mon ange, pourquoi fais-tu toujours le contraire de ce que l'on attend de toi ? Je me meurs, tu es vivante ; je suis la tête à l'envers, tu es debout ; j'étouffe, je souffre, je m'angoisse, pendant que toi, tu papotes avec les pompiers sur un portable. Heureusement que tu ne m'as jamais dit que tu m'aimais, sinon ce serait risible.

– Poisson Chat ? T'inquiète, les secours arrivent !

Se faufilant dans la carcasse, elle réussit à saisir ma main mais la lâcha subitement pour bondir en arrière. Je m'inquiétai :

– Quoi encore ?

– Magnez-vous ! fit-elle à son correspondant.

Ça suintait l'essence. Mon corps ne répondait plus et j'allais griller devant une Gwendoline impuissante qui commenterait ma crémation en direct sur son mobile. Savait-elle seulement ce qu'était un extincteur ?

J'ignore pourquoi mais en entendant la sirène du SAMU, j'ai pensé à mon jugement dernier, à la prison et à cette phrase d'O.J. Simpson devant le tribunal de Beverley Hills :

— Tout cela, messieurs les jurés, n'est que la stricte vérité ! Pour le reste... il doit s'agir d'un enchaînement incompréhensible d'événements fortuits aux conséquences malheureusement dramatiques.

De quoi étais-je coupable ?

Ah, quel gâchis ! La journée avait pourtant si bien commencé.

3

Gwendoline

Depuis un an que je traînais Alizée dans ma tête, il me semblait impossible de l'oublier, à moins de retomber amoureux. Mon problème c'est que je tombais amoureux tous les jours, toutes les heures, parfois même toutes les secondes. Il suffisait de s'attabler au café de Flore dès la fin du mois d'avril et de regarder en sirotant un lait fraise les modernes amazones descendre le boulevard Saint-Germain. Je choisissais toujours la dernière table à l'angle de la rue Saint-Benoît. Les belles bridaient leur allure pour traverser la rue ; certaines s'arrêtaient au kiosque à journaux, d'autres hésitaient devant la librairie La Hune, ou, mieux encore, elles rebroussaient chemin pour venir prendre un verre au Flore.

Gwendoline bavardait avec un idiot bodybuildé, monté sur roulements à billes. Elle posa sur un pare-chocs de voiture un escarpin en lézard rose, puis remonta sur ses cuisses sa jupe plissée écossaise pour recliper ses bas résille couleur chair. Un Japonais la prit en photo. Il reçut une tarte qui lui colla le cul par

21

terre. Derrière elle, se trouvait Helmut Berger, qui déteste les paparazzi. Un militant de Greenpeace s'interposa entre l'acteur et le Nippon qui faisait du karaté. Scandale. La police débarqua et appréhenda le vrai coupable : un réfugié argentin qui massacrait Francis Cabrel sur sa guitare.

Cette scène me mit en joie et j'en profitai pour inviter à ma table la pin-up et le GI. Le compagnon de Gwendoline s'appelait Ralph. Bronzé, les cheveux en brosse, les pectoraux et les abdominables moulés dans un T-shirt manches longues, il avait le cul fuselé dans un bermuda Quicksilver et des rollers greffés à la base de mollets sculptés et imberbes. Je trouvais formidable qu'on se donne autant de mal pour ressembler à un pédé à roulettes. C'était fini la mode bi des dandys des années 80 où il était recommandé d'entretenir le doute sur ses tendances sexuelles. Aujourd'hui, si un garçon vous mettait la main au cul, c'était juste pour vous conseiller d'aller à Vitatop vous refaçonner le fessier sur un tapis roulant. Il n'était plus question de sexe mais de corps. Les hétéros voulaient tous ressembler à des surfeurs californiens et, le pire, c'est que les filles adoraient ça. Toutes les filles désiraient ressembler à Pamela Anderson et, le pire, c'est que les garçons adoraient ça.

Gwendoline n'avait rien à voir avec les canons de la beauté en cours : elle était le sosie d'Ana Kournikova. Gwendo était toulousaine, fille d'un industriel de l'alimentaire – El Rey d'El pollo salsero, car la moitié des Cubains bouffaient les poulets de son père –, elle terminait une maîtrise d'histoire de l'art à la Sorbonne et faisait partie de l'équipe féminine de natation du Racing.

J'ai toujours craqué pour les sportives ! Athlètes dénudées en plein effort, joueuses de tennis, patineuses sur glace qui virevoltent et dont le vent cautionne : *Ce jeu de dupes... voir sous les jupes... des filles...* Plus intelligente que moi, plus riche, plus belle et plus égoïste, Gwendoline me larguait même au cent mètres. Je n'avais donc aucune chance. Pourtant, à l'instant même où je croisai son regard, je sus qu'elle était la seule femme sur la terre capable d'atomiser dans les recoins de mon âme le souvenir brûlant d'Alizée.

À cette époque – cinq mois avant mon accident – je sortais avec sept filles : Caroline, une comédienne de sitcom ; Vanille, une Guadeloupéenne, vendeuse chez La Perla ; Soraya, une styliste gréco-indienne ; Kaori, une Japonaise qui étudiait la cuisine française au Ritz ; Sibylle, attachée de presse chez MCM ; Anne, une Camarguaise qui exposait ses toiles rue de Seine ; et Dagmar, hôtesse d'accueil à mi-temps qui s'ennuyait. Ce n'était pas du tout dans mes intentions de cumuler des histoires sentimentales mais, pour la première fois de ma vie, j'avais opté pour la sincérité et je jouais franc-jeu avec chacune de ces demoiselles.

– N'attends rien de moi ! J'ai toujours mon ex qui me squatte la tête. Si tu veux, tu peux dormir à la maison, laisser trois petites culottes et une brosse à dents... je suis faible, je suis lâche et infidèle, mais j'ai la peau douce, je suis propre, en bonne santé et je ne ronfle pas... OK ?

– Embrasse-moi, idiot !

Mon lit en voyait de toutes les couleurs : brunes, blondes, rousses, blanches, noires, jaunes, rouges, vertes et des pas mûres. Elles se succédaient sous la couette et j'évitais de les appeler par leur prénom de peur de les confondre :

– Tu viens, bébé ?

– Pourquoi tu m'appelles toujours bébé ?

– Tu viens, ma petite salope ?

Parfois même, je dormais avant, pendant et après :

– Tu m'excuses mon chaton, mais hier soir, j'ai complètement oublié de te baiser !

– C'est pas grave, bébé, je viens d'arriver !

– Pourquoi tu m'appelles toujours bébé ?

En fait, j'étais las du coït et de l'amour à trois vitesses : pénétration, agitation, éjaculation. J'étais plus inspiré par les situations érotiques et ne me lassais pas du visage de ma partenaire en proie aux soubresauts du plaisir. J'étais accro au petit capuchon visqueux. Un autre aurait vu son dard se renfrogner au contact de ce machin gommeux déroulé par une main maladroite, pas moi ! Dès lors que c'était la belle qui prenait l'initiative, ça fouettait ma libido. Je la laissais me manipuler le manche, aussi soumis et malléable qu'une fille de joie. Pineur élastique, je vivais dans le caoutchouc. Les condoms sont imperméables aux liens du cœur. Ils sont les cirés plastiques sur lesquels glissent sans succès les averses amoureuses, les moussons fertiles.

Je me préservatifais... ainsi je restais fidèle à Alizée et à son minou sacré et je me réservais pour celui de Gwendoline, d'autant que, depuis notre rencontre au Flore, notre relation se précisait : j'étais fou amoureux... elle évitait le tête-à-tête. Ralph, son boy's-bande mou trisomique, ne la lâchait pas d'un roulement à billes et c'est ensemble qu'ils débarquaient à nos rendez-vous. J'étais moi-même accompagné chaque fois d'une fiancée différente, guettant du coin de l'œil la réaction de Gwendo. Elle ne leur adressait jamais la parole. Une femme qui n'est pas jalouse, ça n'existe pas, à part Madonna et sœur Emmanuelle. Eh bien, non, Gwendo ne bronchait pas. J'aurais eu à mon côté un python royal, un autobus ou une commode Louis XV, elle n'aurait pas fait la différence.

Cependant, une chose m'encourageait : Ralph, le brontosaure multivitaminé, donnait des signes de faiblesse. Gwendo le traitait comme son chihuahua (jusque-là, c'était normal), mais ce dernier piquait des crises (rougeurs, lividité, bégaiement) lorsque la belle partait dans un fou rire. Autant, d'habitude, Gwendoline affichait une froideur condescendante, autant, lorsqu'elle était euphorique, elle ne répondait plus de rien. Sa bouche s'ouvrait béante, déclenchant une cascade sonore de : « !... Hahaha... hihihi... hihi... » interminables. Son corps se tordait, elle perdait l'équilibre, tombait par terre en soulevant sa jupe, puis, comme si elle se violait elle-même, virait sa veste, arrachait ses boutons, son chemisier et se retrouvait à demi dépoitraillée. Je n'avais jamais vu ça, ce mélange de folie, d'indécence et de jubilation. Elle paraissait tellement débridée pendant ses crises qu'il était impossible de ne pas l'imaginer en train de faire l'amour.

– Elle est souvent comme ça? demandai-je à Ralph qui boudait sur ses rollers et faisait des figures de plus en plus minimalistes.

– Non, jamais! glapit-il. Elle déteste rire... elle déteste les comiques à la télé et les mecs drôles, en général.

– Ouais, c'est bizarre... elle est peut-être malade?

– Non, non... elle se fout de ta gueule, c'est clair! Avant qu'elle te rencontre, elle n'était pas comme ça!

– Gwendoline me charrie, c'est limpide... merci Ralph... euh, fais gaffe! Tu viens de rouler sur une merde!

Début mars, elle vint seule au bar du Lutétia où je (les) avais conviés. Je ne posai pas de questions. Après le dîner, on se retrouva chez moi mais il ne se passa rien, vu que dans mon lit dormait déjà Caroline qui avait sitcomé toute la journée dans la série *Jamais deux sans moi*. Là non plus, elle ne chercha pas à savoir qui occupait ma couche. Gwendoline se contenta de tirer sur le drap afin de dévoiler le corps nu de ma maîtresse.

– Elle est bien faite. Belles fesses, beaux cheveux... sa peau est douce.

Elle s'était assise près de Caroline et lui effleurait la jambe. Caro, pensant que c'était moi, se colla contre elle. Gwendo sourit.

– Ça t'excite? me demanda-t-elle en lui tortillant une mèche de cheveux.

– À la limite, si tu lui faisais l'amour et qu'elle ne se rende compte de rien...

– Tu veux que je me déshabille?

– Pour quoi faire?

Caro poussa un grognement, s'étira et ouvrit les yeux :

– Poisson Chat, tu m'emmerdes! Demain, moi je tourne... Va faire tes plans ailleurs...

La semaine qui suivit fut décisive. Comme je devais partir en Suisse assurer trois concerts, je décidai de rompre avec mes sept fiancées. Dagmar pleura, Vanille ne finit pas son dîner, Anne s'endormit, Soraya me suça, Kaori lacéra mes draps, Sibylle se jeta du trottoir. Quant à Caroline, elle ne le sut jamais.

Le 12 mars, je m'envolai à Genève; le 15 mars, je quittai Montreux pour rentrer à Paris. Gwendoline m'attendait à l'aéroport. Le 16 au soir, elle m'invita à dîner chez elle. Elle refusa la capote et je lui fis l'amour pour la première fois.

Cette nuit-là, je fis l'amour pour la dernière fois de ma vie.

4

Darius

Darius accueillit son frère à sa sortie d'ambulance à l'hôpital de Garches, vers une heure du matin. Il plaisantait. C'est fréquent chez les polytechniciens de réconforter les grands blessés de la route en rigolant :

– Alors, Poisson Chat, tu joues les cascadeurs ?

Comme personne ne riait, Darius suivit en silence le brancard, profitant du spectacle : ce n'est pas tous les jours qu'on se retrouve en pleine nuit aux urgences d'un grand hôpital. Les portes battantes s'ouvraient, anticipées par le personnel de permanence qui se dirigeait vers une salle dite « de réveil et d'observation ». Darius resta près de son frère, cherchant sur son visage, sur son corps, sur ses mains, du sang ou des traces d'hématomes : il était intact. Dans l'ambulance du SAMU, les secouristes avaient nettoyé les plaies superficielles.

– T'as bonne mine, chuchota-t-il à ses oreilles, pensant qu'il allait ouvrir les yeux, sourire et se lever.

Ils ne s'étaient pas vus depuis trois mois. Il ignorait que Poisson Chat revenait de Suisse : musique, ski, bronzette et boîtes de nuit. De toute façon, Darius pensait que son frère était toujours en vacances.

Un interne vint récupérer le brancard et lui conseilla de patienter dans le couloir. Il poireautait depuis une heure devant la machine à café lorsqu'une infirmière se présenta :

– C'est vous le parent de la victime ? Elle lut sa fiche : « M. Léopold Champollon. »

– Je suis son frère...

– Il est mal en point. Venez, le docteur Ezri vous attend.

Elle le conduisit au premier étage. Devant le bloc opératoire, un jeune et beau chirurgien, la blouse assortie à son sourire, le félicita :

– Il va s'en tirer, il est costaud !

Puis, le prenant par le bras, il ajouta en baissant la voix :

– Il ne serait pas artiste, ce jeune homme ?

Darius, interloqué, acquiesça ; l'autre lui glissa dans la main une grosse boulette de shit :

– C'était dans la poche de son jean. Au fait, je n'ai pas encore les résultats d'analyses, euh... votre frère, il se shoote, il sniffe, il prend des trucs ?

Darius le regardait, effrayé ; le toubib n'insista pas et fit signe à l'infirmière. Ils avaient du boulot sur son corps : anesthésie générale, coupe des cheveux, ostéosynthèse des cervicales, trachéotomie. Avant que la civière ne s'engouffre dans le bloc, Darius crocheta le bras de l'infirmière :

– Mais qu'est-ce qu'il a ?

– Voyez le chirurgien...

Il avait disparu derrière les lourdes portes vitrées. Comme personne ne lui répondait, Darius réalisa soudain que la vie de Poisson Chat était peut-être en danger.

Maintenant, il était seul, prostré dans un fauteuil en plastique. Sans savoir pourquoi, il se déchaussa – mocassins et chaussettes –, prit sa tête entre ses mains et se mit à pleurer en se posant mille questions.

Au téléphone, la gendarmerie avait parlé d'un accident. S'agissait-il d'un suicide, d'une overdose ou même d'un règlement de comptes ? Poisson Chat frayait avec le monde de la nuit et du show-business. Darius suivait ça de loin mais ne doutait pas un instant que son frère pût avoir de mauvaises fréquentations. Un jour, il avait vu une photo de lui dans *Gala* : il dînait avec David Hallyday et deux mannequins soviétiques.

– J'aurais dû l'appeler plus souvent, culpabilisa Darius, le nez dans son mouchoir.

Des cinq frères Champollon, Poisson Chat était le seul qui avait mal tourné. Il avait raté trois fois son bac, s'était fait recaler au service militaire et n'avait jamais voulu se marier.

– Un jour, il va nous ramener une négresse, prophétisait le père Champollon, ex-général à l'état-major du ministère des Armées. Mes garçons sont beaux et forts comme les colonnes d'un temple ! avait-il coutume de dire, non sans ajouter : J'ai un très beau marbre et une planche pourrie, mais, heureusement, ma maison est solide! Quatre pieds suffisent!

Darius, polytechnicien; Charles, moine; Antoine, à la banque Vandenberger; et Louis, médecin capitaine au service de santé du 1er régiment étranger de cavalerie. Quelques années auparavant, lorsqu'il avait informé son père de son désir d'être médecin, celui-ci avait protesté :

– Médecin? C'est pas un métier! Tu veux dire médecin militaire?

Et Louis avait intégré l'école de Santé de Lyon.

Poisson Chat avait pris l'option : « Rock'n'roll, sexe et drogues diverses. » Un choix étonnant pour une famille qui servait la France depuis Louis XIV. Il avait donc vite quitté la maison.

Darius s'en voulait et tandis que, désespéré, il contemplait ses pieds nus sur le lino javellisé du couloir de l'hôpital, il se souvint du dernier Noël familial.

5

Frères

Par un hasard dû à des travaux dans la maison de Poitiers où ils avaient coutume de se retrouver pour les fêtes, maman Champollon avait installé les cinq garçons dans la même chambre, sur des lits superposés. La situation avait fait sourire Poisson Chat.

– Ça remonte à perpète, la dernière fois qu'on a dormi tous les cinq, non ?

– Le 12 juin 1978, à Montmorillon, le soir de l'enterrement d'oncle Witold !

Darius avait une mécanique cérébrale infaillible.

– Comment peux-tu en être aussi sûr ? demanda Poisson Chat.

Ils étaient sortis de l'église du village pour raccompagner le cercueil. L'orgue jouait Jean-Sébastien Bach : *Jésus, que ma joie demeure !* La voiture des pompes funèbres allait ramener le grand-oncle au cimetière lorsque les pompiers avaient déboulé. D'abord, le Berliet avec la grande échelle, puis le camion-pompe, le camion-citerne, l'estafette des tuyaux, le Renault « premiers secours », la GX du capi-

taine, la Jeep avec les haches et les tronçonneuses, les ambulances, la gendarmerie...
Ça n'en finissait plus. Un convoi tonitruant de trente véhicules qui couvrait J.-S. Bach et les cris des enfants. Les villageois étaient inquiets, le curé se signait. Seule, la marmaille Champollon applaudissait :

– Au feu les pompiers, la maison qui brûle...

Arrivés au château, ils n'avaient plus envie de chanter. Tout avait cramé.

– C'est ce soir-là qu'on a dormi ensemble dans la salle de jeux, chez les cousins, conclut Darius.

Après le dîner de Noël, Poisson Chat s'était installé au piano, plaçant sur le pupitre son classeur de chansons. C'était une coutume familiale. Entouré de ses quatre frères, il distribuait à chacun une partie vocale : basse, mezzo, ténor et alto. Poisson Chat n'avait rien contre les Frères Jacques, les Compagnons de la chanson, les chants grégoriens ou les chœurs basques mais depuis toujours il forçait ses frères aux répertoires anglo-saxons, rhythm'n'blues, soul, gospel et rock : *My Girl*, *Precious Lord*, *American Trilogy*, *Suspicious Mind*, *California Dreamin*, *Proud Mary*, *Surfer Girl*, *Paperback Writer*...

Après tout, les Bee Gees, les Beach Boys, les Osmond, les Neville, les Doobie & Everly Brothers se composaient d'au moins deux ou trois frères, il devait bien y avoir une place pour les Champ' Brothers !

Pendant la répétition musicale, Poisson Chat s'était pris le chou, accusant ses frères de swinguer comme des cacahuètes. Ce n'était pas de cette façon qu'ils vendraient des millions de disques. Le général avait proposé que l'on reporte à l'année suivante la tournée mondiale. Il avait renvoyé ses petits lapins faire dodo dans leurs cages.

Darius avait traîné à la bibliothèque et, lorsqu'il avait rejoint la chambre, il était 1 heure du matin. Ses frères dormaient, chacun dans une position différente. On entendait à peine leurs respirations. Antoine, le banquier, sérieux et impeccable dans son pyjama rayé, serrait son oreiller : le magot de l'Avare. Si des moutons défilaient dans sa tête, il devait les comptabiliser en euros et les convertir en woolmark dollars. Louis, le toubib, avait toujours l'air d'un gamin. Charles, le mystique, dormait les mains croisées sur un chapelet, prêt pour le repos éternel. Poisson Chat roupillait en travers du lit, à poil, le cul à l'air comme un babouin, les cheveux ébouriffés, grommelant dans son sommeil agité. Pourquoi avait-il gardé une chaussette ? Darius remarqua son tatouage à l'épaule droite. Un dauphin bondissait de l'écume et traversait un soleil. Poisson Chat avait toujours eu des rêves plus grands que lui.

Darius se déshabilla en silence, sans cesser d'observer ses frangins. Le temps avait passé si vite. Hier, ils galopaient en culottes courtes et aujourd'hui ils étaient des hommes. Il se sentait plus fort que d'habitude. Était-ce parce qu'il était le dernier, ce soir-là, dans la maison endormie à refermer une page de l'histoire familiale, ou parce que ses parents vieillissaient et qu'il serait un jour, lui, l'aîné des Champollon, le chef de la tribu ?

Cette nuit-là, Darius se refit cette promesse, non parce qu'il pensait manquer parfois à ses devoirs familiaux mais parce qu'il y a des serments qu'on ne doit jamais oublier de renouveler :

– Rien ne pourra nous séparer. Je serai toujours du côté des miens...

Et il ferma les yeux.

6

C6 C7

À 4 heures du matin, Poisson Chat sortit du bloc, la tête et le cou maintenus par une minerve, le corps perfusé, suturé, sondé, couché sous un drap blanc. Darius sauta sur ses jambes.

– Comment il va ?

– Il va en réanimation, lui répondit l'aide-soignant en manœuvrant le brancard aussi habilement qu'un caddie Mammouth rempli de viande froide.

Comme il se dirigeait vers l'ascenseur, Darius lui emboîta le pas. Une voix le stoppa net :

– Vous êtes de la famille ? lui demanda le réanimateur anesthésiste, jetant son masque dans une poubelle.

Darius opina.

– Je suis le docteur Plisson... Vous devez signer une décharge et remplir le formulaire d'admission dès l'ouverture des bureaux. Pour le reste, voyez le chirurgien.

Sur ce, s'adossant au mur, il fit une pause, fouilla dans sa blouse une poche puis deux. Darius lui tendit son paquet de cigarettes.

– Merci..., fit-il, en fouillant une nouvelle fois ses poches à la recherche de son briquet.

Darius lui présenta la flamme de son Zippo.

– Non, merci à vous de vous être occupé de mon frère...

Par politesse, il le laissa tirer deux longues taffes avant d'enchaîner :

– Que me conseillez-vous ? D'attendre son réveil ou de revenir demain matin ?

– Il ne se réveillera pas...

Darius sursauta. L'autre corrigea le tir :

– Non, je voulais simplement dire... pas tout de suite... l'intervention a été lourde. Une des cervicales s'est déplacée et a comprimé la moelle épinière. Nous allons le maintenir dans une sorte de coma thérapeutique pour éviter qu'il ne souffre... mais pendant pas mal de temps... il sera ailleurs...

Darius s'accroupit pour récupérer son souffle.

– Son corps présente tous les symptômes d'une tétraplégie en C6 et C7...

– C6 ? C7 ?

– Les cervicales. Il y en a sept. Plus c'est haut, plus c'est grave.

– Vous voulez dire qu'il va rester toute sa vie paralysé... les quatre membres, c'est ça ?

Plisson se débarrassa de son mégot pour poser sa main sur l'épaule de Darius.

– Vous êtes crevé... Allez vous coucher ! On se voit demain.

Darius veilla Poisson Chat jusqu'au matin, puis, aux premiers rayons du jour, rentra chez lui prendre une douche et un café. Dans sa cuisine, il dressa une liste : appeler les parents, la famille, les amis, un oncle chirurgien...

Vers midi, il entra pour la première fois de sa vie dans l'appartement de son frère, rue du Bac. Tout était en ordre.

– Comment fait-il pour se payer une femme de ménage ?

Sur le bureau, il avisa un gros agenda. En parcourant le répertoire téléphonique, il remarqua à la dernière page une liste d'une cinquantaine de noms : rien que des filles ! «Comment fait-il pour connaître autant de nanas ? » Il se demanda s'il devait les appeler toutes.

La voix de son frère le fit sursauter : le répondeur s'était mis en route :

– Salut, c'est Champ' ! j'suis pas là, laissez-moi un message ! pour toutes raisons professionnelles, vous pouvez joindre Almira Solers... à l'ANPE, elle vous trouvera peut-être du boulot !

Sur la bande, une fille énervée avait laissé un message : « Bon, Poisson Chat, c'est Sylvia ! J'te signale que hier soir on devait dîner ensemble pour ton anniversaire ! Toute la nuit j'ai attendu ton coup de fil ! Si t'as décidé de faire le mort, préviens-moi ! »

Darius enregistra une nouvelle annonce sur le répondeur avec son numéro de portable et l'adresse de l'hôpital à Garches.

Alors qu'il allait repartir, le téléphone sonna. C'était Louis, le toubib. Ça tombait bien, il était en stage de médecine d'urgence chez les pompiers de Paris.

– Louis ? Je te rejoins au pavillon Patel, deuxième étage, à la réa ! J'attends les parents...

Dans Paris, il se surprit à rouler doucement. C'était une journée magnifique, plein soleil. Des filles en jupe, affalées comme des lionnes nonchalantes aux terrasses des cafés, allongeaient leurs jambes nues pour les faire dorer.

– Poisson Chat va s'en tirer, marmonna-t-il en allumant une clope, la première de la journée.

7

Mickey

Mickey était debout, devant le corps de Poisson Chat.

Dès qu'il avait eu Sylvia au téléphone, il avait sauté dans sa voiture malgré l'heure tardive. Darius l'avait accueilli et aidé à enfiler la combinaison stérile.

Il pénétra dans la chambre silencieuse. Le stimulateur d'oxygène bippait à intervalles réguliers et l'éclat tamisé de la veilleuse de secours dominait le lit de Poisson Chat. Quelque chose d'indéfinissable le cloua sur place. Il n'osait plus faire un pas. Le visage de son ami était terrifiant. Les chairs faciales gonflées par l'intervention chirurgicale, les yeux blancs révulsés, le cou tendu vers l'arrière, il claquait des dents par saccades et toute la partie supérieure de son corps vibrait de l'intérieur, exprimant une lutte intense, désespérée, comme s'il cherchait à s'extraire de lui-même. Un enterré vivant.

Mickey se rapprocha et lui murmura à l'oreille que ça allait s'arranger ; il promit de venir le voir tous les jours. Poisson Chat tressaillit; son visage se figea en un masque de découragement et de supplication. Deux grosses larmes coulèrent de chaque côté de ses joues. Poisson Chat avait identifié une présence amie et en attendait quelque chose... mais quoi? Mickey piétinait d'impuissance. Il recula pour prendre une inspiration et s'appuyer au dossier d'un siège. À la seconde où il rebroussa chemin, le haut du corps de Poisson Chat émit un tremblement de protestation.

L'infirmière vint le trouver, son temps de visite était écoulé.

– Pouvez-vous m'aider, chuchota-il à la jeune femme, je crois qu'il essaie de me dire quelque chose...

– Il est agité mais c'est normal...

Elle se planta au-dessus du visage de Poisson Chat, posa sa main sur son front. Il claquait des dents, les mouvements de sa bouche étaient désordonnés.

– Il est fâché contre vous, fit-elle en continuant son exploration morphologique.

Mickey demanda pourquoi.

– Vous allez partir, fit l'infirmière.

– Et alors?

– Il vous demande de l'aider à mourir...

Et elle ajouta avant de quitter la pièce :

– Je vais le noter dans le carnet.

Dans la salle d'attente, la mère de Champollon enfilait la tenue stérile pour aller voir son fils. Mickey fit signe à Darius qu'il valait mieux l'en dissuader, mais c'était trop tard.

Sur le parking de l'hôpital, Mickey chercha longtemps sa voiture.

Il resta plus d'une heure à fixer les ombres noires derrière le pare-brise, les mains agrippées au volant.

Il avait vu la mort.

8

Morphine

Que se passait-il ? Je n'étais pas mort car on n'est pas mort quand la souffrance est intolérable. Et quel boucan ! Le jour, la nuit, tout ce monde qui faisait la fête. On m'avait abandonné dans un coin et coulé dans un bloc de béton. Même la tête était prisonnière. Les yeux, les oreilles étaient tout ce que j'avais de vivant. Personne pour me défendre. Il y avait les gentils et il y avait les méchants. Quand ils me tombaient dessus, ils étaient au moins quatre. Ils me soulevaient pour changer les draps avant de se jeter sur moi en éclatant de rire. Les nuits étaient terrifiantes. Ils venaient deux par deux m'annoncer que j'allais mourir. La première fois, ils ont poussé mon lit dans un entrepôt glacial. Les autres lits étaient vides. Un groupe de personnes m'attendait. Ils se sont mis en cercle autour de moi : ils priaient, pleuraient, me suppliaient et venaient un par un, glissaient des bouts de papier sous les draps. C'étaient des mots pour leurs morts. J'allais les emporter avec moi. Une vieille ne me lâchait pas des yeux.

– Mon fils. Ils m'ont dit qu'il s'était suicidé. Ils mentent. Vous lui direz à Daniel, hein? J'ai rien touché dans sa chambre.

Un type bizarre d'une soixantaine d'années a demandé aux autres de s'éloigner. Il a donné un billet de deux cents francs à l'aide-soignant, posté près de mon lit. Il a quitté son pantalon pour s'allonger près de moi et se masturber. Je criais au secours mais personne ne m'entendait.

À l'aube, un médecin est venu constater que je n'étais pas mort. Il a renvoyé ce petit peuple dans l'ombre.

– Il faut leur pardonner, ils ne savent pas ce qu'ils font!

Il avait l'air convaincu, ça m'a rassuré. Il a ajouté, fataliste:

– Mais il faut payer, tôt ou tard. Tout le monde passe à la caisse, aujourd'hui c'est votre tour!

– Je vous en supplie, prévenez ma famille!

– Ne dites pas de bêtises...

Il a posé sa main sur mon front.

– Vous avez de la fièvre, c'est pas normal! Je reviens...

– Non, ne partez pas!

Je grelottais, nu, allongé sur le ciment d'un garage. Un brasero projetait des cendres rouges qui me brûlaient le visage, les yeux, la gorge. Des ninjas en kimono noir jaillirent du plafond, de la cave et des fenêtres. L'un d'eux sortit une lame et la passa sous ma gorge. Il trancha la carotide et mon sang jaillit en geyser jusqu'à former une grande flaque brune épaisse sur laquelle je flottais.

Le chef aux yeux bridés hurla un ordre et la meute se déchaîna : on m'arracha les ongles ; des tisons furent attisés à la flamme du brasero pour me brûler les pieds tandis qu'un sumotori hissait mon corps, crocheté aux jambes, aux seins, aux épaules par des hameçons de boucher qui déformaient ma chair. La douleur était insupportable mais je ne voulais pas perdre la face.

– Hé, même pas mal...

Un gong retentit. Une fumée opaque envahit la pièce et un gros ventilateur se mit en marche. Une trappe s'ouvrit au plafond et une avalanche de flocons de neige en polystyrène pénétra ma bouche, mes narines, mes poumons ; j'étouffais. Un ninja s'approcha et me découpa les arêtes du nez avec sa carte bleue, puis se retourna vers son chef :

– Senseï ! Le petit Blanc... il respire encore !

– Tant pis, on reviendra !

Un talkie-walkie crépita :

– Fox Trot Charlie Bravo ! On est sur vous ! Prêt pour l'évasan, je répète ready for évasan...

– Senseï, l'hélico, il est là ! Évasan !

Évacuation sanitaire. La bande se retira pour laisser place à deux infirmiers. Mines patibulaires, tatouages aux avant-bras, traces jaunes de nicotine entre l'index et le majeur. Visiblement, je ne les intéressais pas. Mon corps fut transféré sur une civière et promené dans un couloir lugubre, glacial. Ils parlaient de came, d'amphétamines et de sexe. Une femme arriva dans mon dos. Je vis qu'elle préparait une seringue.

– T'oublieras pas de me rendre la clef de la pharmacie. La prochaine fois, tâche de me faire un double... mais discret, hein ?

Ils se firent un shoot puis, s'asseyant au bord de mon lit, ils demandèrent à la fille si elle avait bien apporté les marchandises. Elle sortit d'un sac des dizaines de petits sachets en plastique transparent contenant des pilules de toutes les couleurs :

– Mais oui, les garçons, les voilà vos bonbons... mais d'abord faut me baiser !

Ils s'étaient allongés à côté de moi. Je sentais leurs haleines qui puaient l'alcool. Leurs mains moites et poisseuses traînaient sur mon corps et cette fille n'arrêtait pas de gémir en tirant sur mon sexe pour le faire grossir :

– Impuissant ! Matez sa quéquette, les gars ! Elle est toute petite !

Les deux junkies ricanaient à poil sur mon pieu :

– On va le piquer cette merde ! Il va crever... Tiens-lui son bras !

L'aiguille plantée dans la veine m'arracha un cri. Je me débattais.

– Mais ferme ta gueule, bon Dieu, et arrête de bouger !

La fille était furieuse :

– Bande, sale petite fiotte ! Fais-moi... jouir sinon j't'e jure, c'est moi qui vais te défoncer le cul !

– Vas-y, Madeleine, fais-lui sa fête à ce petit enfoiré !

Au bout du couloir, je vis un groupe de personnes quitter l'ascenseur et venir vers nous. C'était ma famille :

46

– S'il vous plaît, nous cherchons la chambre de Poisson Chat.

On avait fait disparaître ma tête sous un oreiller. J'eus le temps d'apercevoir les jambes de mes parents.

La fille qui me chevauchait lâcha mon sexe, réenfila sa blouse, sauta dans ses mules et prit mon père par le bras.

– Votre fils, mon pauvre monsieur, mais on l'a transféré! Il nous a fait une pleurésie... Venez, j'vous emmène à l'accueil, ils vous dirigeront!

– C'est très gentil à vous, merci, mademoiselle!

Et là, ma famille tourna les talons, abandonnant mon corps torturé.

– PAPA... PAPAAAA...!

J'étais désormais tout seul. Le jour pointait, mais était-ce vraiment de la lumière qui perçait derrière le vasistas? Mon corps se libérait de ses sangles et montait en apesanteur vers un cadre ensoleillé, un carré phosphorescent découpé dans le mur. J'avais chaud, j'étais bien. En bas, autour d'une table, les grands prêtres suivaient mon ascension en levant le bras droit, tour à tour.

– La mort à l'unanimité!

Ils avaient devant eux, ouverts sur des pupitres, des gros manuscrits anciens, avec inscrite en lettres de sang la fameuse liste rouge. Celle de mes péchés : déflorations, sodomies, orgies, débauches, travestissements, drogues, manipulations mentales, adultères... et surtout, beaucoup trop de Beach Boys.

Un vieux pope surveillait un sablier et comptait à voix haute :

– ...10, 9, 8, 7, 6...

– À zéro, je serai mort ! Eh bien tant mieux ! J'en ai mon compte de vos conneries !

– Ooh, vous là-haut ! Pas de blasphèmes ! N'aggravez pas votre cas !

Mon ascenseur stoppa devant la baie vitrée. Derrière, une prison dorée n'attendait plus que moi. Je butais contre le Plexiglas. L'ouverture ne se déclenchait pas.

– 4, 3, 2, 1... 0 ! Hosanna, au plus haut des cieux !

Le cénacle des vieux barbus applaudit mon entrée dans l'éternité. Sauf que : « Les portes du pénitencier bientôt vont se refermer... sans moi ! » J'étais toujours là. Il y eut du remue-ménage, en bas, tandis que mon corps astronef alunissait sur la Terre. On m'attacha les membres ; une infirmière vint me chercher et bouscula toutes ces soutanes pourpres caco-chymes qui protestaient, arrachaient mes che-veux et exigeaient une deuxième mise en orbite. Mais il était trop tard. J'étais déjà dehors, au beau milieu d'une fête foraine, le corps plongé dans un bain de glace. Pourquoi avais-je si froid ?

9

Cellule de crise

Ils s'étaient tous donné rendez-vous rue du Bac. Durant trois jours, le portable de Darius n'avait pas cessé de sonner. À Paris, l'information circulait, Poisson Chat s'était gravement planté en voiture.

– Merde ! Tu veux dire qu'il ne peut plus bouger ? Ça craint...

Les garçons ajoutaient :

– C'était quoi sa bagnole ? Une 604 ? Mais comment peut-on se retourner avec une 604 ? C'est bien ton frère ça !

Les filles :

– Il y avait quelqu'un avec lui dans la voiture ? Gwendoline ? Non, ça ne me dit rien. Tu sais avec lui, ça changeait toutes les semaines...

Une cellule de crise s'organisa, les missions ne manquaient pas :

1. Faire le lien avec le corps médical et suivre l'évolution de la pathologie et des diagnostics (rôle de Louis, le toubib). 2. Renseigner la famille, répondre au courrier et organiser les visites à l'hôpital (Camille, la petite sœur). 3. Aller voir la banque, les

ASSEDIC, la Sécurité sociale, l'assurance, constituer un dossier pour l'hôpital et vérifier que Poisson Chat était en règle avec les administrations (Darius). 4. Fédérer tous les proches afin d'organiser une chaîne de solidarité (Mickey, Sylvia, Ambroisine, Patrice, Alix, Henri, Richard, Amélie, Ludovic et Éric).

Très vite, Darius put compter sur la garde rapprochée de son frère. Depuis son arrivée à l'hôpital Raymond-Poincaré, ses amis l'appelaient tous les jours, proposaient leurs services et occupaient la plupart du temps la salle d'attente de la réanimation.

Lors de leur première rencontre dans l'appartement de Poisson Chat, Darius découvrit que son frère avait de vrais amis avec de vrais boulots (certains même étaient mariés, élevaient des enfants). Ils n'étaient ni toxicomanes ni fichés au grand banditisme, s'habillaient correctement et payaient leurs impôts.

Darius fit un topo sur la gravité de la situation, le pessimisme du corps médical, l'incertitude quant à la durée de l'hospitalisation. Il était fort probable que ce serait lourd, long et astreignant. Il termina sur la détresse des parents Champollon qu'il fallait protéger, rassurer.

On attendait Louis. Il avait passé l'après-midi à Garches et connaissait bien l'un des internes. Darius distribua les premiers documents avec les frais prévisionnels (désincarcération, SAMU, transfert en ambulance, chirurgie, soins intensifs vingt-quatre heures sur vingt-quatre, chambre stérile). Ils furent unanimes : son vol plané en bagnole allait coûter cher au contribuable !

– Dis donc, ton frère ? Il est couvert au moins ?

– Oui, j'ai oublié de vous dire, rectifia Darius en agitant une carte plastifiée, il a la Sécurité sociale !

La remarque délia les langues.

– Tu confonds pas avec la carte orange ?

– Elle n'est pas périmée ?

– Vérifie que c'est pas la mienne...

Le soulagement de la petite assemblée renforça Darius dans l'opinion qu'il avait de son frère. Quel drôle d'homme !

Tous pensaient que, lorsque Poisson Chat n'était pas couché avec une fille, c'est qu'il était assis à son piano, et si, par chance, il se mettait debout, c'était pour jouer de la guitare comme Elvis, se laver les dents ou bien ouvrir la porte à une copine qui venait se faire tringler. Dans tous les cas, ce n'était pas de cette façon que l'argent rentrait dans les caisses. Alors ? Il fallut se rendre à l'évidence : Poisson Chat, bien qu'intermittent du spectacle, travaillait et gagnait son bifteck.

Plus tard, Darius réaliserait qu'il ne possédait ce soir-là qu'un morceau du puzzle. Poisson Chat cloisonnait sa vie. Au cours de cette première soirée, Darius s'adressa à la bande : « Amitié, petits secrets, cinés, fiancées, guitare sèche, vacances et feux de cheminée », elle-même intégrée à une autre confrérie plus large : « Dîners en ville, Castel, cocktails, vernissages, Opéra, brunch dominical et week-end à Cabourg. » Dans le domaine des plaisirs, on ne parlait jamais boulot. La semaine suivante, face à Laurent de Gasperis de la tribu « rock'n'roll, musicos, lunettes noires, concerts, backstage, Sacem, Canal + et Polygram », il découvrit l'existence d'une autre galaxie comptant la plupart des employeurs et des side-men de Poisson Chat.

Darius apprit vite, tel un physionomiste de club privé, à faire le distinguo entre les copains et les copines, les maîtresses, les collègues, les équipiers, les épiciers, les anciens mercenaires, les marathoniens de la bamboula, les voisins de palier et les intellos de Saint-Germain.

– Comment fait-il pour connaître autant de monde ? Et surtout, pourquoi tiennent-ils tous à prendre des nouvelles de Poisson Chat ?

C'était pour Darius, plus qu'une énigme, un mystère humain. Certes, Poisson Chat n'était pas farouche, plutôt curieux, opportuniste et insatiable : il voulait tout voir, tout boire, tout lire, tout vivre.

Si quelqu'un au cours de sa vie peut aligner sur une feuille cinq, dix, cinquante, noms de proches et affirmer que ces femmes, ces hommes, il les aime, il tient à eux, comment être sûr de la réciproque ? Et ceux qui vous aiment mais que vous n'avez pas mis sur cette liste parce que vous ne les aimez pas ou que vous ne les avez jamais regardés ? Ceux qui n'ont jamais osé vous avouer qu'ils vous aimaient et dont vous ignorez l'existence ? Et ceux qui sont morts sans avoir jamais su que vous les aimiez ?

Une question subsistait dans le cerveau bien organisé de Darius : l'amour n'est-il palpable qu'en cas de malheur ?

10

Un bébé

Des infirmiers étaient venus me chercher en pleine nuit et m'avaient installé à plat ventre sur la table d'opération. L'un m'avait endormi en me donnant un grand coup de batte de base-ball derrière le crâne ; l'autre m'avait attaché les pieds au cadre du plan chirurgical et ligoté les poignets dans le dos :

– On fait notre boulot, désolé !

Ils m'avaient abandonné dans la pénombre du bloc opératoire.

Était-elle avec eux ? Pourquoi n'était-elle pas horrifiée par le spectacle de mon corps nu, couché sur une plaque de métal, comme un gibier qui vient d'être dépecé ?

Gwendoline se tenait à distance, vêtue d'un tailleur noir. Elle était désolée de ce qui m'arrivait mais ne supportant pas ma souffrance, la sienne l'accaparant, elle restait figée, triturant son mouchoir souillé de larmes et de Rimmel :

– J'attends un bébé...

C'était bien le moment et le lieu pour m'annoncer une nouvelle pareille.

– Tu sais ce que ça veut dire, Poisson Chat ?

Elle serrait ses mains contre son ventre plat.

Si cet enfant venait au monde, c'était pour prendre la place que je lui laissais. Sa vie contre la mienne. Je devais donc mourir. Je n'avais jamais envisagé d'être le père d'un orphelin et du même coup le compagnon d'une veuve.

– C'est la loi, me répéta Gwendo, celui qui n'est pas occupé à naître, c'est qu'il est occupé à mourir.

Elle ajouta qu'elle avait du retard dans ses règles depuis la nuit qu'ils avaient passée ensemble. Au moment où j'avais voulu me retirer, Gwendoline avait serré ses cuisses autour de mon bassin. Au lieu de me laisser aller au plaisir, j'avais lutté jusqu'au dernier moment, surpris par la pulsion cannibale de ma partenaire. Sa chair aspirait ma chair, ses ongles déchiraient mes fesses, sa bouche collait à mes lèvres sans qu'un souffle puisse y pénétrer. Elle voulait tout : mon sperme, mon sang, ma salive, ma sueur. Et pourquoi pas ma vie ?

D'homme libre, j'étais devenu prisonnier : prisonnier du sexe de Gwendoline, prisonnier de la tôle compressée de ma voiture, prisonnier à l'intérieur de mon corps et maintenant de ces sbires en tunique blanche. Faisait-elle partie du complot ?

Gwendoline alluma une bougie qu'elle posa sur la table roulante et m'embrassa sur le front. Elle se retourna avant de franchir le seuil de la pièce. Je lus sur ses lèvres : « Désolée... » Je savais que je ne la reverrais plus.

Au lieu de céder au désespoir, je fis un rapide calcul mental.

Si jamais elle était vraiment enceinte, il faudrait neuf mois pour que ce bébé voie le jour. Cela me laissait un peu de temps pour émerger de mes vapes thérapeutiques. Il s'agissait de trouver la sortie du tunnel avant que poussent des jambes à ce fœtus. Et vite ! Premier sorti, premier vivant.

Je priais le ciel pour que le plus tôt possible coule entre les jambes de Gwendo le flux menstruel de son ventre stérile. Cet enfant ne pouvait pas naître. Il était le fruit de son imagination.

11

Rue du Bac

Dans le salon, les filles dressaient le couvert pour le dîner. Darius rêvait devant la bibliothèque de Poisson Chat. Il se retrouvait chez lui, un peu par effraction, au milieu d'objets et d'instruments hétéroclites. Là-bas, dans une chambre stérile, son frère se débattait entre la vie et la mort. Qu'allait-il devenir ? Un légume sur un fauteuil électrique ? Un pensionnaire à vie d'un centre de rééducation fonctionnelle ? Devrait-il retourner habiter Poitiers, chez les parents ?

Ses questions tranchaient avec la décoration des étagères : des pin-up souriaient, des modèles réduits des années 60, Chevrolet, Pink Cadillac, Ford Mustang, voisinaient avec de vieux 45 tours des Garçons de la plage, de faux disques d'or, des figurines de bandes dessinées – le Marsupilami, Tintin, l'Araignée, le Surfer d'argent – ou de dessins animés – les Sept Nains, les Simpson. Beaucoup de photos, beaucoup de sourires et autant de femmes en tenues légères.

C'est sûr, son frère n'était pas du genre à cotiser pour ses points retraite. Il avait choisi de vivre comme un Beach Boy : sexe, salsa et sports de glisse. Il avait eu bien raison d'en profiter.

– À quoi tu penses, mon Dada ?

Camille venait de poser la tête sur son épaule.

– À rien. Je regardais ses photos.

– Au fait, qu'est-ce qu'il fout, Louis ? Il est 22 heures.

Ils restèrent silencieux de longues minutes, enlacés devant le petit musée exotique de Poisson Chat. Un portrait de lui leur tirait la langue. Darius et Camille admettaient l'évidence : ils ne connaissaient pas leur frère.

On sonna à la porte. Sylvia alla ouvrir. C'était Pizza 30. Un jeune rasta blanc, habillé en rouge fluo avec plein de cheveux, suivit les filles jusqu'à la cuisine. Comme il parlait très fort, on lui demanda de débrancher son Walkman.

– C'est pas la peine, hurla-t-il, il est cassé ! J'me suis planté boulevard Raspail ! Mais j'ai rien... pas un bleu, que dalle !

– Tant mieux, admit Camille – et elle monta d'un ton : mais c'est pas la peine d'aboyer, on vous entend très bien !

– Pas ma faute, m'dame, j'suis sourd ! Avant, j'étais disc-jockey !

Ambroisine le raccompagna jusqu'à l'ascenseur.

– Surtout, mets toujours ton casque, ne roule pas trop vite et ralentis quand il pleut ! Tu me promets, hein ?

– J'peux vous poser une question ? lui demanda Mister Pizza. Le garçon qu'habitait là, avant... il a déménagé ?

58

– Tu le connaissais?

– Ben ouais, je l'ai livré une vingtaine de fois... c'est mon secteur... Un soir, j'avais le temps et on a parlé... il m'a même joué deux chansons qu'il venait d'enregistrer...

– Il a eu un accident de voiture, trancha Ambroisine. C'est grave.

Le rasta baissa la tête, racla ses semelles sur le paillasson.

– Chais pas si t'es branchée karma, fit-il, en la regardant de nouveau dans les yeux, mais ton copain, je suis sûr qu'il va s'en sortir... il a le cœur chaud!

Il agita sa sacoche.

– Aussi chaud que mes pizzas!

– Merci...

– Dis-lui bien, quand tu le verras, que « Zorro » l'embrasse!

– Zorro?

– Ouais, « le cavalier qui surgit au bout de la nuit », il m'appelait comme ça! Il passait toujours sa commande au dernier moment... parfois, c'était limite, limite...

Ils se partageaient la sicilienne aux poivrons et chorizo lorsque Louis fit son apparition.

– Alors? lui demanda Darius.

Louis soupira :

– Désolé de n'arriver que maintenant, mais j'ai du frais...

Il y eut un frémissement collectif comme si, soudain, quelqu'un venait de trouver une issue, un remède à leur migraine collective. C'était la première fois que Poisson Chat organisait un dîner chez lui et cet idiot n'était même pas là!

Louis se fit une place sur le canapé entre Sylvia, Camille et Ambroisine :

– Y a un risque majeur de pleurésie... un staphylocoque doré s'est logé dans les poumons... on lui pose un drain ce soir.

– Ce qui veut dire, articula Sylvia.

– Qu'on le bourre d'antibiotiques pour tuer l'infection... en espérant que son organisme tiendra le coup. Il est très faible.

– Sinon...

– Il va mourir, conclut Louis.

Autour de la table basse, tout le monde se tut.

La perspective de la mort, c'était une claque dans la figure. On rayait quelqu'un de la carte. Aux autres de se débrouiller. La vie prenait un virage obscène et les balançait comme des chiffons. Quelqu'un avait refermé le livre des souvenirs.

Darius arpentait le salon de long en large, secouant la tête, en proie à une obsession. Une part de son frère s'imposait à lui. Il le sentait menacé mais vivant ! Des idées lui montaient au cerveau et il cherchait à les organiser. Une conviction inébranlable qu'il devait absolument partager, parce que la vie de son frère en dépendait :

– Écoutez... je suis persuadé que si Poisson Chat a survécu à son accident c'est qu'il doit vivre... mais il faut l'aider ! Louis, à partir de maintenant, on organise un relais non-stop à son chevet... il faut qu'on lui parle, qu'on lui tienne la main, qu'on lui transmette notre énergie, notre amour... il a besoin de nous...

plus que jamais ! Camille, trouve un magnéto, on va lui enregistrer la musique qu'il aime et chacun laissera un mot sur la bande...

À l'autre bout de la ville, une onde invisible traversait les murs, les rues et les jardins de la capitale endormie. Un souffle aussi ténu qu'une brindille portée par le vent franchit les enceintes de l'hôpital, grimpa les étages de la réanimation jusqu'au seuil d'une chambre silencieuse. Dans la pénombre, un corps frissonna sous les draps. Message reçu.

12

Vibrations

Autour de moi, des blouses blanches s'agitaient. Je sentais les vibrations de l'air, des courants frais invisibles qui signalaient une présence à mon chevet, près de mon visage. Je ne sentais plus rien à la périphérie de mon corps. Il semblait détaché, déconnecté du reste du monde. Je n'étais qu'une tête posée sur un oreiller, elle-même prisonnière d'une minerve et percée à sa base par une canule en plastique enfoncée dans la gorge afin de distiller l'oxygène nécessaire à ma respiration. Un brumisateur arrosait la plaie ouverte.

L'essentiel se passait à l'intérieur, en souterrain. Les milliers de ramifications nerveuses, déroutées par le choc médullaire et mon immobilisme forcé, continuaient leur activité de façon anarchique, transmettant uniquement les messages négatifs : le squelette, alourdi par la fonte des muscles, comprimait les vaisseaux sanguins et les différents tissus de l'épiderme, des ostéomes, tumeurs osseuses, se logeaient au creux des articulations ; et toutes les intrusions extérieures qui pénétraient les orifices et déchiraient la peau – drains, perfusions, canules, sondes, aiguilles –, autant de morsures cruelles et lancinantes.

J'habitais un sous-marin fantôme qui émergeait par intermittence, alerté par la douleur, puis sombrait, assommé par la dose massive des tranquillisants et des antibiotiques. Les cauchemars, les obsessions paranoïaques, les délires sordides affluaient à mon esprit, signes désespérés et inconscients de ma lutte pour survivre. Mais peu m'importait ce combat insensé puisque je n'étais plus aux commandes. Mon cerveau naviguait en pilotage automatique et, quand il hésitait, c'est que ma lucidité reprenait le dessus... pour quelques minutes. Et ce temps précieux où j'ouvrais les yeux pour revenir parmi les vivants me frustrait puisque, condamné au silence, je ne pouvais ni appeler à l'aide, ni demander à boire, ni exiger une piqûre afin d'alléger mes souffrances. Ma position couchée limitait mon champ de vision, je n'avais aucun choix sinon cligner de l'œil, quand par chance quelqu'un passait par là, préoccupé de mon sort.

Soudain, il y avait les bruits, les cris, les voix, les gestes, les attouchements, les soins. Qui pouvait m'expliquer ce qui m'arrivait et comment l'interpréter ? On me secouait mais je ne pouvais réagir, on me questionnait mais je ne pouvais pas fournir de réponse. Alors, on insistait, on se fâchait, on éprouvait, semblait-il, mon endurance, ma capacité à supporter l'insupportable. Parfois, quand on me manipulait comme une coque vide, je les sentais à cran, exaspérés par ces protocoles inutiles, se querellant pour d'obscures raisons. Alors je filais doux, le meilleur moyen étant de faire le mort. Je n'en menais pas large ; cette violence verbale et physique, ce sadisme étaient-ils le fruit de mon imagination ?

Les services de réanimation sont occupés par des patients en état critique, à la merci de la moindre infection extérieure, soumis à la présence insidieuse de germes tueurs et mutants (tel le staphylocoque doré) qui rôdent dans ces antichambres de la mort. Les malades sont totalement vulnérables, tributaires du personnel qui les soigne et des vigiles qui surveillent les lieux. La nuit, royaume des dingues et des comportements illicites, certains membres du corps médical, qui officient depuis de longues années dans les services d'urgence et de réanimation, dérapent au détriment de pauvres bougres entubés ou de jeunes femmes isolées dans des chambres calfeutrées.

J'arrivais à différencier les équipes qui se relayaient à mon chevet. Les « compassionnels » essayaient d'établir un contact pour rassurer ma conscience en déroute – ils m'appelaient par mon prénom, humectaient d'eau fraîche mon front, mes lèvres asséchées par la fièvre et mobilisaient mon corps avec douceur. L'épreuve la plus douloureuse était le nettoyage par aspiration de ma gorge trachéotomisée : plaie à vif encombrée d'humus et de salive qui gênait le débit de l'oxygène.

Et puis il y avait ceux qu'on entendait venir de loin, quand il n'était pas trop tard. Ils vous réveillaient en poussant des cris de Peaux-Rouges. Les « épouvantails », sortes de zombies évadés du crépuscule, fonctionnaient en gangs, vous terrorisant, se faisant un plaisir de revenir le lendemain achever leurs sinistres besognes : aides-soignants junkies, ambulanciers alcooliques, internes défroqués, vigiles dépressifs, infirmières nymphomanes, brancardiers psychopathes, étudiants en médecine cyniques...

Parfois, j'entendais beugler les alarmes signalant la panne accidentelle d'une machine à respiration artificielle. Il fallait agir vite. Quelqu'un là-bas étouffait. Une cavalcade dans les couloirs, des noms qu'on interpelle puis, plus rien... ah, si, des ricanements !

Comment pouvait-on vivre ces longues nuits où cohabitaient tant de drames et de solitudes ? Il fallait tenir. Dans la réserve du premier étage, il y avait l'armoire à pharmacie avec les poudres magiques et les pilules du bonheur.

À chacun sa guerre !

13

Cafétéria

Darius, Louis, Camille et Sylvia buvaient un Coca à la cafétéria de l'hôpital de Garches. Ils observaient le manège de leurs voisins de table, les fracassés de la route, les ramassés du bitume. La plupart avaient moins de vingt ans et se déplaçaient en bande. Comme avant. Sauf qu'ils avaient troqué leurs motos contre des fauteuils roulants au cadre peinturluré en fluo et décoré d'autocollants.

Dès qu'un rayon de soleil perçait les nuages, les pensionnaires de Garches se retrouvaient à la cafétéria. En fauteuil, sur des béquilles, avec des prothèses, ou à plat ventre sur des brancards à roulettes en cas d'escarres aux fesses. Les motards déchus dévalisaient le rayon des journaux, *Moto Revue*, *Turbo Magazine*, ils commentaient les performances de la 1300 Suzuki Interceptor, le banc d'essai de la 1000 Yamaha VMax. Darius les entendait raconter – avec la précision d'un film *gore* – le souvenir effrayant de leurs accidents puis embrayer sur les chromes des mécaniques, rallyes, épreuves de trials ou de motocross. Pour eux, rien n'avait changé.

Au début, le face-à-face avec ces jeunes avait effrayé, révolté les amis de Poisson Chat. Peu à peu, ils s'étaient familiarisés, et la compassion avait laissé place à l'admiration. Ils avaient du courage, ces mômes. En les regardant manœuvrer leurs nouvelles machines et se faufiler entre les tables, tous pensaient à l'avenir de Poisson Chat. À moins d'une guérison miraculeuse, dans six mois il ferait partie de la tribu à roulettes et deviendrait leur premier copain en fauteuil roulant.

La première fois que Loranska vint à Garches, Sylvia lui donna rendez-vous à la cafétéria. Elle arriva en tailleur cintré à motifs « peau de zèbre » sur des bas Nylon noirs à couture et des talons aiguilles. Tandis que Louis lui cherchait un siège, la meute des motards leva le nez de ses lectures favorites pour mater cette féminité qui venait incendier le ghetto de ses mensurations : poitrine 95 D, taille 60, hanches 89, pour 1,75 m de chair, d'os et de muscles.

Loranska alluma d'une cambrure involontaire ses admirateurs qui zappaient de son cul à la cul-asse de la dernière Kawasaki et se sentaient menacés dans leurs convictions sportives. Merde ! Mais où était passée la profession de foi de ces cavaliers cloutés et zippés :

« Une moto pour la vie, une femme pour la nuit » ?

Loranska, muse inaccessible, leur faisait mordre une nouvelle fois la poussière. Des magazines de motos aux bouquins de cul, ils ne chevauchaient que du vide.

14

Loranska

Loranska avait une théorie très précise sur la guérison de Poisson Chat. Elle défendait la thèse de l'électrochoc puisqu'elle l'avait expérimenté sur elle-même. Elle avait survécu au coma d'une overdose, avait plongé dans les nimbes d'une NDE, *Near-Death Experience*, et comme un neurologue – qui perdait beaucoup aux courses – proposait de la débrancher, son mari lui avait sauvé la vie.

Le jour où Loranska débarqua au deuxième étage du pavillon Patel à l'heure des visites, ils étaient une dizaine à attendre leur tour : il y avait les parents Champollon, tante Laurence – une vieille fille un peu coincée –, Ludovic, Marco, Louis, Ambroisine, Amélie, Patrice et Marina.

Après les présentations, Loranska exposa son point de vue :

– Moi, c'est très simple, voilà ce que j'vous propose : on lui paye une fille, une bombe, avec tout l'attirail... Elle vient, elle le suce, elle le grimpe... Faut qu'elle fasse repartir la machine, quoi ! C'est hyperimportant ! Moi, quand j'ai eu mon accident et que j'étais en réanimation, Alexandre, mon ex-mari, il a rien demandé à personne ! Il m'a prise comme une bête... Y m'a secouée dans tous les sens... et il m'a sauvé la vie ! Avec Poisson Chat, il faut faire pareil... point barre ! J'ai raison, non ?

Dans l'espace confiné du petit salon du deuxième étage, les visages s'étaient peu à peu décomposés. Loranska avait beaucoup de cœur et un enthousiasme contagieux, mais lorsqu'elle verrait dans quel état survivait Poisson Chat, elle changerait d'avis. Il était tellement dans les vapes que, même si Cameron Diaz l'escaladait, il risquait de la confondre avec une seringue géante venue lui pomper le dard.

Darius tenta une diversion en essayant de parler plus fort, mais tante Laurence, un peu distraite et sourde, avait raté la moitié du discours.

– Que dites-vous, jeune fille ?

Elle tendit la main à Loranska.

– Je suis Laurence Morley-Plissonière, la tante de Poisson Chat.

Darius se précipita entre les deux femmes.

– Oui ma tante... euh ! Loranska a eu, il y a très longtemps, un accident grave et figurez-vous que son mari lui a sauvé la vie en la... en lui administrant une... un traitement de choc !

– Ah, c'est formidable, fit tante Lolo, il vous a en quelque sorte... ressuscitée...

– Non, non, il m'a baisée...

– Pardon ?

Le portable de Loranska se mit à sonner. Elle s'écarta du groupe. Ludovic ne la quittait pas des yeux. Papa Champollon vint trouver Darius et lui demanda si c'était elle, la petite amie de Poisson Chat. Depuis quelques semaines, il n'arrivait pas à savoir parmi toutes ces demoiselles laquelle était la prétendante : il en était resté au vieux concept de la monogamie.

– Tu sais, papa, argumenta Darius, je la connais à peine... je sais seulement qu'elle a été mariée... et qu'elle et Poisson Chat...

– Mais ton frère ne peut pas épouser une divorcée !

Darius lui expliqua que depuis les années 70 des hommes pouvaient fréquenter des femmes sans envisager d'avoir des rapports sexuels, ni même de leur proposer le mariage. Poisson Chat pratiquait beaucoup l'amitié hétérosexuelle.

Furieuse, Loranska éteignit son portable. Elle avait toujours ses lunettes noires et s'alluma une cigarette. Darius vit son père se lever de son siège et se rapprocher d'elle. Face à la fenêtre du deuxième étage, elle prenait Ludovic à témoin :

– Tu comprends, fulminait-elle, il est bien gentil le Pedro mais depuis deux mois... je suis désolée de le dire... son shit, c'est de la merde !

– Bonjour, mademoiselle, je suis le père de Léopold, enfin de Poisson Chat, c'est très gentil à vous d'être venue...

– J'adore votre fils... je peux vous embrasser ?

Loranska ôta ses lunettes. Elle avait un regard de corail, des yeux de husky et une bouche pulpeuse, faite pour embrasser, parler italien ou lécher une glace.

Papa Champollon était sous le charme. La dernière fois qu'il avait été autant émoustillé remontait au jour où il avait allumé la télé par hasard et était tombé sur Brigitte Bardot qui dansait le mambo sur une table. Il avait éteint très vite et demandé à un prêtre de venir exorciser le téléviseur. À Poitiers, entre les moines de l'abbaye de Ligugé et ses tournois de bridge, il avait oublié qu'une femme pouvait vous retourner la tête et vous faire bafouiller d'émotion. Jamais son éducation ne l'aurait autorisé à penser qu'existait sur la terre une autre femme que son épouse. Loranska était superbandante mais il ne le saurait jamais. Il avait juste été programmé pour trouver les femmes délicieuses et charmantes. Poisson Chat, qui souffrait de l'assujettissement auquel sa libido le soumettait, ne comprenait pas d'où lui venait son appétit sexuel. Il aurait tant aimé que son père lui transmette dans son ADN quelques pépites de hauteur spirituelle et des préoccupations métaphysiques, au lieu de le laisser s'emberlificoter dans ses fantasmes à la con de grosses cochonnes.

Loranska passa son bras sous celui de M. Champollon.

– À propos, demanda-t-elle d'une voix suave, je peux vous poser une question?

– Mais je vous en prie, chère mademoiselle!

– Les médecins, qu'est-ce qu'ils disent? Il peut éjaculer ou pas?

15

Réveil

Étais-je là depuis une semaine, un mois, six mois ? Depuis tout ce temps où cette camisole de braise m'oppressait, je me demandais s'il y aurait une issue. Il me sembla que mon cerveau s'organisait. Il arrivait à faire surface et à diminuer le champ persistant de la douleur.

À mon premier réveil, une lumière fluorescente se balançait sur le portique en inox de mon lit. Son éclat de luciole disparut lorsque l'infirmière ouvrit les volets métalliques. Je voyais enfin le soleil, le ciel bleu.

– Il va faire beau aujourd'hui, fit la blouse blanche d'une voix énergique.

À cet instant où je ressuscitais, cette phrase valait les plus beaux vers de Rimbaud. Elle aurait dit : « Tiens, le fond de l'air est frais... », ou « Le plafond des nuages est bas, ce matin... », ou bien « L'horizon est dégagé, on peut distinguer les crêtes... », ou « Avez-vous vu cette brume qui s'étire et persiste au-dessus des champs ? », je l'aurais suppliée :

– Répétez ce que vous venez de dire, c'est magnifique !

Elle remarqua l'effet de sa prose et se planta devant moi. Elle articula en prenant soin de détacher les mots comme s'il s'agissait du nouvel alphabet tétraplégique :

– Il-va-bien-le-petit-monsieur ? Ah-ça-il-revient-de-loin ! On-va-vous-installer-un-voisin, ça-vous-tiendra-compagnie ! Au-fait-je-m'appelle-Marie-Thérèse !

Et elle m'abandonna, riche de deux trésors : j'étais un peu vivant et je contemplais mon premier matin.

La porte s'ouvrit, je vis une ombre s'approcher de moi.

– Hé frangin... c'est moi !

Darius agita sa main comme un polichinelle.

Il me parut immense puisque j'étais toujours allongé sur le dos. Je fis plein d'efforts pour ne pas le quitter des yeux. Il se mit à mon niveau, assis sur une chaise. Sans cesser de me sourire, il posa sa main sur mon front et vint me parler à l'oreille :

– Tout va bien, Poisson Chat, tu es tiré d'affaire... Mais c'est pas fini, hein ? Tu vas te battre...

Pourquoi chuchotait-il ? Y avait-il un espion derrière le rideau, ou un pauvre type en train de crever sous mon lit ? Et puis, contre QUI devais-je encore me battre ?

– Tu es arrivé ici il y a un mois... tu as eu un accident de bagnole...

Oui, je me souvenais que ce n'était pas les amygdales.

– Il y a plein d'amis qui veulent te voir... les parents sont là et Louis aussi... ça s'organise !

J'acquiesçai en battant des cils. J'avais l'impression de participer à une nouvelle aventure. Je devais mourir mais on avait décidé de me donner une seconde chance. Tout me paraissait neuf : mon frère, ma vie, ma famille, mes copains, ma chambre.

Soudain, Darius tourna la tête. Sept personnes, un professeur, deux médecins, deux internes, deux infirmières prenaient place de part et d'autre de mon lit. Darius me fit un clin d'œil :

– On est mardi, c'est la visite du patron, j'te laisse ! Ciao, frérot !

Décidément, cette journée commençait bien. Les mines étaient graves. Je remballai sur-le-champ mon sourire béat. L'un des médecins prit la parole d'un ton détaché, monocorde, genre inventaire à Drouot. Il me semblait important de valider son exposé en remuant des sourcils : non seulement il me prenait à témoin mais, surtout, j'étais la preuve évidente de son talent et de son savoir-faire. Difficile d'imaginer le contraire :

– Euh, voilà, ce patient est arrivé le 17 mars et, euh... il est mort !

À ses côtés, il y avait une jeune interne brune aux yeux verts, dont la poitrine bombée déformait la blouse blanche, déboutonnée en V jusqu'au creux départageant ses deux globes. J'aurais pas détesté qu'elle se fasse prendre en levrette par le docteur George Clooney, lequel aurait continué à lire ses notes en la ramonant en souplesse. Je n'avais pas la télévision ni aucune distraction à part survivre.

J'écoutais donc l'historique de ma maladie :

– M. Champollon a été victime d'un accident de la voie publique alors qu'il était conducteur ceinturé de son véhicule. Alcoolémie nulle. La désincarcération a été supérieure à soixante minutes. D'emblée, le patient a présenté une tétraplégie flasque, en sensitif D4 et moteur C7. Il a été mis en évidence une luxation antérieure des cervicales, niveau C6-C7. Le 18 mars, il a bénéficié d'une ostéosynthèse avec mise en place d'une plaque postérieure de type Axis. En postopératoire, l'évolution a été marquée par une pleurésie, et une trachéotomie a été réalisée le 19 mars. Il est constaté aux premiers tests de réflexologie une paralysie totale des membres supérieurs et inférieurs, dont l'évolution pour l'instant est stagnante. Sur un plan cutané, à part un début de rougeur persistant au coccyx, il n'y a pas d'escarres ni de troubles trophiques. En revanche, on retrouve un signe de Babinski à droite comme à gauche...

Il fit une pause et me considéra avec une mine perplexe comme s'il craignait que je conteste son diagnostic. De quoi avait-il peur ? Que je me lève sans rien dire, nu sous ma chemise d'hôpital, que je me colle derrière Vulvina, lui soulève sa blouse, ôte sa culotte, lui attrape les miches et l'investisse debout contre l'armoire, en fredonnant : *Let's talk about sex Baby, let's talk about you and me...* Je n'en fis rien. J'étais d'accord avec lui sur toute la ligne... sauf pour Babinski qui, jusque-là, ne m'avait donné aucun signe ni de vie ni de mort. Même pas une carte postale. Le docteur Clooney toussa et ajouta :

– Pour l'instant, il reste en observation. On commence le sevrage d'oxygène dès ce soir.

Ils chuchotaient en cercle et me lançaient des regards amicaux à l'exception de Vulvina qui m'en voulait de mon attitude distante. Le professeur Tournesol me fit un clin d'œil, puis, contournant le lit, il s'arrêta devant la machine à oxygène qui gémissait ses petits bips saccadés, et il appuya sur « off ». Je sentis une contracture au niveau de la gorge, j'ouvris la bouche comme un poisson mort afin d'attraper une bonne bouffée d'air. Que dalle ! Le choc était brutal, cela faisait trente nuits et trente jours que j'étais sous respiration artificielle.

Les secondes s'écoulaient et tous se demandaient quelle décision prendrait Tournesol. Il me tournait le dos en contemplant les compteurs de débit et les cadrans multiples dont les flèches s'immobilisaient sur le rouge. C'était un modèle récent : l'Automatic Air Turbo Survivor 3000 TDI. J'entendis sa grosse voix me sermonner.

– Il faut commencer à respirer tout seul... Vous en êtes tout à fait capable... n'est-ce pas ? Hein, il en est capable ?

Clooney avait l'air dubitatif, l'infirmière fit une grimace. Je devenais tout bleu.

– Docteur, il est encore très faible...

Marie-Thérèse, d'un bond alerte, fit repartir la machine.

J'étais sauvé. Pourtant il fallait rester sur ses gardes. Ce n'était pas maintenant que je sortais du néant que j'allais me faire assassiner.

16

M. Bouzouf

Ma première nuit d'homme libre fut éprouvante. J'étais toujours sous tranquillisants mais j'avais franchi la frontière entre état comateux et perception. Je contrôlais à distance le ballet des infirmières et des aides-soignants, sachant maintenant à qui j'avais affaire dès lors que je pouvais mettre un nom, un visage, sur ces voix qui m'avaient envoûté, terrifié, rassuré. Trois équipes travaillaient par tranches de huit heures. J'avais inventé un système d'alarme personnel pour attirer l'attention quand on traversait le couloir devant ma porte ouverte. Je claquais ma langue contre le palais imitant le criquet : cloc, cloc !

On déboulait et j'amorçais la deuxième phase de communication : le langage des muets manchots à grande mobilité faciale. Tout passait par l'expression du regard, les mouvements agiles des sourcils : chaud, froid, soif, mal, respirer, plus ou moins d'oxygène, éteindre ou allumer la lumière, ouvrir ou fermer les volets, dormir, que l'intervenant se faisait confirmer en lisant sur mes lèvres, sans toutefois m'épargner les erreurs d'interprétation comme les boutades, afin de dédramatiser l'urgence et les contraintes de ma situation :

– Salut, petit gars, tu veux une deuxième couverture ? Tu veux boire ? Tu veux que je t'appelle un taxi ? Tu veux mourir ?

J'ignorais s'ils se réjouissaient de l'amélioration de mon état, ou si le surcroît de travail les perturbait, mais mon agitation ne les laissait pas indifférents. Peut-être même qu'au bout du couloir quelqu'un avait noté sur le tableau de correspondance juste en face du numéro de ma chambre : « Le petit gars est toujours vivant ! »

Comme un résistant qui, longtemps après, se retrouve nez à nez avec ses tortionnaires mais n'ose rien dire parce qu'il craint encore pour sa vie, je savais que, tant que l'on me garderait en réanimation, je serais la docilité même... surtout la nuit. J'accueillais chaque membre du personnel avec l'ardeur enjouée d'un vieux labrador frétillant à l'arrivée de son maître.

– Lui, il est gentil ! disait une matrone à sa coéquipière en me frottant le corps, du dos jusqu'aux talons.

– C'est pas comme l'autre ! Et son regard virait au noir, tendance « meurtre en blouse blanche ».

L'autre. On m'avait collé un voisin, au début inoffensif, et de toute évidence en plus mauvais état que moi. D'un côté, je ne risquais pas qu'il me saute à la gorge mais, de l'autre, il avait de la chance que je sois dans l'impossibilité de bouger : je l'aurais volontiers étouffé avec mon oreiller ! Il n'arrêtait pas de gémir, d'appeler à l'aide et de réclamer sa piqûre. Sacré M. Bouzouf. La tête de Turc du service. Il m'empêchait de dormir et dérangeait le personnel de nuit jusque dans ses pauses.

– Aaaaaaah, il n'y aaaaa personne, personne, peeersoonnneee... pour s'occuper de moi, aaaaaaah mais, pourquoi, il n'y a peeersoonne ?

À force de répétitions, ses jérémiades opéraient comme un lavage de cerveau. Le mien étant plutôt fragile, ses lubies de derviche azimuté finirent par me mettre la puce à l'oreille : mais de quoi parlait-il ? Il voulait son shoot de morphine, certes, mais pourquoi réclamait-il la présence de VRAIS médecins, de VRAIES infirmières et qu'on le rapatrie dans un VRAI hôpital... ? Et s'il avait raison ?

La vérité, c'est qu'il énervait VRAIment tout le monde.

Son attitude de serial chieur avait l'avantage de focaliser toutes les mauvaises humeurs de l'étage. Les aides-soignants se succédaient à son chevet pour lui fermer le clapet et, très vite, perdaient patience. Je notais une escalade dans leurs manœuvres de dissuasion qui rappelait les jours heureux de la guerre froide et les interrogatoires du KGB :

– Intimidations : « Ferme ta gueule, sinon... »

– Passage à tabac et coups de polochon : « ... Tiens, prends ça dans la tronche, je t'avais prévenu ! »

– Culpabilité : « ... C'est pas bien, tu empêches ton voisin de dormir... il a mal, lui aussi... »

– Chantage : « ... On va te supprimer tes visites... ta femme, elle viendra plus te voir... »

– Évocation de la Sibérie : « ... Si tu continues, on te met dans la chambre froide ! »

Rien n'y faisait, le singe couinait toujours dans sa cage. Alors, à bout de nerfs, l'infirmière en chef déboulait et lui plantait une grosse seringue dans le cul. Le pauvre se débattait, gesticulait en hurlant qu'on voulait le tuer, que l'aiguille était fausse, que l'infirmière avait été payée par le Mossad, qu'un vrai docteur allait venir faire le ménage. Puis, tout en continuant à protester, il baissait d'un ton, cherchait sa respiration, ses phrases puis ses mots s'espaçaient et soudain... plus rien, le silence.

M. Bouzouf avait gagné son paradis artificiel. Sister Morphine calmait les esprits et les réconciliait le temps d'une dose. Ce répit durerait trois heures avant que l'animal ne se réveille et que ce cirque ne recommence.

L'enfer, c'est les Zootres.

17

Bob

J'avais encore besoin du respirateur artificiel mais, comme l'avait annoncé le professeur – Louis me le confirmerait dès le lendemain –, je devais admettre que ma guérison dépendrait de ma volonté à faire travailler mes poumons en utilisant mon diaphragme.

1. Respirer tout seul. Cette première étape entraînerait la suturation de ma trachéotomie. 2. Parler. Je retrouverais l'usage de mes cordes vocales. 3. Se nourrir. On me débarrasserait de la sonde gastrique qui filait à l'intérieur de la narine jusqu'à l'estomac. J'avalerais enfin du solide. Puis quand j'aurais repris des forces, on pourrait m'extraire du lit, me peser, m'installer dans un fauteuil spécifique afin que les plasticiens me moulent – du menton jusqu'au bas du ventre – un corset sur mesure que je garderais le temps que mes cervicales se remettent en place. Fin de la réanimation. Je serais aussitôt transféré pour une quinzaine de jours dans une chambre de transit située à un autre étage où l'on continuerait d'observer l'évolution de ma pathologie.

L'amélioration d'une moelle endommagée, la reconstitution des neurotransmetteurs sont imprévisibles, mais les signes de guérison peuvent mettre entre un et six mois à apparaître. Passé ce délai... *Welcome in Tetraplegic Land!*

Après le sas de post-réa, moi et mon nouveau corps serions affectés au service de rééducation fonctionnelle du professeur Desmouches. J'entamerais un programme fastidieux de kiné, ergothérapie, piscine, jeux de balles, roulette russe et courses en fauteuil. Pour la première fois de ma vie, j'aurais un agenda booké sur six mois !

L'infirmière de nuit arrêta la machine à oxygène après avoir nettoyé le fond de ma gorge ouverte et refait le pansement. Elle resta près de moi, le temps de surveiller mes réactions :

– C'est toujours difficile les premières heures, mais tu vas t'y habituer. Respire doucement, je reviens te voir dans une heure...

Une heure ? Mais je serai mort dans une heure. Paniqué, je cliquetai avec la langue mais ma nurse tourna les talons. « Cloc, cloc », je continuais mon soliloque en apnée rythmique lorsqu'un personnage hirsute à la démarche furtive vint se planter au pied de mon lit :

– Alors, petit gars, on fait de la plongée sous-marine ?

Je reconnaissais cette gueule de cauchemar.

Des cheveux de jais coiffés en pétard, un corps maigre aux avant-bras puissants et noueux, et une odeur de pin des landes mixée à la lavande de bouc : l'after-shave de mon aide-soignant donnait envie de vomir. Ce fut le premier effluve à réveiller mes naseaux anesthésiés depuis un mois. Il fit le tour de mon domaine, donna un coup de pied au lit de mon voisin pour s'assurer de son sommeil, puis avec un sourire étrange, me colla dans la bouche une pipette en plastique reliée à un réservoir d'eau :

– T'avais soif, hein ?

J'obtempérai tandis qu'il surveillait la circulation du liquide, puis comme je m'essoufflais, il m'encouragea d'une mimique :

– Salut ! Moi c'est Robert, mais tu peux m'appeler Bob !

Et il se corrigea immédiatement :

– Enfin, tu m'appelleras Bob... quand tu pourras parler !

J'allais le remercier de sa délicatesse lorsqu'une voix lui fit tourner la tête.

– Héééé, Booob... s'il te plaît... donne-moi une piqûre... s'il te plaît...

Zut ! Bouzouf s'était réveillé !

Le regard de Bob vira au noir.

18

Musicos

À l'entrée du premier sas qui conduisait aux chambres de la réanimation, sur un panneau était affiché :

« Veuillez débrancher vos portables SVP. Danger. »

La sonnerie inopinée d'un mobile risquait d'interférer avec les codes électromagnétiques de la plupart des machines qui maintenaient les malades en soins intensifs.

Jeanne, une jeune infirmière qui faisait partie de l'équipe du matin – 7 heures 15 heures –, posa sa main sur mon front et me réveilla en douceur. Avec un sourire de triomphe, elle agita sous mon nez le dernier CD de Mister X... l'Idole ; l'homme aux disques de platine, celui qui cartonnait en radios, en télés, en concerts, en province et dans tous les pays francophones. Jeanne était tout excitée :

– Je sais, ce n'est pas l'heure des visites – Elle me désigna le cadran de sa montre. – Il est 11 heures... mais vos amis ont tellement insisté ! Et puis ça va vous faire du bien de les voir ! Ils m'ont dit qu'ils revenaient du

Canada... ils sont en tournée avec Mister X... ouaaah, j'adore ses chansons... – Elle secoua une nouvelle fois son CD et me fixa dans les yeux. – Dites, vos copains, c'est vrai qu'ils jouent avec lui sur scène ? – Je clignais des yeux. – Ouaahh... bon, j'vais les chercher... bougez pas !

« Bougez pas » ? Je risquais pas de m'enfuir, et ça me faisait plaisir de voir Laurent et Pierre Jean, mes copains musiciens.

J'aperçus leurs deux bobines dans l'encadrement de la porte ; ils eurent un temps d'hésitation qui changea leur sourire en grimace et je compris qu'ils s'attendaient à tout, sauf à cela. Ils étaient venus en francs-tireurs, entre deux avions, en dehors des heures de visite et n'avaient pas eu, au préalable, le compte rendu de Louis, mon frère toubib, ou celui de Darius. Les premiers instants furent atomiques. Laurent serrait contre lui un paquet-cadeau, il vint m'embrasser sans pouvoir prononcer un mot. Comment le destin pouvait être aussi vache, chambouler une vie, des projets et briser des rêves aussi vite ? Un mois plus tôt, nous étions ensemble : le jour, nous dévalions les pentes et, le soir, nous montions sur scène pour une série de concerts. La Suisse nous avait bien accueillis : on était venu nous féliciter dans les loges et nous affirmer que nous avions un « capital sympathie » énorme ! Tant mieux. Une nouvelle aventure commençait.

Je lisais sur son visage décomposé l'horreur de la situation à laquelle je le contraignais ; ses yeux embués me tendaient une perche : celle d'un équilibriste au-dessus d'un précipice qui ne peut qu'avancer malgré la trouille au ventre et les jambes flageolantes.

« Dis-moi ce que je peux faire pour toi... » Et de sa main qui tremblait, il caressa mon front ; cette même main de musicien n'hésitait jamais sur les manches des guitares, distordait les cordes et les faisait gémir dans de purs accords de rock'n'roll. Jamais je ne l'avais senti aussi fragile.

Pierre Jean choisit une autre partition. Les Blancs pleurent leurs morts, les Noirs les chantent et les applaudissent. J'étais en vie et un peu noir sur les bords... ce qui m'arrivait n'était que la parodie d'un blues, un *cotton song*, une mélodie mélancolique d'esclave du vieux Sud... Demain, je serais libéré, affranchi... il s'agissait juste d'un mauvais moment à passer.

Après m'avoir embrassé, il fit le tour de mon domaine, examinant tous les appareils avec l'œil de l'expert. Il était à fond dans la technologie de pointe : depuis l'avènement du MIDI (Musical Instrument Digital Interface) et des *Home-Studio* au début des années 80, qui avaient boosté les productions musicales, il avait suivi toutes les étapes du son informatique : synthétiseurs analogiques et numériques, boîtes à rythmes, séquenceurs, sampleurs, ordinateurs, logiciels musicaux, graveurs de CD individuels, *Webmusic*.

– Laurent, viens voir ! chuchota-t-il, y a du matos *Made in Japan* !

KazWax, la marque de pianos numériques nippons, fabriquait aussi du matériel médical ! Comme Jeanne rentrait pour changer ma perfusion, Pierre Jean en profita pour se faire expliquer les divers appareils, leur fiabilité, leur longévité. Il fit remarquer à Jeanne qu'un cadran de contrôle était éteint alors que l'autre, celui de droite, fonctionnait. Elle expliqua que c'était normal : le gauche s'allumait en cas de problème. Tous les circuits étaient doublés pour prévenir les pannes ou les coupures d'électricité.

Laurent avait déballé son cadeau : une radio FM intégrée à un modèle réduit de Harley Davidson. Cherchant une prise, Pierre Jean se mit à quatre pattes et suivit la course des câbles d'alimentation. Il commentait sa progression :

– Je vois un gros truc rouge... c'est quoi ? Là-bas, c'est... non ! La prise est occupée... ça c'est le truc du brumisateur, ça c'est... c'est quoi ça ?

Je n'avais qu'une trouille – qu'il débranche l'oxygène. Le phare de la moto s'alluma ; la radio se mit en marche. Mon premier réveil musical fut un peu violent : du rap pur et dur. Laurent sélectionna une fréquence plus douce. Il guettait du coin de l'œil mes réactions, modulant le volume du son et bidouillant sur la bande FM pour trouver l'accord parfait : un beau vibrato et quelques notes gravées entre la Californie, Abbey Road, Memphis Tennessee, New York et La Havane. Je grinçais des dents dès que j'entendais une chanson française :

curieux cette allergie inattendue ! Les mots me dérangeaient ; ils me faisaient mal, même les plus anodins. *Si maman, si... maman, si tu voyais ma vie... Belleville ou Nashville ? Où sont mes racines ? ... Je ne t'aime plus mon amour, je ne t'aime plus tous les jours.*

Je voulais que la musique m'emmène très loin. Laurent atterrit sur une plage de Copacabana avec la fille de Carlos Jobim qui ondulait du cul au rythme de la bossa nova : nous fîmes la grimace. Cette satanée mélodie squattait depuis trop longtemps les bandes sonores des ascenseurs, des aéroports, des pianos-bars et des restaurants trois étoiles ! Voulant me faire rire, Pierre Jean esquissa quelques pas de samba en trémoussant des fesses autour de mon lit. Puis, attrapant un thermomètre sur la table de chevet et son mobile dans sa poche, il les agita en rythme comme deux maracas : *Tall and tanned, and young and lovely, the girl from Ipanema goes walking...* Il connaissait les paroles par cœur et jouait du saxo presque aussi bien que Stan Getz.

Rire me faisait trop mal. Les contractions de la gorge comprimaient l'ouverture de ma trachéo. J'avais le choix entre souffrir le martyre ou être sourd. Laurent, lui, avait le choix entre assommer Pierre Jean – ou trouver dare-dare la fréquence FM idéale.

Le mobile de Pierre Jean sonna et déclencha une alarme qui hurla dans la chambre. Laurent en profita pour dénicher une perle sur Oui FM : *Let's Dying Tonight, Honey* de Björk. Jeanne débloula avec le médecin réanimateur, les trouva de part et d'autre de mon lit, assis sur leur tabouret, les doigts enfoncés dans les oreilles afin de protéger leurs tympans.

– MAIS QUE SE PASSE-T-IL? cria-t-elle en se précipitant à mon chevet pour voir si j'étais toujours vivant.

Le docteur Rollin débrancha l'alarme.

– Ce n'est rien. C'est le circuit parallèle du recyclement de l'oxygène. C'est bon, Jeanne, vous pouvez retourner à la 11...

Rollin remarqua la radio et vint à mon chevet.

– C'est sympa la musique... Ça va vous changer des bips et de tout ce remue-ménage... Vous dormez bien la nuit? Pas terrible, hein? Juste une question de temps!

Il salua mes copains :

– C'est vous les musiciens qui jouez avec Mister X? Vous savez, j'ai tous ses disques! Dites... euh...?

Il les prit chacun par le bras :

– C'est vrai que sa femme se fait sauter par le ministre de la Culture? Ou c'est des conneries?

19

QHS

On leur avait dit : hôpital Raymond-Poincaré, 92 Garches, pavillon Patel, service de réanimation, 2e étage, chambre 12.

Ils attendaient leur tour. Sylvia se chargeait de faire l'hôtesse. Si elle n'était pas là, Camille ou Ambroisine la remplaçaient. Comme Alix et Amélie venaient tous les jours, il y avait en permanence au moins trois filles dans la salle d'attente, sans compter les copines, les ex- et les petites amies de Poisson Chat, Dagmar, Vanille, Anne, Soraya, Kaori, Sibylle et Caroline.

Gwendoline, elle, s'était enfuie à New York. Il s'en était fallu d'un cheveu qu'elle ne soit décapitée lors de l'accident. Toutes les autres s'étaient manifestées, au grand étonnement de Darius qui ne savait plus « qui » sortait avec son frère, vu que chacune se présentait comme « Miss Tétra 96 », la fiancée officielle du grand paralytique.

Les médecins ne manquaient plus de venir quotidiennement saluer la famille et l'informer de l'état du malade... Darius ignorait que le deuxième étage du pavillon Patel avait été rebaptisé « le réservoir à foufounes » par les collègues jaloux du pavillon Vidal. Ces jeunes femmes émotives qui déambulaient en mini-jupe et talons aiguilles dans les couloirs de l'hôpital tourneboulaient les fonctionnaires du corps médical. Certaines mettaient plusieurs jours avant de se repérer dans les dédales des bâtiments, quand elles n'étaient pas – carrément – prises en otages par quelques toubibs vicelards.

Cette moisson quotidienne de jambes haut perchées et gainées de soie mettait de la joie et des couleurs dans les couloirs feutrés de la réanimation. Les malades n'étaient pas uniquement ceux que l'on voyait couchés : les présences femelles revigoraient aussi le moral des soignants.

Alors qu'il venait prendre la tension de Poisson Chat, le docteur Didier Rollin assista au ballet de Loranska. Sans se formaliser de la présence du médecin, elle avait enfilé des cuissardes en latex rouge sur une combinaison moulante de même matière et maintenant elle se déhanchait sur un tempo *Jungle-drums & bass*, escaladant, telle Cat Woman, tous les reliefs qui pouvaient supporter ses cinquante kilos : tabouret, lit, table, lavabo, radiateur, afin que Poisson Chat – entre deux réveils – ne perde rien du spectacle. Puis elle lui dégagea le ventre et vint le frôler, tout en sensualité chorégraphique, lui léchant l'intérieur du nombril. La langue de Loranska, petit serpent rose, descendit plus bas. Ce fut la seule

94

fois de sa vie où Rollin regretta de ne pas être lui aussi tétraplégique.

L'histoire de la chambre 12 fit le tour de l'hôpital. À l'étage, ils étaient tous excités comme des puces. Ah, si Poisson Chat avait pu passer l'année dans leur service, cela aurait peut-être arrangé leurs affaires de cœur !

Au milieu de cette effervescence, Darius proposait des cigarettes aux plus nerveux et, lorsqu'il y avait moins de monde, en profitait pour se replonger dans les dossiers de son frère. Louis expliquait aux visiteurs l'attitude à adopter au chevet de Poisson Chat et les règles des services de réanimation. Outre la tunique stérile qu'il fallait enfiler, il était recommandé, une fois le sas franchi, de tracer direct vers la chambre 12. On n'était pas au zoo ni dans la série *Urgences* ! Car la tentation était parfois trop forte pour les voyeurs de s'attarder sur le calvaire d'un zombie en phase terminale. Certains tempéraments semblaient fascinés par la technologie des soins intensifs, les QHS : quartiers de haute survie. Passionné par l'étude des déviations obsessionnelles et des névroses pathologiques, Louis avait lu un jour, dans une enquête du *New Yorker* sur les milieux hospitaliers américains, que des personnes étrangères au corps médical se présentaient comme membres d'un club d'entraide et de soutien ou d'associations humanitaires, clowns pour enfants malades, lecteurs bénévoles afin de s'incruster dans les QHS. Tous révélaient les faits suivants : *a*) Ils avaient manqué de jouets durant leur enfance. *b*) Ils avaient été enfermés dans des placards, des salles de bains, par des parents irresponsables. *c*) Ils avaient vu la série *Star Trek*. Ces détraqués – des hommes pour la plupart – éprouvaient une excitation intense à se cacher dans l'obscurité d'une pièce stérilisée, truffée d'ordinateurs, d'écrans de contrôle, de lecteurs cardiaques à imprimante analogique, d'appareils pointus, – percolateur ventilé et pompe à déclenchement programmé –, le tout sous contrôle de caméras miniatures, de capteurs infrarouges et d'alarmes automatiques. Le journaliste avait intitulé son article *Le Syndrome Challenger*. Interrogés par le FBI, les accros du QHS avaient tous prétendu se trouver à l'intérieur d'une navette spatiale, passagers virtuels d'un jeu vidéo grandeur nature.

Louis prenait des notes, observait les comportements, les déplacements et les retours de chaque visiteur, se faisant confirmer ce qu'il savait déjà. Les femmes, face à la douleur d'autrui, ont moins d'appréhension et se montrent plus courageuses que les hommes. Peut-être parce qu'elles donnent la vie ? Mais Poisson Chat était un cas à part. Aucun ami ne se défilait : tous voulaient le voir, l'embrasser, le toucher, lui faire des cadeaux. Quand on entrait dans sa chambre pour lui murmurer des gentillesses à l'oreille, il ouvrait les yeux, souriait quelques secondes et se rendormait aussitôt, assommé par l'effort prodigieux qu'il venait d'accomplir.

Darius, Louis, Camille, Marco et la petite bande voyaient chaque jour revenir sur la pointe des pieds les pèlerins de la chambre 12, le visage extatique, marqué par une expérience nouvelle :

– Je lui ai parlé... il a bougé un peu la tête en souriant... c'est génial, je crois bien qu'il m'a reconnu...

Le temps était venu de remplacer les perfusions, les intraveineuses, les drains et les calmants par de l'amour. Beaucoup d'amour !

20

Impôts

Au centre des impôts de la rue de Grenelle, Darius fut introduit au premier étage, dans le bureau de Mlle Victoire Lemercier. Quarante ans, rousse L'Oréal, les formes généreuses dans un tailleur rose vif qui vous picotait les yeux, elle ressemblait plus à une starlette des années 50 qu'à une fonctionnaire fiscaliste. D'ailleurs, elle collectionnait, accrochées au mur dans de petits cadres, les affiches de films rétro format carte postale (Hitchcock, Lubistch, Kazan, Truffaut, King Vidor, Minnelli...) que Darius, toujours prompt à exercer sa matière grise, mémorisa, le temps qu'elle interroge ses fichiers.

— Ça fait longtemps qu'il habite le quartier ? lui demanda l'Inconnue du Nord-Express.

— Presque un an...

— Oui, bon, ça va être facile ! Je pourrai même vous fournir une copie de sa taxe d'habitation... Il a la télévision ?

— Euh... ? hésita Darius qui savait que seuls deux Français sur trois payaient leur redevance.

– On va laisser parler l'ordinateur, concéda l'Ange bleu. Je verrai s'il a payé ses contraventions...

Pour le dossier de l'assurance, Darius avait besoin du dernier relevé d'imposition de son frère et il avait eu beau fouiller tous ses tiroirs, il n'arrivait pas à mettre la main dessus. Poisson Chat avait déménagé trois fois dans l'année : il avait quitté l'appartement du boulevard Saint-Germain qu'il partageait avec Alizée, pour squatter trois mois chez son copain Marin, et s'était finalement installé rue du Bac. Au cours de ses pérégrinations parisiennes, il avait semé ses affaires un peu partout. Pour Darius, qui était l'ordre et le rangement personnifiés, le désordre de l'artiste ne facilitait pas les choses.

– C'est quoi le nom, dites-vous ? demanda la Dame aux camélias, en promenant sa souris sur un tapis de feuilles mortes imprimées.

– Champollon Léopold Étienne Marie Roger, né à Pau le 14 mars 1963.

La Fiancée du Pirate pianota sur son clavier en prenant soin de ne pas abîmer ses ongles rouge carmin. Darius l'observait à la dérobée. Sur le mur, Marilyn Monroe éclatait de rire.

– Vous aimez le cinéma, je vois...

Et il lut, inspiré : *Certains... l'aiment chaud...*

Angélique, Marquise des Fanges, s'arrêta de tapoter et considéra Darius avec étonnement.

– Chaud ? Vous voulez dire... avec des scènes érotiques ?

– Non, je parlais de la comédie de Billy Wilder... l'affiche est derrière vous !

La Sirène du Mississippi se retourna.

– Excusez-moi... mais à force, je ne les vois plus...

Darius acquiesça, compréhensif :

– Ça m'arrive souvent aussi...

Sa réplique tomba à plat et Cléopâtre remit de l'ordre dans ses cheveux ; Darius laissa passer le temps d'une bande-annonce.

– Je suis désolé de venir vous déranger, mais mon frère est indisponible. Je suis en charge de ses dossiers...

– Oui, c'est ce que vous m'avez expliqué au téléphone... il a eu un accident...

– Il y a un mois...

La Chatte sur un toit brûlant secoua la tête pour conjurer le sort.

– Oh, je les connais, moi, les assurances, ils sont toujours là pour réclamer votre fric mais en cas de pépin, tintin !

L'ordinateur commença à crépiter sous les doigts de Mlle Lemercier :

– Ah, ça y est ! Ça s'affiche ! J'ai retrouvé le dossier de votre frère...

– Formidable ! applaudit Darius.

– Ben dites donc, vous savez quoi ? fit Babette s'en va-t'en guerre. C'est mon collègue inspecteur qui va être content d'avoir des nouvelles de votre frère...

– Ils se connaissaient ?

– Pas du tout, mais je crois que votre frère a oublié de payer ses impôts.

– Vous m'étonnez...

La Dernière des Mohicans remonta ses fesses sur sa chaise et fit une moue navrée.

– Votre frère n'a pas payé ses impôts en 1996...

Elle se rapprocha de l'écran pour confirmer :

– Ni en 1995, d'ailleurs... et en 1994... non plus !

Pauvre Darius, elle lui coupait la chique.

– Depuis combien de temps est-il à l'hôpital ?

Darius aurait aimé répondre trois ans mais préféra plaider les circonstances atténuantes : Poisson Chat était un artiste, donc un être fragile, distrait, dépressif, soumis aux lois capricieuses d'un métier sans pitié. Mlle Lemercier connaissait la prodigalité des galériens du spectacle ! Ils vivaient au jour le jour et, dès qu'un contrat s'annonçait, ils fêtaient ça au restaurant au lieu de remplir leur congélateur et de rembourser la note chez le boucher. Ah, si seulement elle avait écouté les chansons de Poisson Chat... belles, tendres, mélancoliques ! Ses paroles étaient si profondes, si justes... Et dire qu'aujourd'hui il n'était même plus capable de poser ses mains sur un clavier... ni de jouer du piano debout c'était peut-être un détail pour vous mais pour lui ça voulait dire beaucoup ! Lui qui était presque né sur un Steinway, il se retrouvait aujourd'hui plus impuissant qu'un bloc de gélatine, plus silencieux qu'une tortue du Guatemala. Il n'était même pas sûr de pouvoir souffler dans un pipeau. Lui pour qui la musique était toute sa vie. Vraiment, c'était la scoumoune... alors, en plus, si des histoires d'argent venaient se greffer... il se laisserait mourir, c'est sûr !

Pretty Woman, qui ne manquait jamais à la télé le concert des « Enfoirés », rassura Darius :

– Vous savez, dans la vie, tout finit par s'arranger...

Parlait-elle de la guérison de Poisson Chat ou de son contentieux avec l'administration fiscale ? Bien décidé à sauver son frère, il en remit une couche :

– Regardez ce que j'ai reçu aujourd'hui !

Et il lui présenta la facture de l'hôpital : trois cent quatre-vingt-cinq mille francs pour trente jours de réanimation.

– Eh ben, dites donc, souffla Mary Poppins, c'est pas donné !

Pauvre Darius, cette journée allait lui coûter cher !

21

Le *yin* et le *yang*

Un matin, l'ORL vint lui suturer sa trachéo. Dans un miroir de poche que lui tenait l'infirmière, Poisson Chat contempla l'estafilade au bas de son cou. On l'avait égorgé mais il s'en tirait plutôt bien. Dans une seconde, il allait enfin parler, communiquer. Il voulut remercier le chirurgien mais Bugs Bunny le fit à sa place.

– C'est quoi, ce son horrible ?

– C'est normal, vous n'avez pas parlé depuis un mois... au besoin, on demandera à la phoniatre de passer vous voir.

Chaque fois que Poisson Chat saluait une infirmière, il avait la désagréable impression que ses cordes vocales ne s'étaient pas remises en place. La vibration sonore était incomplète et montait dans les aigus. Au moins, il en profitait pour distraire le personnel et tant qu'il y était – puisque ce n'était pas sa voix – il sortait des insanités à l'intention des jeunes infirmières stagiaires qu'il appelait « les novices » :

– Hé, tu connais la différence entre un plat de nouilles et un tétraplégique ?

La jeunette secouait la tête.

– La nouille, quand tu la suces... elle bouge !

Une infirmière le nourrissait à la petite cuillère. Impossible d'avaler et de déglutir en position allongée. Poisson Chat s'étouffait. Il
n'avait pas faim. La nourriture puait, sa
bouche puait, tout son corps puait... il avait
juste envie qu'on le laisse dormir. Mais ses
nourrices étaient tenaces. Dès 8 heures du
matin, elles commençaient à le gaver :
– Il faut faire un effort... sinon le médecin
ne sera pas content... vous êtes trop maigre !
Poisson Chat refusait de s'alimenter. Deux
balèzes étaient venus dans sa chambre avec
une balance lève-personne. Ils l'avaient sorti
de son lit en utilisant un harnais et l'avaient
allongé sur la plate-forme en inox. Au contact
glacial de la surface métallique, son corps
flasque s'était tétanisé. C'était la première fois
– avant, il était trop shooté pour comprendre
ce qui lui arrivait – qu'il quittait son matelas
pneumatique à bulles d'air comprimé et se
retrouvait tout nu, exposé comme un lapin de
garenne sur l'étal d'un boucher. Aussi squelet-
tique qu'un prisonnier de stalag, il détesta
sa déchéance physique. À une autre époque,
on l'aurait abandonné au bord d'une route.
Jamais il n'aurait imaginé devenir un poids
pour la société, pour sa famille, pour ses amis.
Voilà ce qu'il était... juste un poids.
– Cinquante-six kilos, annonça l'aide-soignant.
– Ça ne va pas du tout, commenta le docteur Rollin, il faut absolument vous alimenter,
sinon c'est la sonde gastrique, dose maximale !

Poisson Chat avait perdu douze kilos en trente-trois jours.

– On remet la viande dans le torchon ? proposa le costaud en faisant un clin d'œil à Poisson Chat.

Maintenant qu'il ne cliquetait plus des dents, les aides-soignants l'avaient rebaptisé : on ne l'appelait plus le criquet mais Roger Rabbit.

Voilà qu'il habitait un autre corps... qu'il parlait une autre langue. On n'est jamais trahi que par les siens. Hormis quelques grippes et deux chaudes-pisses carabinées, il n'était jamais tombé malade de sa vie. Il s'était toujours méfié des hôpitaux. Il pouvait courir derrière un taxi, monter des escaliers, porter une valise, tenir une femme dans ses bras et lui aspirer la langue sans ressentir la moindre fatigue. C'était dans sa nature de s'économiser pour le quotidien et de se dépenser corps et âme pour les choses futiles. Question de philosophie. Le *yin* et le *yang*.

Il faisait beaucoup plus jeune que son âge et pratiquait le vampirisme : plus il vieillissait et plus ses fiancées rajeunissaient. Elles avaient le sang neuf, le cœur vif, le sexe à fleur de peau, une endurance de pur-sang et une imagination *no limits*. Poisson Chat désirait toutes les femmes de la terre. Il leur était tellement redevable. Même de ce qui lui arrivait aujourd'hui.

Depuis le 17 mars, le destin s'était chargé de remettre sa pendule à l'heure. Une horloge d'époque composée d'un cadran à chiffres romains, de deux aiguilles vives qui marquaient l'heure et de deux gros poids immobiles qu'on actionnait à l'occasion.

Le cadran représentait le monde de Poisson Chat.

Les aiguilles, ses jambes qui ne marchaient plus.

Les deux poids, c'était tout ce qui lui restait : son cœur et son espérance.

Qui viendrait les remonter ?

22

Tu parles, Charles !

Il me fallut encore une semaine pour me remettre d'aplomb et quitter la réa. J'avais moins envie de dormir. C'était bon signe. Après la sieste qui suivait le déjeuner, j'attendais avec impatience les visites. Hormis le soulagement des infirmières et des médecins qui me savaient tiré d'affaire, je notais un changement d'attitude de la part de mes proches. On était passé en phase 2. Maintenant que j'étais capable de parler – ma voix était complètement revenue –, je pouvais exprimer toutes mes émotions et tous mes desiderata. Le premier fut de réclamer la présence de Charles, mon frère moine. Pourquoi ? Je n'en savais trop rien. J'avais visité les ténèbres, j'avais vu la mort. Je cherchais une explication. J'étais pourtant très éloigné des considérations mystiques et des élans spirituels. Je ne fréquentais plus les églises depuis longtemps, et, lorsque je pensais à Charles, c'était toujours au frère, jamais au prêtre. Il aurait été vendeur d'aspirateurs, déménageur ou professeur d'histoire, cela n'aurait en rien modifié nos rapports.

Nous étions sur deux planètes différentes mais pleins d'affection l'un pour l'autre. Au contraire, l'hédoniste invétéré que j'étais jugeait courageux d'embrasser la carrière des contemplatifs et de rester à l'écart du monde, dans la froideur humide d'une abbaye cistercienne aux confins du Jura. Comment pouvait-on vivre sans le câble, sans le sable des Caraïbes, sans la salsa de Cuba, sans l'affection délicieuse des femmes, sans le dernier costume Armani, sans lire *Gala* ni être invité au bal surréaliste de l'hôtel Lambert?

Au cours de mes délires, Darius, à mon chevet, m'avait entendu appeler Charles plusieurs fois. Il en parla à Louis :

– C'est son frère qu'il réclame ou un prêtre?

Il avait compris que j'avais peur de mourir. Et Charles était venu. En robe grise au milieu de toutes ces filles en robes courtes, la tête rasée, pieds nus dans ses sandales, un chapelet accroché à son ceinturon.

La première chose que je vis de lui fut le sommet de son crâne blanc.

Il était tard. On avait éteint les lumières et laissé la veilleuse au-dessus de la porte de ma chambre. Je m'étais assoupi et, les yeux mi-clos, j'observais, posée sur la couverture, juste après la limite du drap et dans le prolongement de mon bras étendu, une forme ronde, claire, à l'éclat de pâte feuilletée. Toujours sous barbituriques, je ne m'étonnais pas de cette présence tardive, incongrue, hallucinatoire. Une pizza à l'envers qui me chuchotait à

voix basse la théorie de la connaissance partielle :

– Quand viendra l'achèvement, ce qui est
partiel disparaîtra. Lorsque j'étais un enfant, je
parlais comme un enfant, je raisonnais comme
un enfant. Maintenant que je suis un homme,
j'ai fait disparaître ce qui faisait de moi un
enfant. Nous voyons actuellement une image
obscure dans un miroir ; ce jour-là, nous ver-
rons face à face. Actuellement ma connaissance est partielle ; ce jour-là, je connaîtrai
vraiment comme Dieu m'a connu. Ce qui
demeure aujourd'hui, c'est la foi, l'espérance
et la charité ; mais la plus grande des trois,
c'est la charité.

La pizza releva la tête ; Charles priait à
genoux au pied de mon lit. Je le vis prendre
ma main et la serrer contre son front. Son
visage s'éclaira d'un sourire qui signifiait que
nous n'étions pas seuls : il était venu accompagné de son copain, le prophète invisible, le
barbu spirituel, vieux de deux mille ans. Ils
étaient très intimes puisqu'il m'avait confié à
sa mère Marie, la petite juive de Nazareth.
Charles avait accroché pendant mon sommeil,
sur la potence de mon lit, une vierge fluorescente qui se balançait dans la pénombre. Pour
la première fois, je confrontais nos isolements :
lui dans sa cellule et moi, cloîtré dans un lit.
J'allais ouvrir la bouche mais il me fit signe
que non. Les mots n'étaient pas nécessaires ; il
avait raison. Qu'allais-je lui dire qu'il ne savait
déjà ? Ce fut la plus longue conversation silencieuse que nous ayons jamais eue. Il resta avec

moi jusqu'au passage de l'équipe de nuit, vers une heure du matin. Je guettais les réactions, mais personne ne se formalisa. Mon frère glissa une enveloppe au creux de ma main, m'embrassa et disparut.

Après les soins de nuit et sans que je le lui demande, Barnabé, l'aide-soignant, un colosse antillais de cent quinze kilos, s'assit au bord de mon lit et déplia la lettre. Sans forcer sa voix, qui vibrait dans les basses, il s'efforça de lire en détachant chaque mot, presque au compte-gouttes, de peur que l'un d'eux ne m'échappe :

Poisson Chat, depuis ton accident, toute la communauté prie pour toi. Hier soir, j'ai célébré une messe à ton intention et nous avons chanté de tout notre cœur. Tu étais si présent parmi nous que je m'en suis voulu qu'il fallût l'opportunité d'un drame pour penser autant aux miens et à toi en particulier. Non pas que, depuis que je suis loin de vous, vous occupiez un peu moins mes intentions de prière, bien au contraire, mais je vous imagine tous en si bonne santé et pleins de vigueur dans vos vies que j'ai peine à réaliser tout à coup l'immense fragilité de notre existence. Il n'y a pas de mot pour l'instant qui puisse être assez convaincant pour te persuader que tout ce qui vient de t'arriver n'est qu'une terrible épreuve et que tu ne dois pas te décourager. Je pleure avec toi de cette injustice qui t'accable, même si je n'ai à t'offrir pour te consoler que mon amour fraternel et désemparé... Je sais que ton cœur est inquiet,

mais sache-le : n'aie pas peur de cette lumière que la souffrance vient d'allumer en toi.
Charles.

Barnabé, dont la main tremblait, plia la lettre et la posa sur la table de nuit. Son regard était empreint d'une telle tristesse que je me demandais si cette lecture n'avait pas éveillé en lui l'écho d'un passé douloureux. Il essuya une larme, me souhaita bonne nuit et se traîna jusqu'à la porte de ma chambre. Jamais un tel gabarit ne m'avait paru si vulnérable, si blessé. Peut-être avait-il, lui aussi, peur de la nuit ? Peut-être même aurait-il préféré changer sa place contre la mienne ? La lettre de Charles me troubla moins que l'émoi de mon aide-soignant. Jusqu'à cet instant, je n'avais pas compris à quel point ma situation était désespérante. Cette lettre me prenait au saut du lit. J'avais eu tellement peur de la mort. Maintenant que je revenais chez les vivants dans des conditions plutôt agréables – visites, amour, cadeaux, femmes, fleurs –, les choses, me semblait-il, ne pouvaient que s'arranger. Je retrouverais rapidement mes jambes.

Je manquais de lucidité ; j'avais beau chercher autour de moi une issue, une perspective... pour l'instant je ne bougeais que la tête. Je n'irais pas très loin. La ferveur de Charles avait fait mouche. Sa lettre, comme un diagnostic, évoquait – sans qu'il ait prévu le double fond ni l'effet à tiroirs – l'épreuve insensée qui m'attendait. En me prenant la main pour m'accompagner dans le monde des meurtris et des affligés, Charles ne fit qu'attiser mon désarroi. Il me projetait vers un monde sans fond, sans fin, puisque l'on était toujours sûr de rencontrer plus bas, plus sombre, plus malheureux que soi. Je venais de le vérifier avec Barnabé.

Le chaos innommable de la planète n'était plus derrière l'écran sinistre du journal de 20 heures... Non! Il était là, devant moi... dans mon assiette! Et je devais la finir. Comme quand j'étais petit. « Tu ne te lèveras pas de table tant que tu n'auras pas terminé! »

Tu parles, Charles!

23

Sylvia

J'avais fière allure lorsqu'ils m'installèrent dans ma nouvelle chambre du premier étage; Sylvia m'attendait en rangeant dans mon armoire les affaires prévues pour mon séjour (trousse de toilette, disques compacts, et c'est tout). En fait, jamais je n'avais eu autant besoin de... rien! À part un rasoir et une brosse à dents que l'on manipulait pour moi, je vivais à poil ou presque!

L'hôpital me fournissait une chemise spéciale en coton boutonnée dans le dos que l'on passait sur ma minerve; dessous, de l'aine jusqu'à la poitrine, je portais une gaine de maintien couleur chair, matelassée et surpiquée, lacée sur le devant, très « Jean-Paul Gaultier ». On m'avait enfilé des bas transparents blancs de contention qui s'arrêtaient à mi-cuisses, style Dim up, pour régulariser la circulation du sang, surtout lorsque l'on me mettait en position demi-assise. Depuis plus de six semaines je vivais vingt-quatre heures sur vingt-quatre allongé sur le dos. Dès que l'on relevait le haut de mon corps, le sang, habitué à une navigation horizontale, quittait brusquement le sas du cerveau et je perdais connaissance. Les bas blancs (pourquoi blancs?) maintenaient donc la pression sanguine dans la partie supérieure du corps.

Lorsqu'elle me vit arriver dans mon costume de travelo des cités hospitalières, Sylvia éclata de rire.

– Bien fait pour toi, mon amour! Nous avons enfin notre revanche... Tu vas supporter ce que tu nous as infligé pendant des années! Il ne manque plus que les escarpins et tu seras « parfaite », ma petite salope!

Elle avait raison. Je suggérais toujours à mes copines de se déguiser en femme fatale, quitte à les déshabiller chaque fois un peu plus : « Ouvre ton chemisier! »; « Enfile des talons aiguilles! »; « Plus courte la jupe, plus fendue! »; « Vire ton soutien-gorge! »; « Ne te coupe pas les cheveux! »; « Accentue le rouge à lèvres! »; « Oublie les collants, porte des bas! »; « Soigne tes ongles! »; « Sous ton jean, surtout pas de culotte, juste un string! »; « Mets tes cuissardes en latex! »; « Tais-toi quand je te relooke! »...

Certaines étaient contrariées, d'autres ravies. Elles jouaient le jeu : *Playfull!* m'assurait Sharon La Bianca, Miss Texas en visite à Paris. Nous avions dévalisé une boutique cuir, latex et lingerie à Pigalle. La demoiselle aimait la fessée et les accessoires.

Sylvia avait été gâtée par la nature. C'était de la dynamite, de la bombe *mucho latino*! Sa sensualité de brune piquante mêlée à son sang argentin attirait aussi bien les hommes que les femmes. Cela ne la dérangeait pas :

– Je préfère m'envoyer en l'air avec une fille splendide qu'avec un homme laid !

Engagés dans des histoires amoureuses compliquées, à rebondissements, nous nous disions tout, complices et complémentaires comme deux pôles zygomatiques. J'étais beaucoup trop volage pour qu'elle envisage un seul instant de partager ma couche. Elle était trop proche de moi pour que je tente quoi que ce soit qui risquerait d'éprouver son sex-control ! Elle partait comme une flèche. Je trouvais plus fascinant de la faire rire et de la sentir heureuse, en confiance. Elle avait besoin d'un grand frère. Le sien était mort dix ans plus tôt dans un accident de voiture. De toute façon, nous avions prévu de terminer nos vieux jours ensemble.

– Tu vois, Poisson Chat, me disait-elle à l'hôpital, finalement je vais pouvoir m'entraîner... tu seras plus tôt que prévu mon vieux grincheux en chaise roulante !

Au moins, avec ce qui m'arrivait, elle était tranquille ; je ne pourrais plus lui sauter dessus, ni la coincer dans les cabines d'essayage du Bon Marché. La balle était désormais dans son camp. Et si jamais je changeais d'avis en lui déclarant ma flamme, je ne me faisais pas d'illusion : Sylvia dégonflerait mes pneus !

24

Kinésithérapeute

Depuis que j'avais quitté la réanimation, je gardais mes habitudes de nourrisson. L'expérience n'était pas désagréable. J'habitais un lit où je passais mes jours, mes nuits. Comme aux premiers mois de mon enfance, je vivais entouré de femmes, une infirmière s'occupait de moi pour les soins, une autre pour les repas et l'on m'avait confié aux mains d'une jeune kinésithérapeute : Françoise.

Elle vint le deuxième jour, munie de son petit marteau de « réflexologie ». Elle tapota mes genoux, mes coudes, mes doigts, guettant une réactivité, puis nota soigneusement le résultat dans son carnet médical, selon une évaluation entre 1 et 5. Elle fut assez déçue du résultat : jambes = 0 ; bras = 0 ; mains = 0. Je lui tirai la langue mais elle me dit que ça ne comptait pas. Lorsqu'ils virent mon carnet de notes, les médecins firent la gueule. J'étais un sacré paresseux.

– Ce n'est pas comme ça que vous allez être admis dans la classe supérieure !

Je commençais une seconde carrière de cancre. Le passé vous rattrape toujours. Seule ma mère m'encourageait :

– Ne t'en fais pas, mon petit ! Rome ne s'est pas construit en un jour.

Moi, je m'étais détruit en deux secondes !

Le troisième jour, Françoise vint avec sa boîte à outils ergonomiques. J'étais très excité. Ma jeune kiné affichait un air distant, parlant d'une voix égale, les cheveux impeccables, tirés en chignon, la tunique assortie au pantalon bleu ciel qui sortait du pressing et qui épousait ses formes. Le vieux fantasme de l'infirmière nue sous sa blouse était depuis longtemps aux oubliettes. On n'était pas là pour rigoler. Françoise n'ouvrait la bouche que pour me poser des questions médicales :

– Et là ? Quand je vous fais ça, vous sentez quoi ?

Je réfléchissais. Je savais que là-bas, au bout de moi-même, elle m'avait picoté quelque part. Armée de son mini-pic à glace de mini-serial kiné, elle asticotait un centimètre carré de ma peau. Mais où ? Le pied gauche ? Le genou ? Je n'en savais rien. J'avais envie de lui dire : « Que vous me pinciez le bout de l'orteil, je m'en contrefous ! Avalez-moi plutôt directement la queue et activez vos muqueuses ! Là, je vous dirai ce qu'il se passe vraiment ! »

– Alors ? me répéta Françoise.

– Ben, euh... y a comme un truc qui bouge là-bas...

– Quelle jambe ? La gauche ou la droite ?

– Non, au bout du couloir... vous entendez pas ? Quelqu'un crie « au feu ! »... On s'casse ?

– Essayez de vous concentrer un peu, monsieur Champollon... Sinon, on n'y arrivera, jamais... Alors ?

J'adorais son accent de Marseille, son odeur de savon familial, elle sentait le propre. Ses dents étaient blanches, son teint mat, et elle ne fumait pas. Depuis mon internement, mes sens olfactifs étaient de vrais radars : je chopais tout ce qui rôdait sous mes naseaux. À part les odeurs nauséabondes du plateau-repas qui me coupaient l'appétit, je reniflais les femmes avec délectation. Elles réveillaient ma mémoire. Quel âge avait ma Méditerranéenne ? vingt-cinq, vingt-huit ans ? Je le lui avais demandé mais elle m'avait remis à ma place :

– Cette question n'entre pas dans le cadre de notre travail...

Son job consistait à tester mes capacités « sensivitologiques », c'est-à-dire à évaluer la réactivité « en + ou en – » de toutes les zones « éteintes » de mon corps. Il y a deux niveaux d'évaluation de la sensibilité : profonde ou superficielle. La profonde est celle du commun des mortels, valides, normaux, en pleine santé ; la superficielle, résultante d'un traumatisme médullaire, cérébral, cutané, modifie la perception du toucher et du ressenti.

La surface de notre corps est constituée de millions de capteurs sensitifs ultrasophistiqués. Chaque déplacement, chaque mouvement, chaque toucher, chaque sensation thermique représentent autant d'éléments intégrés à notre ordinateur central, analysés et restitués instantanément :

- le baigneur prudent qui trempe le bout de son orteil à la surface de l'eau de la piscine afin de vérifier la température ;
- les doigts qui se brûlent en sortant le plat du four ;
- la sueur froide qui trempe la chemise à la suite d'une grande émotion ;
- la chair de poule du promeneur surpris par un vent froid et humide ;
- la caresse très subtile d'une main ou d'un pied qui vient vous frôler sous la table ;
- enfiler un jean ;
- un coup de poing dans la gueule ;
- se sécher après un bain ;
- un baiser ;
- bander, mouiller ;
- jouir.

Le canal médullaire (moelle épinière) qui part de la base du cerveau et se termine en queue de cheval dans le bas du dos juste au-dessus du coccyx ressemble à une longue nouille filandreuse et translucide qui occupe tout l'intérieur de la colonne vertébrale, parcourant ainsi trois étages :

- les cervicales : il y en a sept. Du haut de la nuque en passant par le cou jusqu'au creux des épaules, elles soutiennent la tête. Le cou est le point le plus fragile, le plus vulnérable du corps humain. C'est la zone fétiche du *serial killer*, du commando de choc, du pendu, du karatéka, de l'adepte sado-maso de la strangulation mesurée, du pull à col roulé et du tétraplégique : étranglement, coup du lapin, votre compte est bon. Plus c'est haut, plus c'est grave. Christopher Reeves, alias Superman, qui a été touché aux premières cervicales, ne peut pas respirer tout seul – il est sous aide respiratoire vingt-quatre heures sur vingt-quatre ; il est totalement paralysé, même sa tête est maintenue, et son seul rayon d'action est la mobilité réduite de son menton avec lequel il dirige, au moyen d'un joystick ergonomique, son fauteuil électrique. Il peut cependant boire, mastiquer et déglutir : mais il ne peut pas vous cracher une olive à la figure. Il faut les muscles du diaphragme, les abdominaux et une forte poussée d'air dans les poumons. Et si jamais il avale une olive de travers, il meurt.

• les dorsales : il y en a douze. De la base du cou D1 jusqu'au milieu du dos (au niveau du nombril). C'est souvent aux dorsales que sont touchés les motards. En cas de chute ou de glissade, c'est le dos qui trinque ;

• les lombaires : il y en a cinq ; de la cambrure des reins jusqu'au coccyx. Une fracture des lombaires peut entraîner une paraplégie.

Il y a beaucoup de motards paraplégiques, beaucoup d'accidentés de voiture para – ou tétraplégiques, et, d'une manière générale, beaucoup trop de morts sur les routes. Les week-ends de la Toussaint et du 15 août battent les records d'affluence de corps disloqués dans les hélicoptères, les SAMU, les morgues et les services d'urgence. Durant les périodes rouges « alerte maximale », les hôpitaux comme Raymond-Poincaré à Garches prévoient toujours un quota de chambres disponibles pour le fret « frais ». Nul n'est à l'abri.

Dans le cas d'une pathologie très grave, mieux vaut être évacué dans un centre de pointe (Montpellier, Lyon, Marseille, Bordeaux, Paris...) que dans une clinique à Trémouilloux-les-Angoisses. Ou alors mieux vaut ne pas être évacué du tout et attendre sagement l'ambulance ou un bon samaritain pas trop con.

Parfois, des hélicoptères s'écrasent avec, à leur bord, un pilote que nous appellerons Jack, un médecin, le docteur Mabuse, et un paraplégique que nous nommerons Phil, accidenté de la route. Après le crash, on constate un changement radical des données qui avaient été enregistrées au préalable sur la bande son du CASCEV – Contrôle aérien de la sécurité civile et de l'évacuation sanitaire. Jack, pilote valide, est devenu paraplégique ; Mabuse, le médecin volant, est devenu tétraplégique ; et Phil, conducteur paraplégique, est « devenu » mort. Sous la carcasse de l'hélicoptère, on a retrouvé un promeneur malchanceux, devenu grand brûlé, puis mort. Comme il était séropositif, la gendarmerie a émis l'hypothèse d'un suicide.

Nul n'est à l'abri.

Cervicales, dorsales, lombaires : de chacun de ces niveaux dépendent une commande motrice et une zone de sensibilité. Exemple : la D1 – la première dorsale à la base du cou – correspond à la commande des mains et des doigts – ne pas confondre avec la D 118 qui est la départementale où ma voiture s'est retournée !

Françoise avait décrypté mon rapport médical : j'étais C 6, incomplet, donc tout ce qui se trouvait en sous-lésionnel (de la dorsale 1 à lombaire 5) était pour l'instant ou « pour toujours » en veilleuse. Elle pouvait s'agiter, tourner autour de mon lit, jouer avec mon corps, titiller ma peau et ignorer mes questions : tout m'était égal, sauf une chose qu'elle n'avait ni vérifiée ni validée. Ce n'était pas dans son programme. Ma libido. Elle fonctionnait.

Pour l'instant, mon sexe était très loin de moi. Trop. Pauvre petit palmier racorni dans sa touffe, perdu dans une île au beau milieu d'une mer de glace. Quelle vague, quelle naufragée, quelle main experte viendrait l'arroser, lui redonner vie dans cet éden inachevé ?

Pas Françoise.

25

Tire-bouchon

Ce matin, on m'a installé la télévision. Je suis le seul être au monde à posséder un zappeur humain : mon voisin, Maurice, cinquante ans, divorcé, pas d'enfants. C'est lui qui change les chaînes.

– Maurice, télécommande ! Canal !

– Attends, gamin, j'la trouve plus la zapette...

Ça fait des années qu'il fréquente les hôpitaux. Il porte des lunettes noires. Il est aveugle et amputé d'une jambe. Ancien boulanger, il se rendait très tôt à son travail à Mobylette. Il avait trente ans au moment des faits : « J'habitais Saint-Martin-sur-Hinx, un petit bled dans les Landes, à dix kilomètres d'Hossegor. Tous les jours, je me levais à 5 plombes du mat' pour aller faire mon pain. C'était un dimanche. J'étais sur ma Mob, arrêté au stop, juste devant la nationale qui part de Bordeaux et va jusqu'à Bayonne. Il y a toujours beaucoup de trafic mais un peu moins le week-end, surtout quand il fait encore nuit, c'est calme. Au loin, sur ma droite, j'ai vu un gros camion qui roulait vite. J'ai décidé d'attendre et de le laisser passer. Au moment où il arrivait, il y a eu un grand choc dans mon dos qui m'a propulsé au beau milieu de la route, en plein devant le camion. Le mec n'a pas eu le temps de freiner, il a juste donné un coup de volant pour m'éviter. Il m'a quand même arraché la moitié de la jambe et ma tête a tapé sur le bitume. On m'a dit plus tard que c'étaient des jeunes qui rentraient de boîte de nuit. Ils étaient bourrés. Ils m'ont pas vu... »

On l'avait hospitalisé pour une semaine. Maurice avait des problèmes à cause de sa prothèse qui irritait son moignon, déclenchait des escarres et des infections cutanées. Il avait aussi des douleurs fantômes insupportables. Son mollet et son pied restés sur le bord de cette nationale, il y a vingt ans, continuaient encore de le faire souffrir. La cécité était venue après, probablement liée au choc cérébral et à son coma. À son divorce aussi. Bilan général : pharmacotique, hépatique, orthopédique, examens du sang, de la peau (il avait subi des greffes), essai d'une nouvelle prothèse en alliage carbone et Pyrex, et marche obligatoire avec déambulateur.

Maurice cantinait. Il avait rapporté des rations de son Sud-Ouest natal qui changeaient de l'ordinaire. Et puis, quelle manie de nous faire dîner à 18 heures ! Entre la fin des visites, le journal de 20 heures, le film sur le câble et les derniers soins à minuit, cela nous laissait six heures pour digérer. Je n'avais pas d'appétit, ou très peu : la position allongée, la minerve qui me prenait le menton et m'irritait la peau chaque fois que j'ouvrais la bouche, les médicaments (Liorésal, Dantrium, Ditropan, Valium, Rivotril, Orelox, Xantrax, Smirnoff...), ma gaine, mes bas et mon ex, Alizée, qui ne s'était toujours pas manifestée.

C'est Maurice qui entreprit ma rééducation gastronomique en me collant sous le nez foie gras, pâtés, confits et des vapeurs de bon pinard. Il les stockait dans son placard et j'étais chargé de faire le guet. Je devais le prévenir si j'entendais l'infirmière, et le diriger pour éviter qu'il se plante : tenir en équilibre sur une jambe, sautiller à l'aveuglette avec dans la main droite une bouteille de bordeaux et dans l'autre un bocal « du Bon Canard landais d'Esperolle » devrait être une épreuve inscrite aux jeux para-olympiques des handicapés. Il y a bien, chez les valides, la course des garçons de café !

– À droite, Maurice, deux sauts. Stop. À gauche, deux sauts. Stop. Vers moi, maintenant, deux sauts, stop !

Il s'asseyait au bord de mon lit, disposait ses trésors sur la table roulante, tâtonnait à la recherche de l'ouvre-boîte ou du décapsuleur.

– À droite, la main, Maurice, deux centimètres, stop !

Il souriait vers le plafond en ouvrant une conserve au hasard :

– Tiens, respire-moi ça, gamin... alors ?

Ça puait. Il s'était trompé : c'était une boîte de sardines de Saint-Jean-de-Luz.

– Magnifique, Maurice, magnifique...

– Ça te plaît, gamin ? J'vais te faire une tartine...

Se fiant à ma voix, il m'appelait gamin : c'était toujours ça de pris sur ma sénilité galopante. Sur mes trente-six ans. Je n'avais pas dit non plus à Maurice que j'étais ténor. Je montais haut dans la gamme. Je ne lui parlais pas de mon piano, ni de mes guitares, ni de la scène, ni des standards de rock'n'roll, ni de *Surfer Girl* des Beach Boys. J'étais encore trop tôt dans ma maladie pour imaginer un seul instant que tout était fini. J'étais plein d'espérance. À deux mois seulement de mon accident :

– Avant six ou huit mois, avaient dit les médecins, tout est possible...

J'avais confiance... et pourtant. En voyant Maurice, difficile de ne pas se projeter en grand invalide civil et d'imaginer ma vie dans une quinzaine d'années. Serais-je encore paralysé, pensionnaire occasionnel de centres ou d'hôpitaux ? Serais-je seul, isolé dans ma campagne, à finir un vieux fond de bocal de cuisses de canard et à vider cul sec une bouteille de brebis-rothshild ?

C'était impossible. Je ne pouvais pas me servir de mes mains. Il en faut de la force pour utiliser un tire-bouchon !

Il en faut de la force...

D1.

26

Affaires criminelles

Dans le bureau de Simone Lefranjus, banquière au Crédit Lyonnais, Darius faisait les comptes. Il avait apporté les derniers relevés bancaires de Poisson Chat. La situation était catastrophique. Non seulement il était à découvert mais, même en considérant les cachets qui ne lui avaient pas encore été payés, son frère n'avait pas de quoi s'acheter un fauteuil roulant. Darius s'était renseigné : la Sécurité sociale aidait à hauteur de trois mille cinq cents francs et le coût moyen d'un fauteuil « manuel » – et non pas électrique (cinquante-cinq mille francs) – s'élevait à seize mille francs.

Heureusement, les amis de Poisson Chat s'étaient tous mobilisés pour mettre au pot. Nouveau problème : que faire de tous ces chèques qui arrivaient ? Darius se méfiait depuis sa visite désastreuse au centre des impôts, ajoutée aux centaines de contraventions qu'il avait retrouvées cachées au fond d'un placard sous une pile multicolore de petites culottes et aux trois mois de loyers impayés. S'il les déposait sur le compte de Poisson Chat, il n'y aurait plus un kopeck dans son trésor de guerre. Poisson Chat n'avait pas de portefeuille d'actions, de titres, de plan d'épargne-logement... mais un plan attrape-gonzesses, oui! Il avait du crédit de ce côté-là, et beaucoup de liquidités, surtout dans le bas-ventre.

Il y avait plus grave. En parcourant les relevés de compte de septembre à mars, Darius avait remarqué un prélèvement de cent quatre-vingt-cinq francs tous les 10 de chaque mois. À côté de la colonne débit était mentionné : Affaires criminelles. « Zut! Encore une tuile... »

C'était la raison de sa visite chez Mme Lefranjus. Elle interrogea le central bancaire mais la réponse n'arriverait pas avant six semaines.

– La justice peut-elle saisir un compte? interrogea Darius.

– Oui, un courrier officiel nous le précise... et là, rien! Demandez à votre frère, non?

– Ben, c'est pas vraiment le moment... pour l'instant, il a son compte.

– Je comprends... dites?

– Oui... ?

– Votre frère, il a un casier judiciaire?

Darius interrogea Sylvia, Alix, Marco, Ambroisine, Amaury, Guillaume, Pierre-Jean, Laurent, Charlotte, « Tito », le clodo de la rue du Bac... au moins cinquante personnes proches de son frère! Nul ne savait quel crime avait commis Poisson Chat. Il y avait bien une solution... mais Darius – qui n'était ni poule mouillée ni kamikaze – n'allait quand même pas se jeter une nouvelle fois dans la gueule du loup !

Le commissariat du VIIe arrondissement, au 122, rue de Grenelle, était à distance égale des bureaux du Trésor public et de la rue du Bac, où habitait Poisson Chat. Darius passa et repassa plusieurs fois devant l'entrée. Le factionnaire ne le quittait pas des yeux. Darius se demandait si le flic n'avait pas établi sa ressemblance avec le portrait-robot diffusé par le ministère de l'Intérieur : le *serial lover* du Bon Marché. Un pervers qui guettait les jeunes femmes dans les cabines d'essayage du rayon lingerie et les étranglait avec un bas de soie Chantal Thomass, taille 3, couture et talon renforcé : Poisson Chat, bien sûr !

Darius se rongeait les sangs : dans quel guêpier son frère s'était-il encore fourré ? Cette affaire criminelle avait-elle un rapport avec son accident ? Un indice lui revint en mémoire : le garagiste. Il lui avait certifié qu'en vingt ans de métier jamais il n'avait entendu parler d'une 604 roulant à quatre-vingts kilomètres à l'heure sur une ligne droite, avec à son bord un conducteur sobre et ceinturé, qui s'était retournée toute seule sur le toit. Impossible. À moins de l'intervention d'un élément extérieur ou d'un comportement délibéré. Ou d'un conducteur très maladroit. Demain, Darius appellerait l'expert.

27

K7 vidéo

Quelques jours plus tard, ils étaient tous rue du Bac à remplir les cartons de déménagement. Poisson Chat ne reviendrait jamais plus chez lui et il ne le savait pas encore.

Éric avait apporté du champagne, il remplissait les coupes tandis qu'Ambroisine programmait sur la chaîne les derniers titres de Poisson Chat enregistrés avant son accident : *Feux de bengale*, *Sexy Girl*, *Saint-Germain Boulevard*, *Boum sur le corail*, *Arizona*... En rythme, telles des lavandières, Sylvia, Camille, Alix, Virginie, Barbara, Garance, pliaient chemises, caleçons, pantalons, vestes, reprenant les refrains de leur crooner préféré. On sonna à la porte. Ludovic fit signe au « chœur des vierges » de baisser d'un ton; il était presque minuit.

– Pizza! hurla Mickey, qui n'avait pas eu le temps de dîner.

Louis ouvrit la porte, s'attendant aux protestations d'un voisin insomniaque, mais il se retrouva devant une belle blonde aux jambes interminables. Elle tendit la main à Louis qui regretta aussitôt de ne pas être pneumologue, puis elle rajusta son décolleté. Le corps se mit à parler :

– Poisson Chat est là, s'il vous plaît ? Je suis sa voisine, Marie Aymée... une de ses amies... je pars demain pour New York et ça fait des mois que je lui ai promis ces K7... bonsoir quand même...

Darius la fit entrer car Louis restait pétrifié sur place. Marie Aymée salua tout le monde, aussi à l'aise que si elle était en bikini. Dès qu'elle penchait le buste, on pouvait remarquer qu'elle ne portait rien sous son peignoir. Les deux frères la firent asseoir et lui servirent du champagne.

Pauvre Marie Aymée ! Elle était juste passée rendre des K7 vidéo et maintenant elle pleurait sur le divan entre deux Champollon aussi désemparés qu'elle. Son émotion déclencha sucessivement chez Alix, Camille puis Sylvia, une crise de larmes mettant les garçons dans l'embarras : ils avaient déjà rangé au fond d'un carton les mouchoirs en coton et les boîtes de Kleenex. Il ne restait plus que du papier toilette.

Marie Aymée raconta sa rencontre avec Poisson Chat. Une nuit de Pâques où elle revenait seule d'un mariage, elle l'avait trouvé qui dormait dans l'escalier. Il avait oublié ses clefs et attendait le matin pour appeler un serrurier. Elle lui proposa de l'argent pour aller à l'hôtel, mais il refusa : il était déjà 5 heures du matin et il avait assez de dettes pour ne pas dépouiller une inconnue. Marie Aymée avait dansé toute la soirée, elle ôta ses escarpins. Poisson Chat, qui revenait de Thaïlande, lui proposa un massage des chevilles. Elle trouva l'idée saugrenue mais il n'arrêtait pas de parler ; elle finit donc par s'asseoir sur les marches. À 7 heures, ils étaient toujours là, à refaire le monde. Elle l'avait invité chez elle et installé sur le canapé.

Ludovic croisa le regard de Sylvia qui croisa le regard d'Ambroisine qui croisa le regard d'Éric : Poisson Chat n'avait jamais mis les pieds en Thaïlande ! Encore un de ces foutus plans pour se taper sa voisine ! Comme les garçons raccompagnaient Marie Aymée, Darius lui demanda ce qu'elle faisait dans la vie : elle travaillait pour une boîte de distribution vidéo spécialisée dans les abonnements par correspondance. Leur catalogue disposait d'un éventail très large de documentaires, de reportages, de magazines, d'enquêtes qui s'adressaient aux adultes : *Le Monde de la chasse*, *Les Trésors de l'Égypte*, *Les Grandes Énigmes de l'histoire*, *Le Cinéma américain*, *Les Peintres flamands*, *Merveilles de l'océan Indien*, *Les Avions de guerre*, *Jardins à la française*...

– D'ailleurs, précisa Marie Aymée à Darius, je me souviens que ton frère a pris un abonnement chez nous...

– Lequel ?

– J'me souviens plus... le catalogue est énorme...

– C'était pas « Comment draguer sa voisine en dix leçons ? » proposa Ludovic, qui se demandait si ce salaud de Poisson Chat avait réussi à poser ses pattes sur elle.

Ils allaient l'embrasser sur le pas de la porte lorsqu'elle claqua des doigts :

– Je sais maintenant ! Un truc horrible sur les *serial killers*... une collection d'au moins trente vidéos... c'est... euh... ?

– AFFAIRES CRIMINELLES, hurla Darius. On l'entendit dans tout l'immeuble.

28

Ramona

Depuis que Maurice est parti, on m'a collé un nouveau voisin : Ricardo Martinez. Un ouvrier en bâtiment. Il parle trois langues en même temps : le portugais, le français et le « aïee » :

– Aïee... madré dé dios ! Aïee... yé mal ! Yé mé souis cassé en mille morceaux... aïee... en mille morceaux...

Le docteur Azam a trouvé la formule pour lui remonter le moral :

– Mais non, monsieur Martinez, vous mentez ! Pas en mille morceaux ! Seulement en onze morceaux : un poignet, une clavicule, cinq côtes, un fémur, un tibia et deux chevilles ! Les orteils, ça ne compte pas !

– Aïee... docteur... yé mal... yé mé suis cassé... en quoi, déya ?

– En onze morceaux... ça vous avez droit de le dire... et « aïe » aussi...

Ricardo est tombé d'un échafaudage. Pansements, plâtres, attelles, poids suspendus, c'est une momie vivante. Dans son malheur, il y a au moins un point positif : il n'a pas été touché à la colonne vertébrale et, bien qu'il souffre, les médecins lui ont garanti que dans trois mois il serait tiré d'affaire. Un point négatif : il s'est écrasé sur la voiture de son patron. La Safrane de M. Gangotena. Ce dernier vient un jour sur deux, vers les 20 heures :

– Tu vois Ricardo, c'est pas le problème de la bagnole... c'est juste de la carrosserie... mais quand même, c'est pas des manières !

– Mais patron... yé lé pas fait exprès... yé glissé... aïee... yé mal...

– T'étais pas attaché, Ricardo... si t'avais mis ton harnais...

– Mais patron... yé l'avé prêté à Maurizio... aïee, yé mal...

– Et pourquoi tu l'as prêté à Maurizio, hein ?

– Yé sé plou... patron... Aïe... yé mal...

– Ricardo ! Réponds à la question de M. Gangotena !

Le pire, c'est quand la bonne femme de Ricardo s'en mêle.

Ramona Martinez arrive toujours cinq minutes après M. Gangotena. Coiffée, maquillée, portant des robes courtes, affriolantes, et des talons aiguilles, on dirait qu'elle va faire le tapin. Au début, je trouvais touchant qu'elle s'apprête ainsi pour plaire à son mari, mais elle était si désagréable avec lui que je finis par me demander quel était son intérêt – hormis celui de satisfaire une méchanceté naturelle – à venir lui pourrir le moral. Plantée à son chevet, exhalant un parfum à réveiller tous les morts-vivants de la réa, Ramona approuvait de la tête chaque réflexion désagréable de M. Gangotena, pour en rajouter une couche, bras levés au ciel :

– T'as mal, t'as mal ! C'est pas une réponse, Ricardo !

À chaque visite, elle apportait des madeleines dans un petit sachet transparent qu'elle rangeait dans le placard personnel de son mari, puis elle allait dans la salle de bains se refaire une beauté. Pendant ce temps, le boss de Ricardo sortait un jeu de photos et le lui mettait sous le nez :

– Tiens, tu vois Ricardo, ça c'est ma voiture... avant l'accident ! Maintenant, regarde... tu vois les dégâts ? Pourquoi tu m'as fait ça... hein... ?

Le pauvre Ricardo, à bout, démissionnait et s'enfermait dans un silence émaillé de « aïee » discrets. De sa main valide, il montait le volume de la télé, et son visage prenait l'expression boudeuse de l'enfant puni. De la salle d'eau, la voix de Mme Martinez annonçait son départ. Je connaissais son texte par cœur.

– Ricardo ? À cause de toi, je vais devoir courir pour le dernier train...

Elle ressortait, affichant une moue de pimbêche contrariée, puis soudain tout sourires :

– Monsieur Gangotena, ça ne vous obligerait pas trop de bien vouloir me déposer porte de Saint-Cloud ?

– Si ça peut vous dépanner, madame Martinez...

C'était quand même la troisième fois, cette
semaine, qu'il la ramenait. À tous les coups, il
la ramonait la Ramona.

29

Soap

C'est mon dernier week-end avant de passer en face, au pavillon Vidal, dans le service de rééducation fonctionnelle. Le vendredi après-midi, le professeur Desmouches est venu me saluer accompagné de deux internes. Il m'a bien fait rigoler.

– C'est vous la forte tête? On va vous mater, soldat! Sinon, c'est le peloton d'exécution... n'est-ce pas, toubib?

Il a regardé mon frère Louis, en tenue de sortie bleu marine de médecin-capitaine. Assises sur mon lit, trois copines en jupe et baskets me faisaient la lecture de *Gala*, *Voici*, *Jeune et Jolie*; Vanille, Marie et Garance commentaient mon horoscope : c'était une période pleine de promesses pour les natifs de mars, les Poissons. Je devais juste faire gaffe aux courants d'air, à la viande de bœuf et aux contraventions. Côté cœur, c'était simple comme bonjour : elle m'aimait à la folie. Qui? Je le saurais bientôt... dans le prochain horoscope.

Samedi fut plus calme. Maintenant que je vais beaucoup mieux, je suis capable de regarder la télé quinze heures d'affilée, sans me fatiguer. J'ai découvert une série télé formidable de suspense et d'émotions humaines : *Les Feux de l'amour*. Au début, j'ai cru qu'il s'agissait d'un documentaire sur le système pileux des couples adultères de Santa Barbara. Mais non, c'est une vraie série avec de vrais acteurs... sauf les poils dressés sur le sommet du crâne... des brushings indestructibles ! On dirait qu'on leur a greffé un yorkshire sur la tête. Ils se disputent, ils s'embrassent, ils baisent sous les draps, ils crient en traversant le salon... et rien ne bouge ! Pas une mèche ! J'ai rebaptisé la série *Les Coiffures tétraplégiques*. J'essaie de convertir mes parents, mes frères, mes copines, mes internes, ma kiné, à la cause bouleversante de ce *soap*, mais rien n'y fait. Leurs regards distraits glissent sur l'écran allumé, les images n'ont aucun pouvoir sur leur imaginaire et n'éveillent que de l'ennui :

– Mon chéri, on est venu pour te voir, pas pour regarder la télé...

– C'est qui... elle... la grosse pétasse qui parle à côté de sa bouche ?

– Tu sais pas où est le zappeur ?

Louis est le seul qui ait regardé jusqu'au bout l'un des vingt-six minutes des *Feux de l'amour*. Juste avant le générique, je lui avais fait un résumé des épisodes précédents : Jennifer aime Kevin qui trompe Joan qui aime Derek qui trompe Priscilla qui aime Mike qui trompe Bruce qui aime Sharon qui trompe Brian avec Jennifer qui à force... déprime et perd confiance en elle. D'où sa liaison avec le beau Carl.

À la fin, il a hoché la tête puis, comme l'infirmière venait me faire une prise de sang, il lui a demandé si je prenais toujours du Valium 5 mg.

30

Déménagement

C'est arrivé ce matin : mon déménagement.
Pas celui de la rue du Bac. Darius m'a déjà
mis au courant. Mes affaires sont dans un
garde-meuble pour une durée indéterminée.
Après tout, mes fringues, mes meubles, mes
photos, ma collection de bottes texanes et de
chemises hawaiiennes... je m'en fous ; à
l'exception de ma guitare, de mon piano et de
l'intégrale des Beach Boys, tout doit disparaître, tout peut disparaître, ce ne sont que des
objets. *Li fet met*, prophétise un verset du
Coran : le temps passé est un temps mort.
Cette vie entre parenthèses ne m'effraie
pas ; c'est comme un long voyage, un exil. On
abandonne tout sur le quai... pour ne garder
que l'essentiel : d'ailleurs, de quoi avons-nous
vraiment besoin ? Un corps en bonne santé,
des jambes capables de bondir sur le marche-
pied d'un train qui démarre ou de gravir la
passerelle escamotable d'un avion pour fuir au
bout du monde, repartir de zéro. C'est tout.
Je ne dois pas refaire ma vie, je dois être
patient et accepter ce que mon corps me per-

mettra d'entreprendre. C'est lui mon voyage. Et aujourd'hui mon aventure commence puisque après treize semaines d'hospitalisation, dont quatre dans les vapes neuroleptiques, je suis transféré : Vidal, fais gaffe ! Mobilisation générale pour l'immobilisé Poisson Chat ! Lui et son armée frou-frou, dentelles et mascara viennent occuper de nouvelles positions. Objectif 1 : reconquérir les mains, les épaules, le dos, la poitrine et le ventre. Objectif 2 : récupérer le sexe, le train porteur (bassin, hanches, jambes, pieds), se remettre debout, puis courir et serrer une femme dans ses bras. C'est dans l'ordre logique et neurologique : d'abord le haut (D1) puis le bas (L 5).

La nuit, je rêve qu'à l'intérieur de ma colonne vertébrale un microséisme cellulaire réveille ma moelle anesthésiée, recréant les réseaux atrophiés et les circuits neurologiques cramés de mes cervicales. Et tandis que le filament médullaire translucide s'imprègne de ses atomes régénérateurs, les gaines motrices et sensitives, réactivées, s'allument étage par étage, comme les fenêtres d'un building à la tombée du jour. Et dans l'architecture verticale de mon corps osseux, de la nuque jusqu'au coccyx, le génie foudroyant d'un petit ascenseur thaumaturge viendrait du haut jusqu'en bas ressusciter la machine humaine évanouie. Mes pieds enfin retrouveraient le plancher des vaches, le sable bouleversé de la côte des Basques et les dancefloors illuminés des clubs de La Havane.

Lundi matin, branle-bas de combat ! L'infirmière est venue me réveiller à 8 heures. Mes affaires tiennent dans un sac de sport. Deux aides-soignants m'ont fait glisser du lit jusque sur le brancard à roulettes. Un drap pour me couvrir et nous voilà partis dans le dédale des couloirs. Je salue et remercie les visages connus : médecins, internes, infirmières. Ils me souhaitent tous bonne chance. Devant, l'ascenseur, je croise une civière avec un corps endormi sous la couverture :

– Il va où, lui ? demande un gros Black à la chef de poste.

– Chambre 12.

C'est ma chambre, où plutôt c'était... Qu'importe, le cirque continue.

Dans l'ascenseur, je frétille d'impatience. Dehors *il fait beau, il fait chaud, la vie coule comme une chanson... aussitôt qu'une fille....*

Je vais goûter sur ma peau les rayons du soleil. De l'air frais s'engouffrera dans mes narines ; je verrai la cime des arbres, peut-être des oiseaux. Sur ma route, je rencontrerai des hommes et des femmes en civil : ni des visiteurs, ni des malades, ni du personnel médical.

L'exiguïté de la cage d'ascenseur aux parois taguées évoque la prison, toutes les formes d'incarcération : asile-camisole, cellule-monastère, pénitencier haute sécurité, crash avion-train-bagnole, salle de tortures, camp de concentration, otage, naufragé de la mer ou de la montagne, jungle... labyrinthe passionnel... bondage...

Les portes s'ouvrent. Mes deux pilotes me dirigent vers la sortie. Je croise des visages curieux, apeurés, antipathiques. C'est bizarre, cette soudaine impression de déranger. J'ai quitté le cocon feutré d'un service spécialisé pour l'inconnu et des inconnus. Et puis, je suis presque nu sous mon drap... J'ai peur qu'un courant d'air soulève le tissu et m'expose aux regards. Je suis devenu pudique. Il est loin le temps où Poisson Chat montrait son cul à tout le monde.

– S'il vous plaît ? Pardon ! Poussez-vous... merci !

Mes deux garçons sont bien élevés. Leur vélocité m'impressionne. Je dois être le numéro 3 ou 4 de leur journée de transferts. Chaque année, des milliers de corps passent entre leurs mains. Devant les portes vitrées, mon cœur bat plus vite. Dans quelques secondes... cap plein soleil. Mon brancard s'engouffre dans un nouvel ascenseur et le doigt de l'aide-soignant appuie sur la touche -1. C'est sordide. Nous quittons Patel par les voies souterraines. Un grand couloir, sombre, humide, glacial, nauséabond, sale, bruyant. Des employés poussent les chariots des plateaux-repas et filent à toute allure vers les différents services. Ils se croisent en hurlant et s'évitent au dernier moment. Nous longeons de grands battants transparents qui ferment l'accès aux cuisines. Deux mille repas sont servis chaque jour. Bruits de vaisselle, de verres qui se heurtent dans les casiers. Sur les murs suintants, des flèches aux couleurs délavées indiquent le chemin du pavillon Vidal. Nouvel ascenseur, cette fois on monte : niveau 1.

À la sortie, changement de décor. On n'est plus dans le statique, dans l'espace stérile, paisible et calfeutré de Patel : ça groove, ça bouge ! Voix et ordres fusent de tous côtés. J'aperçois dans le couloir les premiers fauteuils roulants. Des jeunes de quatorze, quinze, dix-huit ans ; ils se doublent, se cognent, font la course, se traitent de tous les noms.

Avant de m'abandonner devant le bureau des admissions, les aides-soignants ont disposé mon sac sur mes jambes. Je reste ainsi, un long moment... J'aimerais tant que l'un de mes proches soit à côté de moi pour me parler, me rassurer... « Ne rêve pas, bonhomme... on est lundi matin... tes amis bossent, tes parents ne viennent que demain et tes femmes se reposent... » J'ai beau me rassurer, brider mon impatience, mon découragement, je suis au milieu d'un monde en marche où je dois prendre ma place.

Ma rééducation vient de commencer.

31

Guêpière

Florence se préparait devant le grand miroir de la penderie. Elle revenait de chez le coiffeur, après un détour chez Sabia Rosa, une boutique de lingerie fine. Elle ajustait sa guêpière avant de glisser ses jambes dans le fourreau de sa robe, prenant soin de ne pas filer ses bas neufs. Arno, son mari, débarqua de son bureau plus tôt que prévu. Il faillit tomber en syncope :

– Pourquoi Florence, à 18 h 15, éprouve-t-elle le besoin de se déguiser en call-girl ? Elle a un amant ?

Il referma la porte de la chambre. Les enfants jouaient à côté avec la baby-sitter. Arno vérifia que personne n'était planqué sous le lit, derrière les rideaux ni dans la penderie.

– Qu'est-ce que tu cherches, chéri ? demanda Florence, tout en chaussant un escarpin verni haut de dix centimètres.

– Euuh... rien... mais... euh ? Qu'est-ce que tu fous dans cette tenue ? On n'a pas de dîner ce soir ?

Florence se retourna. Elle le dominait d'une bonne tête. « Ouaaah, pensa Arno... Elle est trop sexe ! Il se passe quelque chose. » Elle s'était maquillé les yeux, rimmel et mascara. Sa bouche ressemblait à une grosse fraise humide :

– Enfin bébé ! Je vais à Garches, voir Poisson Chat... tu as oublié ?

Arno tilta : bien sûr ! Ils en avaient parlé la veille.

– Ah, dans ce cas, si c'est pour Poisson Chat !

Florence pencha la tête devant la glace. Il ne s'agissait pas de rater les finitions : le coordonné gants, sac à main et boucles d'oreilles.

– Tu penses que ça va lui plaire ?

Arno manqua s'étouffer et se gratta les valseuses. « Et puis quoi encore ? Ce salaud a vraiment de la chance... S'il suffit de faire trois tonneaux en bagnole pour que les nanas se déguisent en salopes et vous apportent des chocolats, je saute tout de suite par la fenêtre... »

Il collait aux fesses de Florence qui se déhanchait sur ses talons. Dans la salle de bains, elle se pencha au-dessus du lavabo, Arno zieuta sa poitrine dans le miroir. Il pensa à Betty Page, à un pare-chocs de Cadillac des années 50, à une cravate de notaire. L'échancrure en dentelle du corsage dissimulait à peine les aréoles rosées de ses seins qui débordaient du bustier. « On voit ses tétons, se chuchota Arno, le doigt dans la bouche. » Flo vaporisa quelques gouttes de parfum dans son décolleté et à l'intérieur de ses poignets :

– Tu te souviens qu'aujourd'hui c'est nos cinq ans de mariage ?

– Oui... non... mais justement, je pensais t'invit...

– Trop tard... je me suis organisée...

Piteux et lubrique, Arno accompagna sa femme jusqu'à l'ascenseur. Il insista pour venir : Poisson Chat c'était aussi son pote, non ? D'autre part, Florence ne prenait-elle pas des risques en se baladant dans cette tenue ? Et puis, que penseraient les voisins et le concierge, Bernardo Riberoles, un obsédé sexuel ? Et le parking... la minuterie déconnait !

Flo rétorqua que Fabienne l'attendait en bas dans sa mini Cooper.

Elle l'embrassa puis disparut dans la cage en lui criant : « À ce soir, mon amour ! » Arno resta bouche ouverte quelques secondes. De retour dans l'appartement, il fit un grand écart sur la moquette, programma *Sexual Healing* sur la chaîne, shoota dans le nounours de sa fille, bondit sur le canapé en gueulant :

– Ouaais... ma femme est superbonne, ma femme est superbonne !

Sans le savoir, Poisson Chat raccommodait les couples.

32

Amour

Je suis face à l'entrée, dans une chambre à trois lits, dont deux sont, pour l'instant, inoccupés. Lorsque la porte est ouverte, j'aperçois le bout du couloir. C'est pratique pour les visites. Mes copines ont l'avantage d'être identifiables à l'œil et à l'oreille. Leurs escarpins tapent sur le lino, plus ou moins en cadence, plus ou moins vite. Celles qui sont déjà venues tracent direct jusqu'à ma chambre : quarante-cinq secondes. C'est le temps de Sylvia, de Camille, d'Ambroisine, de Vanille... Pour les nouvelles, c'est différent. Trois facteurs interviennent : la hauteur des talons, la longueur des jambes et l'émotionnel.

Lorsqu'elles franchissent pour la première fois le portail de l'hôpital, elles sont déjà nerveuses : « Dans quel état allons-nous le trouver ? Va-t-il nous reconnaître ? Zut ! Mon rimmel a coulé... » Elles ont soigné leur toilette. Les plus distraites se font, en route, expliquer une dizaine de fois le chemin. Une demi-heure plus tard, elles arrivent enfin à Vidal. C'est le choc du service. D'abord, il faut trouver le secteur de Poisson Chat et, pendant ce temps, supporter le regard de ces silhouettes chétives, démolies, agressives ou amorphes. Quand elles atteignent le secteur 1 et qu'on leur indique la fameuse chambre au bout du couloir, les jambes sont flageolantes et la démarche mal assurée. Devant les portes ouvertes, elles accélèrent de peur d'être happées par des visages avides d'une vie qui passe mais ne s'arrête pas.

Soudain, une voix les interpelle ; la voix n'a pas changé.

– Ohé, les filles, je suis là !

Elles aperçoivent le visage amaigri de Poisson Chat, prisonnier de sa minerve et toujours souriant. Au mur, juste devant la potence du lit, des amis ont punaisé des photos, des cartes postales, des poèmes ; il y a même le téléphone, avec une commande spéciale pour prendre la ligne sans décrocher le combiné. Les filles ont apporté des cadeaux : des livres, du vin, des CD, une chemise, des sushis, des gâteaux et surtout des baisers. On a redressé le dossier du lit. La fête peut commencer.

– Comment tu me trouves... ? demande Caroline, faisant tournoyer sa jupe afin que Poisson Chat remarque la jarretière dentelle de ses Dim up.

– ... En retard... répond l'alité en fixant l'horloge.

– Ça valait le coup, non ? Et puis, le mec à l'entrée, il m'a envoyée dans un autre service... c'est nul...

– ... Oui, mais c'est bon de te voir, ma chérie...

150

Poisson Chat découvrait l'immense potentiel de l'amour féminin, à son chevet il prenait toute sa plénitude ; les filles l'embrassaient, le touchaient, le serraient dans leurs bras, sans la moindre ambiguïté. Elles avaient eu tout simplement peur de le perdre. On ne doit pas attendre que les gens meurent pour leur dire qu'on les aime. Poisson Chat représentait le bébé, l'enfant, le fils, le frère, l'amant, le mari, le père, le grand-père qui avait failli s'éteindre ou celui qu'elles avaient déjà perdu. En d'autres temps, il aurait trouvé équivoques ces manifestations de tendresse et d'affection. À croire que depuis des lustres il faisait fausse route en cantonnant les femmes dans le rôle de maîtresses. Elles rayonnaient bien au-delà de ce qu'il avait pu imaginer.

Cet accident, c'était sa chance d'accéder à un nouveau champ d'investigations sentimentales. Maintenant qu'il se trouvait en rade, privé de ses atouts physiques, seule une sensibilité irradiante pallierait le handicap de son corps. Fini le temps du baratin facile, des plans à deux balles, du look play-boy désinvolte, du pianiste-lover. Le sacrifice de ses mains, de sa voix, de ses jambes, représentait pour lui une perte inqualifiable, une mise à mort programmée, lancinante, obscène par sa cruauté. Au-delà de l'inimaginable, aux confins de ce désert qu'il devrait traverser en rampant, il y avait forcément une issue, peut-être une guérison de l'âme. Sinon, à quoi bon ?

Devant ces visages d'anges qui lui souriaient, ces femmes aux émois fertiles qui berçaient son cœur d'attentions délicates, il s'abandonnait, savourant chaque minute en leur compagnie. Mais quelque chose lui échappait : qu'avait-il donc fait pendant toutes ces années ? Qui avait-il aimé, sinon sa propre image réfléchie dans les yeux d'une biche convoitée, pygmalionisée ? Souvent, après la jouissance, il avait déjà envie de passer à autre chose... et surtout de dormir seul.

Aujourd'hui, si son drame repoussait jusqu'à l'écœurement les limites de sa résistance face à la souffrance, il lui offrait cette capacité d'amour dont il n'avait jamais supposé l'existence. Peut-être parce que depuis toujours il envisageait l'amour comme une monnaie d'échange, jamais comme un don.

C'est cette immense leçon que lui donnaient les femmes. Et cette leçon, dès qu'elle vous effleure l'âme, plus besoin de l'apprendre par cœur.

33

Guerre

Le service est très bien organisé. Outre une trentaine de kinés d'État qui soignent petits et grands dans un espace comprenant une piscine chauffée, une salle de sport et des cages de musculation, il y a des ergothérapeutes, une assistante sociale, une psychologue, une diététicienne, une conseillère en escarres, une permanence du Club social et d'entraide et un spécialiste, responsable du pool fauteuil, qui prête à chaque nouvel arrivant un super-machin à roulettes, le temps de son hospitalisation.

Un interne à lunettes, Harold Munch, est venu examiner Poisson Chat pour dresser un bilan moteur et sensitif. À part ses cheveux qui ont poussé, rien n'a évolué, le verdict « état stationnaire » fait l'unanimité. Sur le tableau du scribouillard Munch, Poisson Chat a remarqué beaucoup de zéros qui s'alignaient au bout des colonnes :

– Alors, quoi de neuf, docteur ?
– Désirez-vous rencontrer la psychologue ?
– Elle est bonne ?

– Elle peut vous aider...

– Vraiment ?... Euh, elle peut me trouver un coiffeur ?

Munch a esquissé un sourire compréhensif et dans le rectangle « Note de synthèse », situé dans le bas de la page, il a écrit : « Sujet perturbé. Voir traitement. »

M. Roger, le plasticien, lui a adapté une nouvelle minerve, plus légère, plus ergodynamique, mais Poisson Chat est toujours contraint de porter cette satanée gaine et ces bas ridicules. Puis est venu le tour du professeur Desmouches, sacré bonhomme, même pas quinquagénaire, simple, direct, chaleureux et plein d'humour. Il appelle tous ses pensionnaires « mes petits lapins bleus ». Il a ausculté longuement les jambes, la poitrine, les bras, les mains et les doigts de Poisson Chat. Il connaît le secret des ramifications nerveuses et des circulations neurologiques. En palpant tel muscle ou tel nerf, il sait comment, où, et pourquoi, la source est tarie. Il répond toujours aux questions, sans faire de pirouettes ou d'analogies vaseuses. « Docteur, j'ai des chances de remarcher ? » Cette question, on la lui pose tous les jours.

Depuis la Première Guerre mondiale en Europe et la guerre du Vietnam, la médecine a fait des progrès considérables sur la mise au point des médicaments, l'agencement des soins, le matériel comme l'encadrement psychologique des personnes paralysées. Face aux invalides et à leurs questions, les médecins ont dressé trois catégories de malades : ceux qui veulent savoir; ceux qui refusent de savoir; ceux qui se débrouillent tout seuls. Il n'est jamais évident d'annoncer à un garçon de vingt ans qu'il est condamné jusqu'à la fin de ses jours à pousser son corps dans un chariot. Révolte, colère, mutisme, dépression, suicide ou combativité : on découvre toute la gamme, toute la palette du pathos humain. L'attitude du corps médical devant le malade et sa famille est parfois radicale. C'est le principe de la douche froide. Certains médecins, d'emblée, ne laissent aucun espoir. Le temps de l'accablement et du « deuil du corps » sont incontournables avant la volonté de se réintégrer dans une vie sociale, professionnelle, affective.

Poisson Chat ne posa aucune question au professeur Desmouches, sinon qu'il désirait qu'on affecte à son service uniquement des stagiaires norvégiennes blondes, vêtues de miniblouses en latex blanc, culotte et chignon facultatifs.

— Êtes-vous patient? lui demanda Desmouches en jouant sur l'articulation main-poignet-gauche de Poisson Chat.

— J'ai déjà reporté tous mes rendez-vous au prochain millénaire.

— Ne vous inquiétez pas, dès demain, vous allez être très occupé...

— Ça baigne...

Desmouches fit signe à Marie-Jeanne. C'était l'heure du déjeuner. Autrefois à cette heure-là, Poisson Chat sortait de son lit et rentrait dans la vie active, aujourd'hui, l'infirmière venait lui ajuster sa bavette et lui donner la becquée :

– Demain, on vous met au fauteuil... vous allez avoir Micheline comme kiné...

– Elle est bonne ?

– Très... cela fait vingt-cinq ans qu'elle travaille à Garches !

Zut, c'était raté ! Poisson Chat espérait se retrouver entre les mains d'Adriana Karembeu, et on lui refilait un diplodocus.

Le lendemain, à 8 h 17 pétantes, une femme d'une cinquantaine d'années, en tunique blanche, cheveux courts poivre et sel, avant-bras de catcheuse, dérangea Poisson Chat, plongé dans son café crème et la retransmission de Télé-Achat : une jeune sportive en maillot deux pièces-string, allongée sur une table de massage, se faisait ratiboiser l'arrière-train par deux capsules vibromasseuses. Les fesses, secouées d'un tremblement de terre charnel, s'ouvraient et se fermaient, au rythme du coït olympique. La brune au corps de nageuse se faisait baiser par l'Homme invisible.

Un mystère flottait dans l'air hertzien. Primo elle n'était pas seule ; un idiot commentait l'appareillage et jouait fébrilement avec les curseurs d'intensité ; deuzio : elle faisait semblant de lire un magazine ; tertio : son cul était nickel, bronzé, bombé, aucune trace de cellulite. À quoi cela rimait-il ? Y avait-il un message ? Une manipulation subliminale ? La question passionnait Poisson Chat lorsqu'il sentit une vague d'amertume dévaster sa bonne humeur.

Cette jeune femme offerte et tonique lui rappelait Gwendoline. La dernière femme de sa vie. Elle lui manquait. Il en crevait de ne plus pouvoir toucher sa peau, de ne plus descendre son visage au creux de son ventre chaud, ni d'aborder de sa bouche les chairs amères et froissées de son sexe.

Il l'avait tant désirée.

Et Alizée ? L'absence était cruelle.

– Monsieur Champollon ? fit Micheline kinésitéjamais, il faut que vous soyez prêt pour 9 h 30 ! Allez, je vous dis à tout de suite...

Tout de suite ? Mais il voulait mourir, tout de suite, Poisson Chat. Il était 8 h 34, la guerre venait de commencer.

Il avait été trop jeune pour partir en Indochine, trop vieux pour partir en Centrafrique. Mais pour Garches... Pan... dans le mille !

34

Sur la table

J'ai tourné de l'œil, évanoui. Lorsque Jean-Luc et Gaston m'ont installé dans le fauteuil roulant avec un dossier repose-tête et m'ont guidé dans les dédales javellisés de mon nouveau domaine, j'ai senti sur mon visage les premiers vents de la liberté. C'est devant le poste de garde du secteur 1 que les choses se sont gâtées. Un voile noir a obscurci ma vision et une nausée galopante m'a brûlé la gorge. Quelqu'un a poussé un cri et je suis tombé dans les vapes. Je suis revenu à moi quelques secondes plus tard avec un léger mal de crâne. Gaston maintenait mon fauteuil penché vers l'arrière. Le sang affluait de nouveau à mon cerveau. Marie-Jeanne me parlait en me tapotant les joues :

– C'est normal... il faut que votre corps s'habitue à la position assise. Si ça ne va pas, on vous reconduit dans votre chambre...

– Né... gatif... on m'attend... en... bas... pour... la...

J'avais du mal à terminer ma phrase.

– Gaston, tu rebascules le fauteuil doucement...

– Comment il s'appelle le monsieur ? demanda Jean-Luc pour m'obliger à me ressaisir.

– Champ... champ...

– Champignons ? Champagne ?

– Champollon Léopold, répondit Marie-Jeanne, une main sur mon front et l'autre prenant mon pouls.

Le fauteuil retrouva sa position normale. J'allais mieux maintenant. Le téléphone du poste infirmier sonna : Micheline, ma kiné, s'inquiétait. J'avais quatre minutes et trente-sept secondes de retard. Marie-Jeanne la rassura :

– Il arrive, il a eu un malaise ! Bon, allez-y les garçons ! tranquille...

Les roues glissaient sur le lino vers l'ascenseur principal. Dans le couloir, c'était l'effervescence d'un jour de marché aux esclaves. Deux peuples cohabitaient : les blancs debout et les blancs cassés. Je dévisageais mes nouveaux amis, les habitants du merveilleux pays de « Catastrofik Park » : Paraplégix, Mongolitos, Tétraplexus, Amputax, Myopathos, Hémiplégix, Traumatolox... Certains traînaient encore dans leur chambre, les télés marchaient à fond, tandis que les femmes de ménage passaient la serpillière. Gaston ralentit devant la salle d'ergothérapie où jeunes et adultes – les fauteuils garés en épi autour d'une grande table – étaient pris en charge par les thérapeutes.

Au sous-sol, dès que l'on débarquait à la rééducation fonctionnelle, l'impression d'ensemble était moins glauque. Tout était neuf, excepté les patients amochés et quelques vieux kinés titulaires. Les deux salles de travail étaient séparées par un patio rectangulaire – à la façon d'un grand jardin d'hiver – recouvert d'une immense verrière qui dominait la piscine. Des plantes vertes factices grimpaient jusqu'au toit transparent. L'espace était attrayant, à vous donner envie de vous baigner ou de vous noyer.

– L'eau est chauffée à 29 °C, me dit Gaston. Et elle est propre ! Mieux qu'à l'Aquaboulevard.

Je chantonnais : *J'ai touché le fond de la piscine dans ton pull marine...* On m'amena à la salle 2. Des fauteuils vides attendaient au parking leurs propriétaires allongés sur les tables de Bobath – grand tapis en mousse bleu de deux mètres sur deux – qui se faisaient mobiliser les membres pendant quarante-cinq minutes. D'autres étaient debout, le corps prisonnier, maintenu entre les griffes métalliques d'un verticalisateur. Gaston m'expliqua qu'une fois mon état stabilisé (je ne demandai pas ce que cela voulait dire), j'utiliserais pendant soixante minutes chaque jour « la machine qui maintient l'homme debout ». La verticalisation a du bon : elle redresse et étire le squelette, rétablit une circulation et une pression sanguine verticales, facilite les fonctions digestives, suscite le jeu des articulations et des joints musculaires, soulage les fessiers et l'ensemble dorsaux-lombaires de la contrainte de la position assise.

Quelques chanceux pédalaient sur des vélos d'appartement ou cheminaient peinards derrière un déambulateur : ils « bullaient » et semblaient faire de la figuration, comparés à l'état critique de la plupart des « petits lapins bleus » du professeur Desmouches. Plus la pathologie était lourde, et plus l'effort était intense. Si l'on avait affaire à un couple kiné + traumatisé, c'était le kiné qui insufflait une énergie faramineuse à son patient légume. En revanche, pour le duo kiné + paraplégique, le type en fauteuil suait sang et eau sur le tatami tandis que le soignant jouait le rôle d'entraîneur. Dans le cas d'un patient ayant une affection légère, qui titubait, debout, entre les barres parallèles de maintien, le kiné fonctionnait à l'unisson et l'on contemplait le spectacle cocasse de l'endive nonchalante encourageant la tortue :

– Allez, madame Benardeau, encore un petit effort... voilà, c'est bien...

Micheline m'attendait devant notre champ de bataille : le carré bleu où dans quelques minutes j'allais évaluer les désastres de la tétraplégie.

– Gaston, enlève-lui sa minerve... maintenant prends-le sous les aisselles !

Ma kiné me saisit sous les jambes et compta jusqu'à trois. Mon corps fut balancé sur le dos, aussi mou et flasque qu'un poulpe.

– Monsieur Champollon, on va vous mettre sur le ventre et vous essaierez de vous retourner...

J'étais maintenant à l'envers. Je bouffais du sol plastique et bavais comme un bébé. Ma tête, aussi lourde qu'un boulet de canon, pesait sur mon menton, mon nez. Je tentais d'imprimer un mouvement à mes épaules, de soulever mon visage, de réveiller mes bras... l'information ne passait pas. J'étais littéralement écrasé par la masse de mon corps. Un bloc monolithique qui n'avait pas vibré depuis cinquante-cinq jours. Poisson Chat était devenu Poisson Pierre. J'étouffais, je manquais d'air. Quelle saloperie ! Jamais de toute ma vie je n'aurais imaginé me retrouver déboussolé à ce point, désossé, dépecé. Je n'avais pas été programmé pour inspirer de la pitié. Pourtant je pouvais avoir de la compassion pour mon prochain et philosopher sur le sordide de l'existence qui poussait les faibles, les malchanceux ou les persécutés à la dégringolade et à la déchéance. Il n'y avait que l'homme pour tuer l'homme... et pour le sauver, peut-être. Moi, je m'étais tué tout seul et, mieux encore, je m'étais raté. Jusque-là, je n'avais souffert que de peines amoureuses ou d'ambitions déçues, mais j'avais toujours une femme ou un projet pour rebondir. La vie était trop belle et j'avais du temps.

Je refoulais des larmes en position du tireur couché, abattu, « snipé », face contre terre. Micheline ne disait rien. Les secondes avaient été si longues. Glissant ses mains sous mon cou et ma poitrine, elle me retourna, prit un Kleenex, essuya ma bouche et, telle Dalida, ... *remit de l'ordre dans mes cheveux... par habitude...* Je détournai la tête pour accrocher quelque chose qui puisse me divertir de ce chagrin que je ne désirais pas lui offrir.

Une jeune femme était sanglée sur un plan incliné, la tête penchée en avant, désarticulée, les yeux mi-clos, la bouche entrouverte.

– Qu'est-ce qu'il lui est arrivé ?

Micheline soupira :

– Elle est chez nous depuis trois mois. Un accident de voiture en Afrique. Traumatisme cérébral. Elle a deux enfants. Son mari vient la voir tous les jours.

– Il y a un espoir qu'elle... ?

Ma kiné secoua la tête.

– Ça fait des années que je travaille, ici... Des cas comme elle, j'en ai vu trop souvent. On les soigne et puis après les familles les récupèrent ou les placent dans des centres.

– Elle s'appelle comment ?

– Jade...

Jade, petite Jade... quel drôle de nom ! Pourquoi pas libellule ou papillon ?

– Elle travaillait dans le cinéma... elle était costumière.

Je notais l'emploi de l'imparfait. La Micheline était assez sèche dans ses réponses et j'avais du mal à m'y faire. On sentait la vieille école. Si c'est à elle que je devrais confier mes états d'âme, c'était mal barré. Mais ça tombait bien. J'avais repéré dans la salle une kiné blondinette gaulée à mort ! Comme Gaston venait me rechercher, je lui demandai d'approcher mon fauteuil de la jeune femme immobile. Elle râlait doucement.

– Jade ? Bonjour... je m'appelle Poisson Chat... j'espère que tu es libre, samedi soir, j'ai deux flyers pour une soirée mousse au Barrio Latino... Jade ?

– Ça sert à rien de lui parler, fit Micheline, elle ne vous entend pas...

Qu'est-ce que t'en savais, espèce de conne ?

La Micheline, elle allait pas faire long feu.

T'inquiète, ma petite Jade, on s'en sortira, je te le promets !

35

Pascal

Mon nouveau voisin Pascal, vingt-quatre ans, paraplégique, fait des cauchemars terribles. La nuit, il pousse des cris et dérange mon sommeil tandis que le jour, à cause de mes visites incessantes, c'est moi qui trouble sa quiétude. Un soir d'angoisse, il me raconta :

« Je terminais mon service dans un relais-restaurant de la région parisienne. Vers minuit, j'ai pris ma moto, une 125, pour rentrer chez moi à Fontainebleau et je me suis engagé sur l'autoroute. Je roulais seul, sur ma file, lorsqu'une voiture m'a percuté par l'arrière. J'ai été éjecté sur la bande d'arrêt d'urgence mais je n'ai pas perdu conscience. Ma moto est restée coincée sous le pare-chocs de leur véhicule. Je voyais les étincelles qui s'éloignaient lorsqu'ils furent obligés de s'arrêter, deux cents mètres plus loin. Je regardais dans leur direction : ils étaient deux dans la voiture. Ils sont sortis et ont réussi à dégager ma moto ; je ne pouvais pas bouger. Ils m'ont aperçu, se sont dirigés vers moi. Il

y avait une borne de secours à deux mètres ;
j'étais tiré d'affaire. Les deux types m'ont
pris sous les épaules et par les pieds et m'ont
jeté par-dessus la rambarde. Il y avait un
fossé profond de dix mètres. Mon corps a
dévalé la pente, ma tête a tapé quelque
chose de dur... j'ai perdu conscience. C'est un
pompier qui m'a récupéré au petit matin. Un
automobiliste avait vu la moto et prévenu la
police. Ils ont mis trois heures avant de me
retrouver... »

Les parents de Pascal ont mal réagi. Ils
ne supportent pas d'avoir un fils infirme,
au chômage et dépressif. Mes copines sont
très gentilles avec lui, et nous partageons
les victuailles qu'elles nous apportent. Peu
avant son départ, alors qu'il faisait un transfert de son fauteuil jusqu'à son lit, il me
demanda :

– Mais comment t'as fait pour avoir toutes
ces amies ? T'es passé par une agence ?

Je lui expliquai que j'habitais Paris depuis
vingt ans et que cela crée des liens. Il hocha
la tête et resta silencieux de longues minutes.
Le lendemain et puis les autres jours, dès
qu'une copine franchissait le seuil de notre
chambre, il leur tendait sa carte.

– Je rentre chez moi la semaine prochaine...
venez me voir à Fontainebleau, on se fera un
ciné et après vous viendrez dîner à la maison.
Poisson Chat est d'accord... hein, mon
copain ?

Mes rapports avec Micheline tournaient à
la guerre froide. Je la laissais manœuvrer

166

mon cadavre tandis qu'elle soliloquait, s'arrê-
tant pour répondre au téléphone, demander
à sa collègue Muriel la date de ses congés,
l'heure de Questions pour un champion ou si
elle avait eu des nouvelles de la gaine orthopédique de Mme Pinaire qui lui faisait mal
aux entournures; quant au fauteuil Quickie
TR300 de M. Lacote, qu'elle avait garé dans
le couloir, on ne le retrouvait plus, et puis les
béquilles de M. Floirat qui avaient été mal
réglées, et sa belle-sœur avait peut-être un
cancer au sein. Je n'étais pas là pour écouter
toutes ces conneries.

Le mardi suivant, Desmouches revint avec
son staff pour la visite. Micheline l'accompagnait. Il ne prit pas de gants :

– Alors, monsieur Champollon? Vous
voulez toujours changer de kiné?

– Plus que jamais, maître...

– D'accord... Hélène passera vous voir,
après le déjeuner.

– Vous n'avez pas sa photo?

Micheline leva les yeux au ciel : mais pour
qui se prenait-il, ce petit con!

L'après-midi, le visage de ma blondinette
apparut enfin. Elle souriait, Mlle Hélène. Joli
gabarit de vingt-huit ans, maman célibataire
de deux enfants, elle avait fait partie de
l'équipe de France junior de ski. Elle m'exa-
mina de près, le carrefour angulaire de sa
nuque et de ses épaules frôlant mon visage,
je me laissais envahir par son parfum : une
odeur de lavande. J'observais les contours

galbés de sa silhouette et l'agilité de ses mains qui jaugeaient l'amplitude et la souplesse de mes membres.

– Tu fais quoi dans la vie ? demanda-t-elle.

– Je joue du piano, je compose, je chante, je harcèle les kinés... Et toi ?

– Je m'occupe des tétra et, dès qu'ils marchent, je les étrangle...

– Ça va, j'suis pas pressé... on commence quand ?

– Demain...

– Et pourquoi pas tout de suite ? J'ai rien à foutre jusqu'au dîner...

– Hé... j'comprends pourquoi on t'appelle « Poison Chiant ».

– Poisson Chat ! Fabienne !

– Hélène...

– Si j'veux !

Elle me laissa là, avec mon impatience. Joël, l'ergothérapeute, toqua à la porte.

– T'es en retard, Champollon... viens, on va travailler... Marie-Jeanne va m'aider à t'installer dans ton fauteuil...

L'ergothérapie est une méthode qui vient des États-Unis ; elle fait partie du programme de réadaptation fonctionnelle du malade. À la fois utile et ludique, elle s'adresse à ceux dont les mouvements sont brouillés après un accident cérébral ou d'une attaque virale – traumatisés crâniens, hémiplégiques, parkinsoniens, syndrome de Guillain et Barré... – ou à ceux dont les membres supérieurs ont une activité limitée ou carrément inexistante – tétraplégiques, myopathes... Toute une gamme de jeux – puzzle, ballon, cubes, Lego, fléchettes, dessins, Meccano, dictée... – sont proposés afin de reconditionner l'adresse manuelle, et même des orthèses spécifiques en bois, en plastique ou en cuir : planche de transfert, bracelet pour fourchette ou brosse à dents, bande Velcro, joystick... afin de faciliter le quotidien.

En observant mes camarades tétra, je remarquais leurs extrêmes activités buccales : mordre, attraper, gripper, se déshabiller, souffler, déplacer. La mâchoire se substituait à la main ; les dents aux doigts.

J'allais très vite adapter ma bouche à ces nouvelles contingences. Armé de mes seules canines, pourrai-je bientôt dégrafer une jupe, descendre une fermeture zippée, déchirer un collant, arracher une culotte ou décliper un soutien-gorge ?

Stéphanie devint la complice idéale. Je la connaissais très peu mais depuis mon accident elle s'était entichée de moi. Pourquoi ? Lorsque je bondissais sur mes deux pattes, elle m'avait envoyé paître, maintenant que je n'étais plus que le quart de la moitié du dixième de l'ombre de moi-même, elle voulait que je la baise !

Elle venait toujours le soir, vers 22 heures, assez court-vêtue sous son imper en soie et veillait à ce que la porte de ma chambre soit fermée. Elle montait sur le lit et s'agenouillait au-dessus de moi, en s'agrippant à la potence. Après m'avoir massé le ventre et la poitrine, elle se positionnait, cuisses ouvertes, à vingt centimètres de mon visage et se laissait descendre. Comme elle avait gardé sa jupe, je disparaissais sous l'abat-jour plissé et parfumé. Dans la pénombre, je sentais le coton de sa petite culotte frotter mon museau. Je devenais Poisson Chien et mordillais son sexe qui pleurait sous le tissu. Ma langue franchissait les limites imposées par l'élastique qui se distendait sous mes assauts. Stéphanie faisait durer le plaisir en m'offrant son ventre puis sa poitrine. Là aussi, je devais batailler dur contre les armatures de dentelle de son soutien-gorge... c'était épuisant ! Puis, lorsqu'elle l'avait décidé, on repartait au paradis et je taillais en pièces son slip brésilien.

Pendant que nous cunnilinguions, je me doutais que Pascal, mon voisin neurasthénique, nous matait. J'espérais qu'il profitait du spectacle, qu'il oubliait ses phobies et trouvait un sommeil réparateur. Mais tout le monde n'est pas exhibitionniste comme Stéphanie ou voyeur comme moi. Si je pouvais supposer que Pascal l'était, dans le cas contraire je ne désirais pas le faire souffrir. Au bout de quatre petites culottes atomisées, je lui posai la question :

– Dis Pascal, si ça te gêne que cette fille vienne le soir, dis-le-moi !

Mon camarade ne répondit pas tout de suite. Le temps était en suspension.

– Tu as touché une grosse assurance pour ton accident ? fit-il, les yeux au plafond.

Je ne voyais pas le rapport sexuel.

– Non... euh, pourquoi, Pascal ?

– Cette pute qui vient te voir tout le temps, elle doit te coûter cher, non ?

36

Sortie

Louis buvait un café avec Darius et Sylvia à la cafétéria. Les nouvelles étaient bonnes. Poisson Chat reprenait du poil de la bête. Ses jambes et ses mains ne bougeaient toujours pas, mais il avait récupéré les muscles des épaules et les principaux faisceaux supérieurs des bras : biceps et triceps. On lui avait retiré sa minerve et il pouvait désormais circuler en fauteuil sans tomber dans les pommes. La mobilisation des amis prenait de l'ampleur. Ludovic, Mickey, Ambroisine, Camille et Henri avaient établi un fichier de cent personnes qui avaient tout de suite accepté de le soutenir financièrement. Darius faisait les comptes : comment Poisson Chat, qui n'avait pas un sou de côté, pourrait-il avec cinq mille francs par mois d'aide sociale se loger, se nourrir, payer un auxiliaire de vie, acheter du matériel pour sa rééducation, assurer les factures de téléphone et ses déplacements personnels ?

– Au fait, intervint Louis, j'ai parlé avec le chef de clinique. On va commencer le sevrage des neuroleptiques. Moralement, il va bien, mais sa bonne humeur est factice tant qu'elle sera assujettie au Valium et autres pilules du bonheur. Cela risque d'être dur les premières semaines, mais nous serons là pour le soutenir.

– Ils passent tous par cette étape, non? demanda Sylvia.

– Oui, et puis il faut très vite exploiter les défenses naturelles. Poisson Chat est costaud; il doit aller de l'avant...

– Il t'a parlé de ce centre en Bretagne?

Poisson Chat voulait voir la mer. Près de Lorient se trouvait Kerpape, un centre expérimental de rééducation fonctionnelle, ouvert toute l'année. Il y aurait une place pour lui au mois d'août.

– Quoi d'autre?

Darius poursuivit l'ordre du jour.

– Alizée m'a appelé... elle est à Paris et elle veut le voir, qu'est-ce qu'on fait?

– C'est à lui de décider, non?

– Elle vient avant ou après le sevrage?

– Il est encore amoureux, non?

– Il m'en a déjà parlé, précisa Sylvia. Il faut qu'il sache à quoi s'en tenir... après tout c'est son histoire...

Tous, finalement, se rangèrent du côté de Louis et de Sylvia. Alizée faisait partie de la vie de Poisson Chat, de ses projets... même utopiques: c'était à lui de prendre la décision. Dans le cas où cette rencontre se solderait par un échec, au moins il serait fixé. Il avait tant de choses à reconstruire.

– Au fait, plaisanta Louis, vous ne connaissez pas la dernière? Le frérot, on a encore failli le perdre! Darius a fait très fort...

À l'heure du déjeuner, Darius était venu partager le plateau-repas de Poisson Chat. Assis devant la fenêtre ouverte, celui-ci contemplait l'azur et suivait la course des nuages. On voyait au loin les premières cimes des arbres du parc de Saint-Cloud. Le soleil tapait sur les carreaux et un vent tiède caressait les mèches d'un Poisson Chat perdu dans ses pensées, bercé par *God Only Knows* de l'album *Pet Sounds*, l'œuvre pop de Brian Wilson et des Beach Boys. C'était plus qu'un déroulement subtil de chansons et d'instrumentaux, arrangés par un compositeur génial aux limites de la folie. La connexion était métaphysique : « Je n'ai pas encore trouvé la femme de ma vie, disait souvent Poisson Chat, mais j'ai trouvé LA MUSIQUE de ma vie... » Elle l'accompagnait depuis l'âge de douze ans et ne l'avait jamais trahi, lui qui était plutôt volage et sensible aux nouvelles tendances musicales. Ils avaient grandi ensemble et malgré tous les opéras rock, tous les punks, les disco, les funk, les ska, les folk, les blues, la soul, le reggae, la salsa latina, le hip hop, le rap, le jungle, la techno... s'il avait maintes fois cédé aux paillettes et aux clips des sirènes du show-business, il était toujours revenu à son premier amour, à cet album vinyle acétate que lui avait offert, au cours de l'été 1975, la girl-friend d'un surfeur californien : *Pet Sounds*, c'était son hymne, sa bible, sa profession de foi et d'artiste. *Ce qui est gravé est grave*, écrivit Serge Gainsbourg. La musique, c'étaient des notes, des noires, des blanches, mais surtout du rouge... du sang et beaucoup de larmes. Darius savait combien d'heures Poisson Chat avait passées sur son clavier, jouant et rejouant des parties mélodiques alambiquées.

– T'as déjeuné, l'artiste ? demanda Darius en agitant sous son nez une assiette de sushis.

– Pas faim...

– Et ça, c'est quoi ? De la pisse de vache ?

Il sortit du sac plastique une canette glacée Asahi.

– Pas soif...

Darius considéra son frère un moment ; il avait toujours le regard perdu au-dessus des nuages. Il ne semblait ni triste ni euphorique, plutôt hypnotique.

– Qu'est que t'as, mon FishCat ?

Poisson Chat tourna la tête ; il avait les mirettes embuées, le teint vaseux et l'élocution ralentie :

– La stagiaire... Dada... infirmière... s'est trompée... cachet entier... Valium... 5 mg... shooté... je suis... dormir... non ?

– Attends-moi, j'reviens...

Zut ! pensa Darius, pour le sevrage, ça commence mal. Il alla prévenir Harold, l'interne, dans le couloir. Ce dernier confirma la méprise et proposa à Darius d'aller promener son frère. Il faisait beau, une température clémente ; ça le changerait d'air et surtout il changerait de disque !

– Votre frère, c'est marrant... depuis que je suis là, il écoute toujours la même musique... du matin au soir... il a toujours été comme ça ?

– Musicien, oui, tétraplégique, non !

Darius mit un temps fou à convaincre Poisson Chat de quitter sa chambre. Il était d'accord pour circuler dans le couloir ; à la limite, il voulait bien tenter une petite pointe jusqu'au secteur 2, mais c'était tout. Ah si, il acceptait d'aller saluer Hélène ! Aujourd'hui, sa kiné surveillait la piscine ; elle était trop charmante dans son maillot de bain rouge avec son petit sifflet qu'elle feignait d'utiliser, vu que le territoire nautique faisait à peine la moitié d'un court de tennis.

Pauvre Poisson Chat, il cherchait l'esquive... depuis trois mois il n'avait pas mis les pieds dehors ! Darius comprit qu'il avait peur. Peur des regards, peur de l'été qui commençait, peur de croiser des jeunes filles en robes légères, peur de cette vie qui s'était passée de lui pendant de si longues semaines, qui l'avait rayé de la carte des debout. Il était maigre, le visage cerné par la souffrance et ses cheveux ternes se dressaient, hirsutes, sur le sommet de son crâne. Lui, jadis si soigneux de son apparence... S'il s'était vu dans son ensemble jogging Décathlon jaune orange avec ses grosses Nike hydrocéphales ! Finalement, ce fut Marie-Jeanne qui persuada le couple de frangins de prendre la poudre d'escampette, usant de toute sa féminine diplomatie.

– Allez, zou, dehors, Poisson Chou, tu nous gonfles ! Reviens quand tu auras dessoûlé... j'en ai marre de te voir traîner dans ta chambre...

Elle bascula son fauteuil en arrière, imita le bruit d'une formule 1, et partit à fond de train.

Passé les cinq premières minutes, Poisson Chat se détendit et goûta les rayons du soleil qui chauffaient sa peau. Darius lui fit faire le tour du propriétaire.

– Là, c'est l'entrée des urgences, le soir où t'es arrivé ! Là-bas, c'est Patel, tu sais, la réa...! Au bout, c'est le parking où j'mets ma bagnole... la cafétéria, juste à côté ! Tiens, pendant que j'y pense... je dois passer au bureau des admissions demander un bulletin d'hospitalisation pour la Sécu !

Devant le secrétariat, Darius chercha une place pour garer son frère :

– J'te mets où ?

– Là bas, sur le terre-plein en goudron ! Je serai face au zénith... j'vais prendre des couleurs... allez, roule, frérot !

En face de l'horloge qui dominait le bâtiment de briques rouges, une grande pelouse rectangulaire, de la taille d'un terrain de foot, accueillait les visiteurs et les véhicules du SAMU. Darius roula sur le gazon et installa Poisson Chat sur la circonférence bitumée à l'écart des allées.

– Tu m'attends, hein ? J'en ai pour cinq minutes !

Il cala les freins sur les pneus.

Poisson Chat somnolait. L'effet de la benzodiazépine se dissipait peu à peu et quelque chose qui ressemblait à un courant d'air, frais et doux à la fois, l'obligea à ouvrir les paupières et à se ressaisir. Un gros frelon approchait en bourdonnant, les ailes plein soleil. Poisson Chat, ébloui, cligna les yeux, cherchant comment éloigner l'affreux coléoptère venu pourrir sa fragile sérénité.

– Tout va bien... ce con va se barrer...

Il soufflait tant bien que mal dans sa direction, histoire de le repousser.

Mais le zigotobus ailé, au lieu d'aller butiner ailleurs, semblait avoir jeté son dévolu sur l'infortuné. Il était en vol relatif au-dessus de sa tête, dans un boucan d'enfer. Poisson Chat, qui n'était pas le dernier des imbéciles même sous l'emprise d'une drogue douce, écarquilla les yeux :

– Putain, c'machin, c'est *Apocalypse now* !

Il stationnait sur l'héliport Raymond-Poincaré et le pilote qui faisait des cercles se prenait les nerfs. Poisson Chat se demanda si le cauchemar continuait. Il avait survécu à un crash voiture et on lui envoyait une escadrille volante !

– Monsieur ! Bougez votre fauteuil ! C'est interdit de se garer ici...

– Peux pas... aidez-moi, s'il vous plaît !

Un homme en blanc bondit d'une ambulance. On évacua Poisson Chat. L'Alouette put enfin atterrir. Une civière fut extraite par deux secouristes. FishCat protesta :

– Merde, quoi, y a plus de place... on est complet...

Darius remercia l'ambulancier, puis évacua son frère, définitivement tiré de sa torpeur. Devant le pavillon Vidal, Darius fut pris d'un fou rire. Poisson Chat s'esclaffa à son tour. C'était la première fois qu'ils riaient ensemble depuis l'accident.

– J'avais raison, c'était vraiment pas une bonne idée de me faire quitter ma chambre...

– De quoi tu te plains ? T'as eu ton baptême de l'air !

Mort de rire ou mort de peur : le petit gars était toujours vivant !

37

Érection

Il y a des coïncidences troublantes : le même jour, à dix minutes d'intervalle, Poisson Chat reçut deux coups de fil qu'il n'attendait plus : Gwendoline et Alizée. Deux rendez-vous furent fixés. Poisson Chat était aux anges : entre ses copines, ses ex, ses nouvelles amies, ses sœurs, sa kiné et ses infirmières, jamais il ne s'était senti aussi reconnaissant envers les femmes depuis qu'il était sorti du ventre de sa mère. Elles lui donnaient vie une seconde fois.

Avant de raccrocher, Gwendo lui dit :

– J'ai cru un moment que j'étais enceinte de toi. Juste après ton accident, j'ai eu du retard dans mes règles. Je n'en dormais plus. J'étais persuadée que si ce bébé vivait, tu allais mourir. C'est étrange, hein ?

Elle fit une pause avant d'ajouter sur le même ton :

– Au fait, tu bandes ?

De ce côté-là, il y avait du nouveau.

Un soir, juste après le passage de l'infirmière, Poisson Chat avait senti une démangeaison impossible à localiser. Il rappela

Évelyne qui assurait le service de nuit. Elle tira le drap, pensant trouver une fourchette ou un objet coincés sous le corps de Poisson Chat :

– Tiens donc, fit-elle en lui matant l'entre-jambe, Popaul se réveille...

Elle redressa le dossier du lit, afin de l'installer en position semi-assise. Dressé entre le sommet de ses cuisses, le sexe de Poisson Chat gonflait et prenait de l'altitude. Ces retrouvailles, c'était presque miraculeux ! Poisson Chat se souvenait des premiers mois de sa puberté – il était tombé fou amoureux de son sexe. C'était quasiment une partie indépendante de lui-même, le baromètre facétieux de sa bonne santé. Cela tenait moins à son éducation qu'à l'hygiène corporelle que sa mère lui avait enseignée. Depuis qu'il était tout petit, lorsqu'il faisait sa toilette, sa mère l'encourageait à bien nettoyer l'objet. Un jour, alors qu'il était au bain avec ses quatre frères, il avait déclaré en secouant son zizi et en leur pissant dessus :

– Il s'appelle Alexandre le Grand et il va conquérir le monde !

Il mènerait bien des fois Poisson Chat par le bout du nez quand celui-ci n'y voyait pas plus loin que le bout de sa queue. Il se tirait le jonc chaque fois qu'il prenait une douche. Et il en prenait trois par jour : le matin, après le réveil ; à midi, après le sport, et le soir, avant de sortir. Le sexe était propre, vital, puissant, naturel : il ne s'usait pas ! Les seules fois où Alexandre boudait dans sa cage, c'était lorsque Poisson Chat était malade, déprimé ou chaude-pissé.

Dès que la vie revenait, Alexandre reprenait du service. Avec le temps et l'expérience, Poisson Chat maîtrisait mieux son machin, même s'il se laissait souvent surprendre par sa réactivité indépendante. Il vivait bien son corps schizophrénique. Les fiancées qui avaient partagé la vie de Champ' participaient à l'épanouissement d'Alexandre. Elles le tenaient en laisse, lui parlaient la nuit, le réveillaient le matin ou l'embouchaient lorsque, flemmard, il poireautait à un feu rouge dans la voiture.

Le soir de la deuxième naissance d'Alexandre, Mickey était là.

Mickey venait tous les jours. Il n'avait aucun mérite : il était célibataire et habitait en face de l'hôpital. C'était pratique. Il rencontrait des jeunes filles au chevet de son ami et les ramenait chez lui. Mickey n'arrivait jamais les mains vides. Sa mère préparait des plats pour le copain de son fils qui se désespérait de l'ordinaire de l'hôpital. Mickey refilait un poulet basquaise à Poisson Chat qui, à son tour, lui offrait sur un plateau une dinde tropézienne... Poisson Chat était parfois jaloux, mais il s'était juré que jamais une donzelle ne compromettrait ce qu'il avait de plus cher : une amitié pour la vie. Bien sûr, du temps de leurs vingt ans, il y avait eu des orages, des batailles amoureuses, mais, bon Dieu, il y avait assez de femmes sur la terre pour qu'ils n'aient pas la bêtise de choisir la même et de se la disputer !

Mickey fut donc le premier à répandre la nouvelle : Poisson Chat bandait ! Elle fit en deux jours le tour de Paris et ramena une nouvelle flopée de visiteurs. Ceux qui jusque-là imaginaient le pauvre Champ' cloué sur son lit de douleur, moribond et suicidaire... la moindre des choses pour un tétraplégique.

Dès qu'elle sut qu'il ne glandouillait plus sous ses draps et que sa tige se manifestait comme au bon vieux temps, la gent masculine rappliqua et fêta l'événement en sabrant le champagne. L'intention, enthousiaste, n'était pas dénuée d'arrière-pensées : « Si Champ' avait la gaule, les nanas seraient très vite au courant et se pointeraient dare-dare pour vérifier l'information... il y aurait bientôt un essaim de minettes à son chevet ! Il ne fallait donc pas perdre de temps, vu que l'été arrivait... »

La chambre de Poisson Chat devint une agence de rendez-vous où les coquins dégainaient leurs agendas à cristaux liquides et mémorisaient les numéros de portable des gazelles innocentes.

38

Alizée, mon amour

Le samedi où Alizée débarqua, après plus d'un an d'absence, Poisson Chat demanda à Louis – qui n'était pas de garde – de se poster à l'entrée de sa chambre. Il ne voulait pas être dérangé.

Elle avait changé. Poisson Chat était hanté par le souvenir de la dernière femme de sa vie. Au contact de sa peau, de ses lèvres, de ce parfum qui lui chamboulait les sens, il rêvait qu'elle efface d'un baiser les jours sombres. Comme si rien n'était jamais arrivé. En fait, il espérait qu'elle serait le témoin privilégié de sa guérison ; ils partiraient au bord de la mer et elle assisterait ses premiers pas.

– Tu es toujours aussi belle..., constata Poisson Chat en la voyant s'asseoir sur le lit et poser sa tête au creux de son épaule.

Alizée portait une jupe courte en lin bleu ciel et un chemisier blanc qui mettait en valeur son bronzage et l'ovale parfait de ses globes.

– Tu as vu, mon doudou, j'ai voulu te faire plaisir...

– J'ai toujours apprécié ton élégance et ton humour, rebondit Poisson Chat en bridant son désir pour s'empêcher de pleurer.

Elle passa l'après-midi dans ses bras à l'embrasser, à lui caresser les mains et la poitrine. Elle était rassurée qu'il aille bien, mais lui était triste et inquiet qu'elle aille si bien. Elle venait en visite, dévouée, affectueuse, mais Poisson Chat comprit qu'il n'avait aucune place dans ses projets. Demain, Alizée repartirait dans ses îles retrouver un skipper, son atelier de fabrication de maillots de bain et les fonds blancs de Sainte-Lucie. Deux mondes désormais les séparaient ; avant, il n'aurait vu qu'un océan à traverser si l'audace de la reconquérir avait été assez forte. Mais aujourd'hui ?

Alizée irradiait le soleil, les plages limpides, l'amour sous les étoiles et le sexe quand ça vous chante. Sûre que, de côté-là, elle était rassasiée. La mer avait embelli son corps, décoloré ses cheveux en mèches d'or, teinté de quatre petits triangles blancs la chair pâle de ses seins et de ses fesses.

Elle se leva pour allumer une cigarette et s'accouder à la fenêtre. Poisson Chat contempla son profil en contre-jour, sa chute de reins, sa cambrure. En se penchant vers l'extérieur, Alizée se hissa sur la pointe des escarpins et le haut de sa jupe remonta. Elle caressait le ciel :

– Tu as une vue superbe, doudou... la prochaine fois, je t'emmène dans le parc de Saint-Cloud.

« Moi aussi, j'ai une vue superbe », pensa Poisson Chat qui suffoquait de jalousie en fixant son cul de métisse blonde.

Il redoutait le moment où elle s'en irait. Les aiguilles de l'horloge le trahissaient. Il savait qu'en refermant la porte elle refermerait tout : ses espoirs, ses illusions, la volonté d'une guérison dont elle était, jusqu'à ce jour, la seule destinataire.

– Il va falloir que j'y aille, fit Alizée en reboutonnant son chemisier.

Il semblait à Poisson Chat que toute sa vie, il entendrait cette phrase, comme une parodie de chanson sentimentale : *J'ai pensé qu'il valait mieux nous quitter sans un adieu... car je sens bien qu'au fond... tout est fini...*

Il la serra très fort et la laissa partir.

Maintenant qu'il était seul dans sa chambre, il envisageait son chagrin comme un gros tas de linge sale dont il rêvait de se débarrasser. En amour, il n'avait jamais eu besoin de quémander.

Qui voudra de moi ? Qui désormais m'aimera ?

39

Freddy coupe-coupe

Avec Gwendoline, les choses avaient été plus simples. Une carte postale annula le rendez-vous. Chaque fois que Poisson Chat tentait de la joindre, elle était branchée sur répondeur. Il laissait un message et, invariablement, au bout d'une semaine, il recevait un bristol :

Cher Poisson Chat, je suis contente d'avoir eu de tes nouvelles !
Dès que je suis à Paris, je passe te voir...
Love, sweetheart, Gwendo...

Au bout du dixième *Love*, il comprit qu'elle ne viendrait jamais et que ce *Love* poubelle, qu'il avait tant de fois fait résonner dans sa bouche et ses chansons, avait le goût écœurant d'un cendrier. Tout était deuil.

Pourtant, en fraternisant avec ses nouveaux camarades – certains n'avaient que quatorze ans –, il mesurait la chance d'avoir sa famille et ses amis. Le soir, devant le pavillon Vidal, les adolescents se mettaient en cercle pour palabrer à la mode sioux, fumant un joint, essayant d'oublier le désastre de leur jeunesse amputée. Tous redoutaient le jour où on les chasserait de la réserve. Un havre protégé du monde. La semaine, ils suivaient des scolarités aménagées et, le week-end, certains attendaient des parents qui ne venaient jamais les chercher. Ils ne leur faisaient pas grief de ces abandons, de ces divorces anticipés ; quand ils ne mettaient pas leur accident sur le compte de la malchance, c'est qu'ils étaient coupables. Après tout, ils avaient joué aux plus malins et ils avaient perdu. C'était eux les seuls responsables. Les blessures qu'ils parvenaient à assumer lorsqu'ils étaient entre eux, solidaires, ne pouvaient être qu'avivées face à l'autorité des éducateurs.

Poisson Chat les entendait pousser des cris de Peaux-Rouges, la nuit, lorsqu'ils fonçaient sur leurs fauteuils fluo à travers les couloirs de l'hôpital, poursuivis par des infirmières débordées. Et tandis que l'écho de leurs cris convulsifs s'éloignait dans les dédales obscurs de l'hôpital, Poisson Chat se souvenait de son adolescence qui avait été belle et joyeuse. Alors, il demandait au ciel et à ses anges de protéger ces gamins hâbleurs, orphelins de la vie, qui n'avaient devant eux qu'un avenir parsemé d'embûches.

Freddy coupe-coupe était leur leader ; à peine dix-huit ans et déjà survivant. Il était passé sur le billard une vingtaine de fois. Tétraplégique incomplet, il se servait de sa main gauche pour diriger son fauteuil électrique ; l'autre était morte, dénervée. On l'avait amputé au-dessus du genou droit. Il souffrait d'escarres aux fesses et, pour se déplacer, on l'installait à plat ventre sur un brancard à roulettes que ses camarades dirigeaient à fond de train, se le repassant comme un ballon de rugby sanglé sur un skateboard. L'histoire de Freddy coupe-coupe était édifiante : un film d'horreur qui nous faisait tous tordre de rire parce qu'il fallait être vraiment un gros veinard pour avoir – et par trois fois – « ... niqué la mort, yeux dans les yeux, main dans la main... ».

– Allez, Freddy raconte !

– ... J'étais en vacances en Nouvelle-Calédonie, chez mon père ; un soir, on organise une fête chez un copain qui avait une maison dans les hauteurs ! À 4 heures du matin, complètement déchirés, on décide de se tirer avec la bagnole d'un pote ; on était trois à l'avant et c'est Michaël qui conduisait. On était tellement allumés qu'au bout de cinq kilomètres on a raté un virage et que la voiture est partie tout droit dans un ravin. Par chance, on a été stoppés net par deux gros palmiers, en contrebas, qui nous ont sauvé la vie... on était indemnes, pas une égratignure, rien ! On a escaladé le talus et, une fois sur la route, on est retourné à pied à la soirée... Là-haut, on a fêté notre baraka et, quelques litres d'alcool plus tard, on a décidé de repartir avec la camionnette du jardinier. J'ai laissé mes deux copains à l'avant et je me suis endormi sur la plate-forme arrière, au milieu de tout le matos du gars : sécateurs, tondeuse, serpe, tronçonneuse, machette, caisse à outils. Les deux idiots à l'avant ont roulé dix kilomètres, et là, bingo, après un pont, ils ont raté un nouveau virage et la caisse a dégringolé vingt mètres plus bas dans le ruisseau. Je ne me souviens plus du nombre de tonneaux, mais comme j'étais prisonnier à l'arrière du véhicule, je me suis pris la totale dans la gueule. Empalé, découpé en morceaux, j'étais! Les lames, l'acier, les clous, la tondeuse... je me suis fait charcuter comme un malade! Je pissais le sang, j'avais les cervicales pliées en deux et l'un de mes potes, Tonio, était mort. Tout cela, je l'ai su après. Je me suis réveillé deux jours plus tard, à l'hôpital de Nouméa. Ils ont attendu deux semaines avant de m'évacuer par avion sanitaire vers la métropole. Quand l'ambulance est venue me chercher, ils étaient à la bourre, vu que le départ de l'avion avait été avancé à cause de la météo. L'ambulance roulait trop vite et, en voulant doubler un camion, elle s'est encastrée dans un pilier. Retour à l'hôpital. On a décidé de me faire repartir dans un avion de ligne et le médecin réanimateur m'a fait installer en première classe une civière gonflable qui occupait six places. Les autres passagers ont protesté et je me suis retrouvé au fond de l'avion, en classe économique. Le voyage a duré vingt heures, j'ai eu deux attaques cardiaques...

Les petits lapins bleus du professeur Desmouches étaient de sacrés vétérans. Et de chauds lapins aussi! Après le dîner, ils venaient garer leurs fauteuils autour de mon lit.

190

– Hé, Poisson Pilote, raconte-nous... comment tu fais avec toutes tes copines ?

– Dis, si elles sont pas jalouses... c'est des salopes, non ?

– Tu pourrais te sauter une paraplégique ?

Leur curiosité n'était qu'un prétexte. Ils étaient à peine là depuis cinq minutes qu'une de mes copines débarquait. À Garches, le téléphone arabe fonctionnait très bien. La fille avait été repérée dès le parking. Freddy coupe-coupe avait sifflé Filou l'araignée qui avait foncé prévenir Vizirette, qui avait rejoint Max deux roues et Bernie l'enclume, qui avaient rameuté Stan la mouette, Medhi couscous et DJ Sarcelles...

– Dis, Poisson Pilote ? Tu nous présentes la demoiselle ?

40

Kerpape

Jamais je n'aurais dû venir ici : « Le pays où l'on circule en lit ! »

Ploemeur, Morbihan. Ça ressemble à une chanson de Laurent Voulzy : il y a la mer, le soleil, la plage, des pékins debout sur leurs planches à voile, des filles topless qui étalent de la crème sur leur poitrine, tandis que les parents en maillot dansent sur Luis Mariano... mais je suis tombé dans un piège. C'est ma faute... je voulais voir l'Atlantique, respirer l'air marin, bronzer, nager... et puis guérir. Pas mourir.

Kerpape, le centre de rééducation fonctionnelle le plus célèbre d'Europe. C'est ici, entre autres, que l'on dresse des petits lémuriens à venir en aide aux grands paralysés. Dans un appartement témoin, on a aménagé une chambre, un salon, une cuisine, une salle de bains, et des personnes du monde entier viennent assister au ballet complice d'un ouistiti et d'une jeune fille myopathe. L'animal, attentif et facétieux, escalade les étagères, les tables, les lavabos, puis vient se poster sur les genoux de sa partenaire immobilisée dans sa chaise médicale : à son signal, le petit singe domestique ouvre le frigo, réchauffe l'assiette au micro-ondes, attrape une fourchette en plastique ou une brosse à dents, allume la télé, fait couler le bain, décroche le téléphone, branche le grille-pain, coupe la sirène d'alarme... et arrache les yeux et la langue de la pauvre handicapée sans défense. On a arrêté le programme : trop cher, trop long, trop aléatoire et trop dangereux. Il y a des chiens d'aveugle, des dauphins guérisseurs, des pigeons dressés pour transmettre des messages mais il arrive toujours un moment où le cobaye, même le plus dévoué, ne peut se substituer à l'intelligence de l'homme et redevient bête, très bête. En fauteuil on est vulnérable, fragile, limité dans ses déplacements ; il y a toujours un trottoir trop haut, une porte trop étroite ou un chemin trop escarpé pour que le moindre désir d'indépendance ne soit pas contrarié.

Je l'ai vérifié en prenant l'avion de Paris à Lorient. Pendant toute la durée du vol, inutile de demander d'aller aux toilettes. Le couloir est impraticable et le personnel rarement qualifié pour vous porter à dos d'âne, vous faire traverser l'appareil secoué par les trous d'air, afin que vous puissiez, sans vous blesser, pénétrer dans un clapier minuscule, sombre, et positionner votre grand corps déséquilibré et flasque sur une cuvette de chiotte prévue pour un postérieur de pygmée. Heureusement que le voyage ne durait que soixante minutes !

En regardant par le hublot, je me souvenais de tous les voyages avec Alizée : Antilles, Maroc, États-Unis. S'envoyer en l'air au-dessus du triangle des Bermudes ! On se débrouillait pour faire l'amour n'importe où. « Le passé est mort, Poisson Chat, il faut tourner la page... changer de paysage, virer à l'inconnu, nu... » Six mois depuis mon accident et mon état physique s'était à peine amélioré : je poussais mon fauteuil de façon laborieuse, à la force des poignets. Joël, l'ergothérapeute de Garches, m'avait fabriqué des gants spéciaux en cuir afin de protéger mes paumes insensibilisées.

Dès mon arrivée à Kerpape, on m'avait installé dans un lit et dirigé vers la salle à manger. J'avais étudié les mœurs de la Rome antique et, tandis que mon pieu impérial, halé par mes esclaves, glissait sur les marbres plastiques de mon nouveau palais, je me réjouissais d'avance de ma première orgie bretonne. J'imaginais une salle suffisamment grande pour accueillir, garés en épi, une vingtaine de matelas montés sur roulettes, et ce serait couchés sur le flanc que nous serions servis par des ilotes crépus en tunique blanche transparente, au son des harpes et des timbales égyptiennes.

J'étais le seul couché, face à une armée de chaises électriques. Ils déjeunaient en silence, par tables de huit, et m'ignoraient copieusement, moi, Tétraplexus César Imperator ! J'interrogeai l'infirmière sur ce quiproquo : « Oui, j'étais paralysé, mais aux dernières nouvelles la tétraplégie n'était pas contagieuse.

Alors ? Que voulait dire cette mise en quarantaine ? »

– Tant que vous n'avez pas de fauteuil, vous resterez au lit !

– Et je l'aurai quand mon fauteuil ?

– Vous verrez ça avec Mme Sibylle Le Quellec, la responsable des admissions ; nous n'étions pas censés savoir que vous viendriez sans votre propre fauteuil...

– Mais je n'ai pas de fauteuil !

– Oui, monsieur, mais c'est vous qui êtes paralysé ! Si tous les malades viennent sans leur matériel, où allons-nous ?

Les desserts distribués et avalés, on entendit la mise en route électrique des chars métalliques, des béquilles orthopédiques et des prothèses aérodynamiques. Tous fuyaient vers leurs chambres. À la sortie du restaurant, gros embouteillage ; ça patinait sur l'asphalte... un péage de fin de week-end, vite à la maison ! Il fallut attendre que la pièce soit vide pour que l'on songe à réintégrer mon tapis volant dans sa niche.

J'étais seul dans ma chambre. La ligne de téléphone n'était pas encore branchée ni le circuit de la télévision. En fin d'après-midi, après une longue sieste éveillée et comme une aide-soignante passait dans le couloir, je demandai si j'avais des chances de rencontrer Mme Le Quellec afin de régler tous ces petits problèmes d'intendance.

– Faut vous dépêcher, me répondit la jeune femme, elle quitte son bureau dans dix minutes !

– Et il est où son bureau ?

– Au rez-de-chaussée, juste après la librairie !

– Vous pouvez m'y conduire ?

– Ooh, c'est facile, vous ne pouvez pas vous tromper, c'est tout de suite à droite en sortant de l'ascenseur. Pas celui de la piscine, hein ? Il est en panne ! L'autre, derrière l'économat...

Et elle me planta là.

41

Réfectoire

Le lendemain matin, tout rentra dans l'ordre. Comme Gwenaelle installait la table roulante du petit déjeuner, je remarquai, devant la porte de ma salle de bains, un fauteuil qui m'attendait. C'était marrant ce pays où les gens circulent en lit et où les fauteuils roulent tout seuls, la nuit !

Mon toubib était breton, lui aussi, et ressemblait à l'Australien buriné Crocodile Dundee. Coiffé en pétard, le teint hâlé, il avait une tête de pochetron et n'arrêtait pas de me lancer des vannes. Il n'avait vraiment pas la gueule de l'emploi, et si, quelques mois plus tôt, j'avais eu affaire à lui, j'aurais été persuadé d'être tombé sur un affabulateur, un escroc en blouse blanche. Dr Dundee était partisan du moindre traitement pharmacologique – sur ce point, j'étais d'accord – et, en détaillant mon ordonnance de médicaments, il raya le somnifère antianxiolytique que je prenais chaque soir.

– Vous allez apprendre à être le plus vite possible autonome, me dit-il, mais bon, vous avez mal choisi votre période ; Kerpape au mois d'août fonctionne au ralenti...

En été, si la plupart des kinés étaient en congé, la population des malades, elle, augmentait. La plupart de ces grands tétraplégiques qui vivaient l'année chez eux se trouvaient en carafe lorsque les vacances arrivaient. Ils n'avaient d'autre choix que de se faire admettre dans un centre médicalisé. Kerpape était le Club Med pour grands invalides civils.

J'étais venu pour un mois, mais dès le deuxième jour j'avais envie de repartir.

L'épreuve insupportable était celle des repas collectifs : nous étions huit par table. Jamais de ma vie je n'avais ressenti autour de moi autant de peines, de solitudes, de blessures et d'agressivité désespérées. Nous étions tous isolés dans nos drames personnels et les rares tentatives de communication tournaient court. Heureusement, des animateurs nous encadraient, faisant manger les plus atteints et lançant des conversations passionnantes : « Qui veut que je lui trempe un morceau de pain dans sa soupe ? » ou « Le fromage, tu veux le manger tout de suite ou tu l'emportes dans ta chambre ? »

Quatre castes bien distinctes se retrouvaient autour des tables. Il était hors de question de changer de place.

• Les paraplégiques sportifs occupaient la première table. Ils étaient de loin les plus expansifs et les plus radicaux, sans doute assez familiers des lieux pour constituer un groupe aussi compact et solidaire face à l'envahisseur ;

198

• Les seniors à béquilles étaient pour la plupart des quinquagénaires à petite ou moyenne pathologie. Opérés à la hanche, à la clavicule, au fémur ou au pied, ils étaient aussi enjoués, aussi trépidants que des pensionnaires en vacances. En effet, dans ce monde à l'envers, il y avait de quoi se réjouir : eux, les vieux, étaient debout et couraient comme des lapins, tandis que les jeunes croupissaient en fauteuil quand ils n'étaient pas légumes dans leurs sièges électriques ;

• Les grands tétras ne bougeaient pas d'une oreille. Certains dirigeaient leur fauteuil au moyen d'un joystick positionné sous le menton. Ils étaient totalement dépendants, souvent jeunes, entre dix-huit et trente ans, et le seul bruit qu'ils émettaient était celui de leur moteur électrique ;

• Les nouveaux : toutes pathologies et générations confondues. Ils avaient été accidentés récemment et déboulaient à Kerpape pour des raisons qui tenaient plus à leur isolement qu'à l'espoir de conquérir une nouvelle autonomie.

J'étais l'un d'eux. Révolté par mon sort, furieux de me retrouver dans ce réfectoire kafkaïen, déprimé par l'entourage de zombies et d'animateurs charitables, terrorisé à l'idée de ce que me réservait l'avenir. Nous échangions parfois des sourires mais l'autre ne pouvait être que l'ennemi, miroir brisé, reflet de notre propre déchéance.

En les voyant dans leur jogging du dimanche, attablés et mastiquant leur steak haché sauce échalote, mon cœur chavirait et mes yeux cherchaient une issue de secours. Je contemplais l'été au-delà de la baie vitrée, et ce bleu d'enfer qui illuminait la côte.

À Cuba, l'an dernier, Marco, Alain, Gérard et moi avions plongé au large de l'île de la Jeunesse, pêché la langouste et sauté en chute libre à quatre mille cinq cents mètres. Comment oublier les montagnes peintes de Pinar del Río, les couleurs ocre des murs de Trinidad, les grands orchestres de salsa de La Havane et mes nuits dans les bras de Belém, ma fiancée tropicale au corps métissé et à la croupe rebondie ?

Que m'était-il arrivé ?

42

Moïsa

Très vite, je demandai au docteur Folamour de me redonner des somnifères afin de calmer mes angoisses nocturnes et mes envies morbides. Un coup de fil de mon père me remit les idées en place :

– Il te reste trois semaines... accroche-toi, mon fils, j'ai confiance en toi ! Va te baigner, prends le soleil... tu es bien mieux en Bretagne que dans ta chambre à Garches ! Tu as passé le plus dur, alors ne t'inquiète pas... Nous pensons très fort à toi. Ta mère va t'envoyer des livres et des colis pour que tu tiennes le coup... D'ailleurs, je te la passe ! Allez, courage, fils... sois plein de forces et d'espérance !

– Chéri, comment ça va ?

Une boule dans la gorge m'empêcha de lui répondre tout de suite.

J'avais le sentiment qu'un autre s'était glissé sous ma peau : l'enfant inquiet que j'étais jadis et qu'il fallait réconforter, protéger, motiver. Mes parents m'étaient redevenus indispensables, moi qui avais depuis longtemps coupé le cordon ombilical. Mon accident nous avait rapprochés. Nos liens ne se résumaient pas à un arbre généalogique dont on agitait les branches lors des mariages, des naissances, des deuils ou des anniversaires. Un des membres de la tribu était en danger et le tam-tam familial sonnait le tocsin, dénichant aux quatre coins du pays frères, sœurs, cousines, oncles, tantes, gendres, parrains, marraines.

Ce soir-là mon téléphone ne cessa plus de sonner. La survie n'a pas de prix. Que l'on vous consacre du temps ou que l'on vous poste un mandat, c'est de l'amour. Et ce soir-là, après neuf appels longue distance, je m'endormis apaisé.

Le lendemain matin, on me réveilla à 8 heures. Lavé, coiffé, habillé, je partis tout seul, cahin-caha, vers le bassin olympique. Dans les vestiaires, deux aides m'allongèrent sur une couchette pour me déshabiller et me mettre mon slip de bain. Dans un fauteuil en plastique, inoxydable, on me conduisit au bord du bassin devant un plan incliné. Une nouvelle fois, on me coucha sur une sorte de lit de camp aquatique, téléguidé pour la mise à l'eau.

Moïsa, la vingtaine, jolie brune au teint mat, aux yeux verts de chatte angora, surveillait la manœuvre et me réceptionna dans la flotte. Moulée dans un maillot de bain noir une pièce, les formes ravissantes, mises en valeur par l'élasticité complaisante du lycra, elle était prête à m'offrir trente-cinq minutes de sa jeunesse et de sa beauté. Peu m'importait qu'elle soit kiné stagiaire, bretonne par sa mère, juive par son père, au moment même où je croisai son sourire, je sus enfin pourquoi j'étais venu en Bretagne. C'était formidable d'atterrir dans les bras d'une inconnue à moitié à poil et de se frotter contre elle, dans la chaleur d'une eau tropicale : *Kolé séré, nous té ké cadencé...*

Moïsa me posa les questions d'usage : la date de mon accident, l'endroit précis de ma lésion médullaire, ma réaction à la température ambiante, mon aptitude au milieu aquatique, la gestion de ma flottabilité et de mes capacités respiratoires en cas d'apnée prolongée et l'équipement dont j'avais besoin, hormis mon moule-burnes de gros bébé baigneur : planche, bouée, palmes, lunettes, flotteurs, bonnet de bain. Je lui répondais du tac au tac avec la précision d'un nageur de combat sur le point d'être largué par hélico en pleine mer. J'aurais voulu, moi aussi, la bombarder de questions : « Moïsa, est-ce que tu m'aimes ? » Je me contentais de lui demander une paire de lunettes et deux flotteurs.

Deux minutes plus tard, nous étions face à face dans la position du couple à demi enlacé et, muni de mes hublots, je me laissais glisser le long de son corps, mes mains maintenues dans les siennes. La vision sous-marine était excellente. Je plongeais devant ses seins tendres et fermes qui pointaient sous le tissu pour me retrouver à cinq centimètres de sa chatte. Moïsa, cambrée sur ses jambes, ignorait ce qui se tramait sous l'eau. J'étais au paradis. Après deux minutes, elle me fit remonter et

me demanda de faire la planche ; j'hésitais...
Elle crut que j'avais peur alors que c'était moi
qui ne voulais pas l'effrayer par mon érection
intempestive. Elle me laissa donc barboter le
long de la ligne de flottaison et m'encouragea
à essayer la brasse. Je nageais, coulais, nageais,
coulais, évitant parfois de justesse un idiot
paraplégique en canoë kayak qui traçait des
allers-retours et faisait le coq devant ma dulci-
née.

— Régis, sois gentil, va pagayer plus loin, lui
conseilla Moïsa.

Va mourir, ouais ! C'était pas un cul-de-jatte
qui allait s'immiscer dans mes affaires amoureuses. Avant de quitter le bain, j'eus le temps
de nager derrière Moïsa et de la suivre à distance, tel un poisson pilote.

Elle avait la taille fine et des fesses toniques,
imperturbables, lorsqu'elle battait des jambes.
Je la quittai à regret, bien décidé à renouveler
l'expérience.

Dans l'eau, j'étais libre, dans l'eau, j'étais
bien, dans l'eau, j'étais amoureux... le b.a.-ba
pour un poisson-chat !

43

Serial kiné

L'après-midi, M. Le Goff m'attendait.

C'était un homme étrange : petit, chauve, portant des lunettes rondes, il avait tout l'air du rond-de-cuir, discret, laborieux, ponctuel et courtois. Il répondait toujours à mes questions par oui, non ou un borborygme qui mettait fin à la conversation, alors qu'elle venait de commencer. En un mois, j'appris trois choses sur sa vie : il habitait seul avec sa mère, il jardinait et « Y avait intérêt à ce qu'aucune femelle vienne perturber sa quiétude ! » À 4 heures pétantes, tel un fonctionnaire, il quittait sa blouse, enfilait un gilet et rentrait chez lui. Tandis qu'il contournait le terrain de jeux, je remarquais sa silhouette trapue, ses épaules carrées, ses avant-bras puissants et noueux et je me demandais si, sous le masque du petit bonhomme résigné, ne se cachait pas le *serial killer* du Finistère.

Comme il m'intriguait et que nos séances étaient d'un ennui total, je décidai de débusquer le psychopathe en utilisant la technique du lavage de cerveau. Couché sur le dos, je soliloquais, les yeux collés au plafond, feignant d'être seul, en proie à une obsession. Je parlais d'une femme sans préciser son âge. Elle portait un nom prédestiné : « Malicia ». Bribes par bribes, séance après séance, j'étoffais mon récit de détails scabreux et de menaces paranoïaques. Je décrivais Malicia comme une femelle vicieuse, insatiable, calculatrice, dont le seul but était de me nuire. Plus mon Breton gardait le silence et plus j'avançais dans les descriptions sordides de cet ange des ténèbres qui profitait de sa beauté et son intelligence pour torturer le cœur des hommes et le mien en particulier.

– Ah, monsieur Le Goff, si vous saviez combien je l'ai aimée cette femme-là !

L'autre ne bronchait pas. Le lendemain, j'enfonçai le clou. Comment se débarrasser de Malicia sans éveiller ses soupçons ? Je passai en revue les techniques de feu, d'empoisonnement, de noyade, de court-circuit, d'étranglement et, après un long silence, à brûle-pourpoint, j'interrogeai mon spécialiste :

– Que feriez-vous à ma place, monsieur Le Goff ? Cyanure ?

Il grommela en secouant la tête :

– Pas de femelle, pas de problèmes !

– C'est bien mon avis, monsieur Le Goff... d'ailleurs, j'ai une idée...

Et je repartais dans mes échafaudages loufoques, échevelés, m'étonnant, lorsque je poussais le bouchon trop loin, que pas une seule fois mon kiné ne s'inquiète de ma santé mentale ni ne prévienne quiconque du service médical.

– Dites, monsieur Le Goff, un tueur à gages, ça coûte combien ?

Je posai la question sur un ton candide, m'attendant à ce que l'autre m'envoie promener... mais, non !

J'aurais voulu tuer ma propre mère qu'il aurait hoché la tête :

– Pas de femelle, pas de problèmes !

J'occupais mon esprit, mon imagination... mais je me rendais compte au fil des semaines que la solitude, l'ennui, la folie me guettaient à chaque minute tant j'avais l'impression d'être le prisonnier schizophrénique d'un monde dont je refusais de faire partie.

44

Têtard et canard

Au réfectoire, à l'heure du déjeuner, on m'avait apporté un colis. Il contenait un polo Ralph Lauren, des magazines, des bonbons, un parfum « cool Water » et la lettre d'une inconnue, Isabelle Canard, dite Zaza : « Poisson Chat, on m'a appris ton accident, il y a quelques mois... Je suis assez timide et, comme nous ne nous connaissons pas, j'ai hésité jusqu'à ce jour. Il se trouve que je suis en Bretagne et j'aimerais t'inviter chez moi un week-end. Si tu es d'accord, je viendrai à Kerpape, vendredi prochain, t'enlever pour deux jours. Je t'embrasse. Zaza... »

J'étais inquiet, je n'avais jamais encore été lâché seul dans la nature. Et pour cause : il fallait me porter, me mettre au fauteuil, me déshabiller, me laver, me nourrir, me donner mes médicaments, me coucher, et surtout m'aider pour les sondages : le problème majeur du petit peuple en fauteuil. Comment se vider la vessie ? L'hétérosondage... cérémonie discrète, intime, laborieuse, douloureuse, ressemblait par beaucoup de points à celle de l'héroïnomane qui cherche un coin tranquille pour se shooter. Il fallait s'isoler cinq à huit fois par vingt-quatre heures afin de s'enfiler dans la verge une sonde lubrifiée, franchir le cap des sphincters pour atteindre le réservoir urétique et le délivrer de ses deux cents centimètres cubes en prenant toutes les précautions d'hygiène afin d'éviter les infections urinaires.

Le vendredi matin, j'avais posé ma permission au bureau des sorties.

Zaza et sa bande arrivèrent; leurs visages m'étaient familiers et nous évoquâmes aussitôt nos souvenirs héroïques de bamboulas : le Caca's Club, la soirée des Sept péchés capitaux, le bal des Dégoûtantes, la nuit des Punitions interminables, la fête des Clans...

Mme Le Quellec m'avait préparé mon sac. Je vérifiai le listing tel un enfant soucieux qui part en colonie de vacances, angoissé à l'idée de me retrouver sans assistance médicale pendant deux jours. Zaza, briefée par l'infirmière, m'assura que tout se passerait bien et que ce n'était pas dans ses habitudes d'abandonner ses amis infirmes sur les aires de repos des autoroutes.

Au cours de ce week-end, alors qu'avec ses amis nous parcourions, en voiture, les landes bretonnes, je retrouvai l'ivresse de la liberté et de la camaraderie solidaire. Tandis qu'Hélène et Olivier sortaient du coffre mon fauteuil et à l'aide du mode d'emploi – et sans s'engueuler – s'efforçaient de remettre en place, dans l'ordre, le dossier pliant, le coussin ergonomique, les roues amovibles, la palette escamotable, Niko et Thierry extirpaient mes soixante kilos du siège passager. Une fois que j'étais installé dans la chaise roulante, il fallait veiller à l'inclinaison de la pente car toute distraction pouvait être fatale. Si jamais j'oubliais de bloquer les roues, pensant qu'on me dirigeait sur la piste goudronnée, je prenais de la vitesse et m'apercevais avec horreur que depuis deux minutes je parlais dans le vide à un conducteur invisible. S'ensuivaient des hurlements, une cavalcade et le garçon le plus rapide arrêtait ma course au bord de la falaise. J'avais eu chaud.

Zaza piquait une crise :

– Vous êtes dingues les mecs, il a failli mourir de peur, mon têtard !

Le soir, alors que nous avions commandé un plateau de fruits de mer, je réalisai, devant l'inutilité de mes mains givrées, l'inconscience de ma gourmandise : huîtres instables, moules glissantes, crevettes indécorticables. J'en mettais partout. Un chimpanzé manchot se serait mieux débrouillé. Mais Zaza, avec une autorité toute maternelle, passa la moitié de son dîner à me donner la becquée.

– Mange mon têtard ! C'est la mer, c'est les mouettes, c'est des moules, c'est bon pour ton moral !

Je faisais l'expérience de l'inattendu et de la Providence. Il m'était impossible de tout supporter seul. Grâce à ces rencontres imprévues, mon fardeau s'allégeait et, même si j'étais loin de ressembler au garçon joyeux d'autrefois, ma personnalité n'en était pas pour autant éteinte. La vie me forçait à de nouveaux efforts, à de nouvelles introspections, à l'humilité. Je n'avais pas le monopole de la souffrance. En discutant avec mes amis et en remontant le fil de nos souvenirs, j'appris le destin tragique de certains de nos camarades. L'héroïne avait fait des ravages. Le sida aussi.

Niko, François, moi et plusieurs amis avions passé ensemble un week-end, il y avait une dizaine d'années, à Guéthary. Je gardais une image très précise de ces vacances : une photo que j'avais collée dans un album. Un détail me revenait en mémoire : ils portaient tous des lunettes noires et un chandail malgré le ciel de plomb. Niko me confia que déjà, à cette époque, ils étaient tous chargés comme des mules, accros à la seringue. Agglutinée sur le muret devant la côte des Basques, la petite bande déconnait, ignorant que quatre d'entre nous étaient en sursis : accident de moto, overdose, sida, suicide. Aujourd'hui, François était en rémission, Niko, épargné par le virus, n'était toujours pas tiré d'affaire ; il enchaînait les cures de désintoxication, tandis que moi je traînais ma carcasse en fauteuil.

Zaza nous écoutait en silence. Au bout de la jetée, le soleil terminait sa course, teintant d'une couleur ocre les filets des pêcheurs et le triangle sombre d'un voilier qui rentrait au port.

Le dimanche soir, toute la petite bande me raccompagna à Kerpape. Il était très tard, le centre était désert, silencieux. Nous avions une pêche d'enfer. L'air, la mer, le soleil m'avaient fait du bien. Comme il m'escortait dans la pénombre jusqu'à ma chambre, Niko fut pris d'un fou rire : dix fauteuils électriques stationnaient dans le couloir. Les témoins lumineux des batteries rechargeables clignotaient en guirlandes de Noël. Les grosses bestioles se shootaient aux kilowatts, pendant que leurs propriétaires, gavés de somnifères, rêvaient de saute-mouton et de balle au prisonnier.

– Dis, Poisson Chat, tu as déjà circulé là-dedans ?

– Pas encore, mais ça viendra...

– On se fait un tour..., proposa Zaza.

– Ouais, mais chacun le sien !

Et nous voilà partis à la queue leu leu, dans les dédales de Tétra-Land. La patrouille des Parisiens filait à tombeau ouvert dans l'obscurité pour un concours de vitesse. Kerpape by night ! Les cheveux décoiffés, les yeux brûlés par l'air iodé, mes camarades multipliaient les queues de poisson pour prendre la tête du peloton. Notre virée nocturne risquait de me coûter cher. Tant mieux ! On réveillait les morts !

À ce train-là, grâce à Zaza et ses cow-boys, mon séjour breton ne serait pas qu'un mauvais souvenir.

À ce train-là, le fauteuil électrique...

Une idée pour mes vieux jours.

45

Sabine

Je la sentais tourner autour de moi. Comme un chien de berger autour du mouton égaré. Des grands cercles, puis de plus petits, jusqu'à ce qu'elle vienne se caler face à mon fauteuil. Elle ne me tendit pas la main : l'habitude du handicap lui avait permis d'évaluer au premier coup d'œil le niveau lésionnel de ma paralysie et elle ne voulait pas que je me risque à un geste maladroit. Elle n'allait pas m'embrasser, non plus. Elle avait senti tout de suite que j'étais nouveau dans la carrière, Sabine. Dans le grand gymnase handisport de Kerpape, deux équipes en fauteuil s'affrontaient au basket-ball. Les pneus crissaient sur le terrain de jeux, laissant des traces de gomme, et les roues des prototypes filaient à toute allure, s'entre-choquant aux abords du filet dans un bruit de métal assourdissant. Aux joueurs handicapés se mêlaient des valides qui, chaque demi-heure, se levaient pour se détendre les jambes. Mon rêve : lève-toi et marche !

– Tu voudrais jouer avec eux ?

Je regardai Sabine et secouai la tête. Non.

– Tu viens d'arriver ?

Paraplégique quadragénaire et monitrice sportive, elle était là en visite. Familière des lieux, Sabine saluait tout le monde et prodiguait ses conseils aux joueurs de ping-pong en fauteuil. Qu'avait-elle senti chez moi, sinon une détresse que je ne cherchais pas à dissimuler ? Elle avait noté l'extrême désuétude de mon chariot roulant. À côté des formules 1 turbo des basketteurs, le mien ressemblait plutôt à un vieux panzer démantibulé.

– Tu comptes t'acheter bientôt un fauteuil ?

Sabine m'obligeait à la conversation et, bien que ce bazar à roulettes soit le cadet de mes soucis, rien ne m'empêchait de lui demander conseil.

– Après tout, lui dis-je, le Salon de l'auto est prévu chaque année en septembre et on n'imagine pas un salon sans fauteuil, une salle à manger sans table et une table sans tabouret ! Quoi qu'on fasse dans la vie, on est toujours forcé à un moment de se poser les fesses, non ?

C'était une question de temps. Mais, pour l'instant, il me pesait d'être assis. Alors, sur qui, sur quoi ?

– Tu sais, continua Sabine, quand tu choisiras ton fauteuil roulant, il faudra vraiment que tu te fasses plaisir ! Prends un modèle léger, confortable, rapide, mais n'hésite pas à t'éclater sur le look... ils font des couleurs démentes, maintenant ! Des vert bouteille, des rouge madras, des gris métallisés... c'est sublime ! Si tu t'habilles sport, tu choisis la teinte en fonction de tes coloris favoris... si tu portes des jeans, prends un beau bleu lavande... vraiment! Tu vois, quand je regarde les gamins s'éclater en skate, en rollers ou en *moutain bike*, je me dis que pour nous c'est exactement pareil... C'est de la glisse! Tu verras – et depuis que je travaille ici, j'ai l'habitude – quand tu seras chez ton vendeur, devant la glace, assis sur ton fauteuil tout neuf, tu seras hypercontent!

Elle fit une pause puis ajouta, enthousiaste:
– Qu'est-ce que t'en penses?

Sans la quitter des yeux, j'ouvris la bouche mais aucun son ne sortit.

Tout autour de moi fonctionnait au ralenti. Même les cris des joueurs s'étouffaient peu à peu comme si quelqu'un, caché dans mon cerveau, réduisait graduellement le niveau sonore et le champ de vision. J'avais juste devant moi, se détachant du flou, le visage de cette femme souriante. Quelque chose de violent, de traumatique, paralysait tout échange. Mon subconscient fermait les sas de l'écoute et de la parole. Que me voulait cette femme? Depuis combien de temps vivait-elle le cul planté dans son fauteuil? Quelle somme d'épreuves avait-elle subie pour croire un seul instant à ses théories fumeuses? Elle était mal tombée: ... *Bad place, bad moment, bad person!*

Je connaissais le monde de la glisse sur le bout des doigts: enfant de la Côte basque, j'étais un fou de surf, de Morrey Boogie et de catamaran! Sans parler du ski, du surf des neiges, du hors-piste, de l'escalade... des altitudes faramineuses qui élèvent l'homme vers les sommets neigeux, les cimes verglacées et silencieuses... le spectacle du divin.

Que me chantais-tu, Sabine, sinon la triste mélopée des demoiselles aux carcans de fer ? De quelle cavalcade héroïque parlais-tu ? Toi... assise sur ton pauvre petit cheval à roulettes ?

Le fauteuil n'est pas un jeu, la tétraplégie n'est pas un loisir. C'est une vie défigurée, un ralenti juste avant la mort.

46

Navigation

Quitte à me défoncer, je préférais la piscine et courser Moïsa. Depuis une semaine, je nageais sans flotteur mais je gardais les lunettes. Ma sirène fuselée changeait souvent de maillot de bain, me dévoilant davantage sa poitrine, son ventre, ses fesses. Elle me chauffait les sens. Je connaissais par cœur la moindre de ses courbes. Hélas, si elle était ma joie, elle devenait de plus en plus ma souffrance. La belle ne m'accordait aucun regard en dehors de l'espace nautique.

Un soir, alors que je bullais devant l'entrée du centre, un motard âgé d'une vingtaine d'années vint la chercher ; ils s'embrassèrent sur la bouche. Elle enfourcha le bolide et, soulevant sa jupe, colla ses hanches contre les siennes. Tandis qu'ils filaient le parfait amour et roulaient vers la liberté, je me rongeais les sangs et broyais du noir : « Prends ça dans ta gueule, têtard ! »

J'imaginais le corps souple et bronzé de Moïsa nue sur les draps, sa moue sensuelle et enfantine tandis qu'elle observait son motard se déshabiller. Je savais qu'il allait la prendre dans ses bras, qu'elle allait glisser sous lui et ouvrir ses cuisses. Il s'enfoncerait doucement dans sa fente pour la contraindre à un rythme, à un souffle. Elle le fixerait les yeux mi-clos jusqu'à ce que le plaisir la fasse déraper et basculer dans une syncope fulgurante qui lui arracherait une plainte, un gémissement. Elle reprendrait son souffle, puis les mains agrippées aux hanches de son amant, elle imprimerait à son bassin une nouvelle cadence et l'autre repartirait de plus belle pour un tour gratuit de jouissance. Cette vision m'était insupportable. Leur jeunesse me donnait envie de vomir. Demain, comme un vieil amoureux éconduit et jaloux, je lui ferais la gueule en arrivant à la piscine. Demain, Moïsa serait heureuse. Demain serait comme aujourd'hui : l'histoire d'un pauvre débile qui se rince l'œil sous l'eau et se fait son petit film de cul.

Heureusement, mes vacances bretonnes se terminaient. Kerpape m'avait appris à nager, à vivre en dehors de l'hôpital, à survivre dans un réfectoire, à voler des fauteuils électriques et à me méfier des centres de rééducation fonctionnelle.

Les fins d'après-midi étaient interminables. Les activités s'arrêtaient à 16 heures. Terrible sentiment d'abandon lorsque l'on voyait les kinés ou les ergothérapeutes enlever leur blouse pour rentrer chez eux.

– À demain, lançaient-ils joyeusement aux pauvres bougres inquiets de l'oisiveté qui les guettait, et des heures à se morfondre avant le dîner.

Parfois, lorsque je regagnais ma chambre, une surprise m'attendait : Fredo et Thibaut, des copains musiciens en tournée dans la région, grattaient la guitare sur ma terrasse ; Herma, une chanteuse qui participait au Festival celtique de Lorient, m'apportait son nouveau CD ; Jean Eudes, un ancien camarade de lycée, débarquait avec sa femme et ses six enfants ; Zaza m'enlevait pour le dîner ; Mickey et Thierry m'embarquaient pour une virée en bateau !

L'idée, bien qu'alléchante, m'avait terrorisé. Mon handicap développait de nouvelles phobies : la mer, le feu, la foule. Lorsque Thierry, deux jours plus tôt, m'avait soumis son projet, j'avais applaudi :

– Bonne idée ! Tu sais que je nage tout seul maintenant !

– C'est bien mon grand, je vais pouvoir t'emmener en mer !

– Euh... ? Où ça, en mer ?

– Dans le golfe du Morbihan ! T'inquiète, c'est tranquille, là-bas...

– Euh... Ouaiis... mais encore ?

La nuit, j'avais mal dormi.

OK, je flottais... mais dans une piscine chauffée à 29 °C et sous l'œil bienveillant d'une BayWatcheuse en bikini rouge. De là à affronter une eau glaciale, des vents force 8, des creux de vagues de deux mètres, des tarés en jet-ski, des murènes affamées, des hommes-grenouilles du KGB et des goélands paranoïaques ! J'avais confiance en Thierry, père de famille, publicitaire et collectionneur de livres anciens. Mais que savait-il au juste de la navigation en mer ? Avait-il son permis bateau, certifié par le ministère de la Marine ? Que ferait-il si notre rafiot coulait, si je tombais à l'eau, sachant qu'il devrait s'occuper de ses cinq enfants, de sa femme, de sa belle-mère, de son labrador et de la jeune fille au pair irlandaise et catholique dont il avait la responsabilité ? Son plan, à tous les coups, c'était le *Titanic* !

J'en parlais à ma logeuse, Mme Le Quellec. Elle préparait mon sac et m'écoutait en hochant la tête.

– C'est votre dernier week-end, profitez-en !

Dernier ? Que voulait-elle dire par là ? Que je reviendrais à Paris dans une housse en plastique ? Faisait-elle partie du complot ? Et elle ajouta :

– Si vous changez d'avis, samedi, nous organisons une sortie en canoë-kayak avec les animateurs ! Un pique-nique sur la plage est prévu.

Nous y voilà ! Tandis que mon ami d'enfance me proposait le remake du *Radeau de la Méduse*, la vieille folle voulait m'embarquer avec ses hommes-troncs sur des suppositoires flottants qui se retournaient au moindre coup de vent. Quitte à couler, autant que ce soit parmi les miens.

Finalement, je suis monté sur le bateau de Thierry mais nous n'avons jamais quitté l'embarcadère. Mickey, Zaza et Louis, mon frère, m'avaient installé à l'avant du hors-bord, juste à côté du pilote. Calé dans mon fauteuil, cerné par une tribu de garnements piailleurs et des paniers de provisions, je goûtais aux joies de la navigation statique. Un pur bonheur. De mon perchoir instable, tandis que Mickey et Louis s'escrimaient sur le starter du promène-couillon, je ressentais les premiers frissons d'une sérénité. J'étais heureux sur la mer, j'étais heureux dans l'eau, j'étais heureux entouré de mes amis. Si ma paralysie devait se prolonger, ma nouvelle vie s'organiserait autour de ces éléments. J'avais besoin de soleil : un tétraplégique souffre souvent du froid ; hormis l'immobilité à laquelle il est contraint (sa tension est toujours très basse comme chez les vieux et les grands sportifs), son système neuro-végétatif situé en D4 et chargé de la gestion thermique du corps fonctionne au ralenti. La chaleur est aussi dépendante de la circulation sanguine et donc des mouvements physiques du corps. La station debout, du promeneur comme du coureur de fond, permet, lorsque l'individu frappe le sol du talon, de renvoyer vers le cœur l'afflux sanguin qui peine à revenir dans la partie supérieure du corps. Ce mouvement perpétuel, automatique, régularise ainsi le chaud et le froid à l'intérieur du corps humain et donne les signaux d'alarme (sueur, frissons, chair de poule, claquements des dents, coup de soleil...). Pour l'invalide en fauteuil, le réseau est très perturbé et il doit surveiller les brusques changements de température et se protéger en conséquence (chapeau, lunettes de soleil, laine polaire, K-way...).

Je voulais donc du soleil, une mer tempérée (26 °C minimum), un bateau pour se balader, une piscine chauffée (avec plein de filles dedans) et des copains.

J'avais un an pour trouver la maison de mes rêves et lancer les pistes. Bientôt, quelqu'un m'écrirait : « Cher Poisson Chat, j'ai exactement la maison qu'il te faut. Elle est située en haut du petit village de Lumio, en Haute-Corse, et la vue est magnifique ; seul problème, tu seras obligé de partager mon lit, car ma chambre est la seule qui se trouve au rez-de-chaussée... d'autre part, je dois t'avouer que je dors toujours nue... j'espère que cela ne te dérange pas... je t'embrasse très fort et t'attends avec impatience : Laetitia Casta. »

Le bateau en carafe, nous voilà repartis en voiture avec toute la smala, vers une plage que Thierry avait repérée. Le fauteuil s'enlisant dans le sable, on essaya différents moyens de levage et de portage :

• quatre personnes portent le fauteuil (20 kilos) + le tétra (60 kilos) = 80 kilos ;

• deux personnes font la chaise à porteurs avec leurs bras sur lesquels trône le tétra : 60 kilos divisés par 2 = 30 kilos ;

• une personne prend le tétra sous les bras et l'autre sous les genoux ; c'est la méthode du sac de linge sale : 60 kilos qui se balancent ;

• une personne prend le tétra dans ses bras, telle une jeune mariée : 60 kilos + un tour de reins = un mois d'arrêt de travail ;

• une personne dit au tétra : « Démerde-toi, tu nous fais chier... » tandis que la personne 2 lui fout un grand coup de pompe dans le ventre : « ... Si tu veux te baigner, t'as qu'à ramper sur le sable ! » ;

• une personne enferme le tétra dans la voiture avec le chien.

Ce fut Zaza qui trouva la solution. La méthode du cavalier. On me hissa sur le dos de Thierry. Je passai mes bras autour de son cou... et à dada ! C'est lourd un corps mort ; difficile à manipuler : une jambe d'adulte pèse entre dix et vingt kilos. La tête, six kilos... un ventre plein, dix kilos, un ventre vide, ça n'existe pas !

Thierry me porta jusqu'au rivage. Ses enfants qui nous précédaient me jetaient des regards noirs, notamment le petit dernier, encore en bas âge : « Qu'est-ce qu'il fout ce gros paresseux qui traîne encore en poussette, à essayer d'étrangler notre père en l'attaquant par-derrière ? »

Zaza m'avait prévu un transat. Tandis que la marmaille enfilait les maillots de bain, sortait les seaux et les pelles, drivée par Johanna, la fille au pair, je reprenais mon souffle, allongé dans la chaise pliante. Mickey, Louis et Zaza couraient se jeter à l'eau, Thierry allait se renseigner pour louer une planche à voile, Marie, sa femme, à plat ventre sur une serviette, lisait *Marie-Claire*. J'observais les scènes de plage, squattant par procuration les corps masculins qui s'affrontaient au freesbee, jouaient au volley, rôdaient sur le rivage à la recherche de jeunes femmes esseulées qui ne demandaient qu'à engager la conversation. Le vent m'amenait des cris d'enfants, ceux de leurs mères inquiètes ou agacées, les coups de sifflet furtifs du maître nageur, le clapotis des vagues et une odeur de frites qui s'échappait de la buvette. « Penser la prochaine fois à emporter des livres, des jumelles, une masseuse thaï... et un 4 × 4 Range Rover... », écrivais-je, dans mon carnet mental.

Je vivais l'été à distance, en spectateur. Comme Dirk Bogarde dans *Mort à Venise*, sauf que j'avais l'âge du grand frère de Tazio. Plus tard, quand Thierry me jetterait à l'eau et que je nagerais vers le large, je changerais de point de vue, d'horizon...

Johanna emmena le petit se tremper les pieds au bord de l'eau. Avec des gestes très doux, elle lui mouilla la nuque, les épaules, le ventre...

Je sentais rouler sous les doigts de la jeune femme la peau de soie du gamin. L'enfant se laissait faire, docile. Il aurait pu être mon fils. « Penser à faire un bébé... », notai-je dans ma mémoire, en admirant les chairs rondes et fermes de la baby-sitter.

47

Couples

De retour à Garches, on m'affecta une chambre à deux lits. Rien n'avait changé sinon une promo de nouveaux pensionnaires Des jeunes pour la plupart, accidentés à moto. La triste moisson du mois d'août. L'été, il fait trop chaud pour porter un casque. La moindre chute ou collision est fatale : le corps sans protection s'explose, se casse, se brûle sur l'asphalte. Il y avait aussi des plongeurs qui étaient remontés trop vite à la surface sans respecter les paliers de décompression. Des surfeurs imprudents qui s'étaient ramassés à cause d'une vague trop puissante. Des fous qui avaient plongé dans des piscines vides. Des alpinistes qui avaient fait le grand saut. Des suicidés qui avaient raté leur grand départ.

Le professeur Desmouches me salua. Bronzé, détendu, il revenait de vacances et, sans prendre le temps de souffler, repartait pour un tour de piste : onze mois consacrés à l'étude pathologique et à la rééducation d'une centaine de patients. J'admirais son

dévouement, une tâche faramineuse l'attendait : les victimes, les parents désemparés, les
pronostics pessimistes, les espoirs, les
déconvenues.

– Alors, Kerpape ?

Je lui racontai mon escapade bretonne.

– C'est bien de l'avoir fait, me dit-il. Mais
laissez-moi vous dire une chose ; ces gens que
vous avez croisés en fauteuil et que vous
avez trouvés tristes et résignés, ils l'étaient
sûrement avant leur accident. On ne change
pas tant que ça...

– J'vous dirai ça dans quelques mois...

– À propos, vous allez en kiné cet après-
midi ? J'ai un groupe de gendarmes qui
viennent visiter le service pour une campagne
d'informations sur la prévention routière...
Ce serait bien que vous leur apportiez votre
témoignage... sans vous commander, bien
sûr !

Avant de franchir le seuil de ma porte, il
se retourna.

– On est à combien de mois, maintenant,
de votre accident ?

– Sept...

– Vous n'avez pas encore testé les injections intracaverneuses ?

– C'est what, Herr Doktor ?

– Des piqûres dans la verge afin de provoquer une éjaculation, vous comptez avoir des
bébés ?

– Tout de suite, non... j'ai un déjeuner,
là... mais après... si Hélène est d'accord...

Sylvia, Mickey et Zaza vinrent me chercher pour m'emmener à la terrasse de la

226

cafétéria. Il faisait beau : j'avais envie de fuir les murs de l'hôpital, de faire l'école buissonnière. Mickey m'annonça qu'il m'organisait un barbecue, samedi dans son jardin :

– Une surprise ! On va être nombreux...

Il s'était arrangé avec la responsable du club des loisirs pour réserver une voiture spéciale que l'on prêtait à l'occasion aux familles des patients.

– J'ai parlé à ton médecin, me dit Zaza, les week-ends maintenant, tu vas les passer dehors...

Et elle me tendit les clefs de sa maison à Versailles :

– C'est chez toi, maintenant ! Mes parents sont en voyage pour un an, tu t'installes quand tu veux... même en semaine, on pourra s'organiser des dîners.

Maintenant que j'allais être permissionnaire, il me fallait trouver un nid, reconstruire ma vie.

– Tiens, voilà Darius...

Je retrouvais son sourire candide, son caractère trempé, méticuleux, pinailleur, toujours efficace. Tandis qu'il ouvrait sa sacoche, je remarquai tous les dossiers étiquetés à mon nom avec les intitulés : hôpital, banque, assurance, Sécurité sociale, la Cotorep – Commission technique d'orientation et de reclassement professionnel, mairie de Paris.

– J'ai bossé pour toi, mon FishCat... un vrai parcours du combattant... à se taper la tête contre les murs...

– Merci, mon frère adoré...

– Arrête, tu ferais la même chose si j'étais dans ton cas...

– Tu rêves ! J'ai toujours détesté les hôpitaux et la paperasse administrative...

Darius préféra sourire.

– Pour tes déplacements, le week-end, tu as droit à une ambulance. Elle viendra te chercher le vendredi vers 18 heures et te ramènera le dimanche soir. Tu as droit aussi à une infirmière deux fois par jour...

Quelqu'un arriva dans mon dos et mit ses mains devant mes yeux.

Une femme :

– Alors Poisson Chou, tu es de retour parmi nous ? T'as fait des progrès, j'espère ?

– Aucun ma belle. Le calme plat. Sans toi, mon corps n'a aucun sens.

– Je t'ai manqué, j'espère ?

Hélène, ma kiné, s'assit avec nous et commanda un café :

– On vient de me confier Adélaïde, une jeune trauma... elle a vingt-deux ans et arrive de New York... Renversée par un taxi... Elle a fait un coma de trois semaines... on est obligé de la surveiller... elle est complètement désinhibée sexuellement ! Ce matin, en kiné, Medhi l'a chauffée... elle a commencé à se déshabiller, je suis arrivée à temps ! Elle a toujours son copain qui vient la voir... pour l'instant...

Garches n'était pas seulement le rendez-vous des démolis, mais aussi le carrefour de couples et de parents déstabilisés. Bien souvent, lorsqu'une personne fiancée ou mariée se retrouvait en fauteuil, elle repoussait son conjoint. Les hommes jeunes ne supportaient pas d'offrir à leur compagne l'image d'un être diminué physiquement et sexuellement moins performant, voire impuissant. Il fallait des montagnes de courage à l'un comme à l'autre pour accepter cette nouvelle donne dans leur vie de couple.

Hélène m'avait apporté les polycopiés d'une enquête menée depuis dix ans auprès de couples mixtes valide et invalide. Il était plus facile pour un homme célibataire en fauteuil que pour une femme de se marier. L'homme valide avait des réticences à assumer la charge d'une femme aux jambes mortes et au ventre stérile. L'étude soulignait également que pour une grande majorité de femmes il semblait naturel de se dévouer à un homme blessé. Après tout, ce sont les femmes qui poussent le landau du bébé et les caddies dans les supermarchés. Enfin, les femmes mariées à des paraplégiques se sentaient davantage en confiance, l'invalidité de leur conjoint leur garantissant une fidélité à l'épreuve du temps.

Les équipes médicales et les psychologues de Garches étaient en première ligne et devaient répondre à des questions aussi douloureuses que légitimes : pourrai-je avoir des enfants ? Comment réorganiser un couple, envisager une vie sexuelle ? Pourrai-je décemment élever mes mômes, les protéger ? N'auront-ils pas honte de moi ?

C'était dans ces contextes dramatiques que se révélait un individu, dans sa grandeur comme dans sa lâcheté : « Pour le meilleur et pour le pire... »

On n'envisage jamais le pire.

48

Lapsus

L'après-midi, alors que Hélène venait de me verticaliser, tante Laurence fit une entrée remarquée dans le service de kiné : tailleur jaune canari, chapeau, collants et escarpins assortis. On aurait dit une banane géante. Elle avait laissé Amadeus dans sa Twingo ; un caniche très snob qui ne supportait pas les fauteuils roulants. Dès qu'il en apercevait un, il s'approchait de la roue, et levait la patte pour l'arroser.

– Mon chéri, fit-elle en m'embrassant sur mon perchoir, je reviens de Lourdes ; j'ai fait un pèlerinage magnifique...

Elle baissa la voix et me dit en confidence :

– Tu sais que j'ai rencontré des jeunes paraplégiques ravissantes ; l'une d'elles m'a donné sa carte, c'est une jeune fille brillante, elle conduit sa voiture et travaille chez Bull à la direction générale... Veux-tu que je t'organise un dîner ?

– Je dois consulter mon agenda, je suis très pris en ce moment...

Merde, ma tante voulait me maquer avec une infirme ! Je voyais d'ici le tableau : on se marierait à Saint-Eustache et on ferait plein de petits marmots en chaise roulante ; le soir, on irait à la queue leu leu se promener à Inter-marché, puis, dans le garage aménagé, on rangerait en épi et par ordre de taille, tous nos fauteuils bien alignés.

– Où en es-tu de tes projets ? demanda-t-elle enthousiaste.

Je réfléchissais. C'était une bonne question. Pour l'instant, j'étais logé, nourri et connecté : j'avais un répondeur téléphonique dans ma chambre. Ma vie sentimentale était au point zéro, à part la salope que ma tante essayait de me refiler... et je crois que pour décembre le père Noël m'avait prévu un cadeau magnifique : mon premier fauteuil roulant flambant neuf... À part ça, peut-être un suicide, pour changer de la routine ?

Le regard de tante Laurence s'illumina.

– Tu sais que j'ai eu une idée l'autre soir en regardant l'émission de Michel Drucker ? Si tu veux continuer ta musiquette, regarde Gilbert Montagné, son handicap ne l'a pas empêché de jouer du piano... pourquoi, tu ne ferais pas la même chose, hein ?

– J'aimerais bien, ma tante, mais dans ce cas, il faudrait que je me crève les yeux... déjà que je n'ai plus les mains...

– Aah ?

Elle semblait déçue, tante Laurence, la reine de la quiche lorraine, qu'elle m'apportait dans un Tupperware.

– Tu n'oublieras pas de me rendre la boîte...

232

Un peu plus tard, alors que je partageais ma quiche avec mon nouveau voisin, M. Verdier, un quinquagénaire paraplégique, le téléphone sonna : Xavier Pollet, un revenant. Cela faisait bien cinq ans que je n'avais pas eu de ses nouvelles.

– Alors Champ', y paraît que t'es tétra ? Merde, alors, c'est vraiment pas de chance ! Au fait, tu connaissais mon cousin Édouard ?

Qu'est-ce que j'en avais à foutre de son cousin Édouard !

– Oui, bien sûr, fis-je, un garçon très sympathique !

– Tu sais qu'il a eu un accident, lui aussi, en 1989 ! Il est resté trois ans tétraplégique...

Mon cœur se mit à battre :

– Trois ans ? Et il a récupéré... ?

– Non, il s'est foutu en l'air... alcool, médocs, héro... la totale ! Il en pouvait plus le pauvre ! Et toi, alors, dis-moi, tu bouges un peu ?

– Ouais, surtout la zigounette ! Elle n'arrête pas de danser le twist...

– Tu bandes ?

– J'éjacule ! Partout... j'en mets partout...

– Sacré Champ', tu n'as pas changé, hein ?

Je m'étais habitué aux maladresses, aux lapsus, aux non-dits, aux sourires forcés, aux brutalités du langage aussi perfides que les diagnostics... au temps qui passait, surtout...

J'étais surpris, non pas de ma propre endurance au malheur, ni de ma résignation philosophique, ou de mon indifférence sereine face au burlesque de mes contemporains, mais de cette faille béante qui s'ouvrait du côté de l'âme, un peu plus chaque jour.

J'étais devant un grand vide et pourtant ma seule stratégie consistait à ne me poser aucune question. Il y avait un inconnu à l'équation paradoxale : avant mon accident, j'avais toujours eu foi dans l'avenir, mais je fuyais le présent dans des activités pulsionnelles qui ne me rassasiaient jamais. Aujourd'hui, alors qu'un tremblement de terre m'avait anéanti, je n'attendais plus rien de la vie, sinon l'espoir fou de récupérer mes jambes, mes mains. Le reste n'avait aucune importance ! Débarrassé de tout, je ne m'encombrais plus l'âme de douleurs futiles, puisque j'avais identifié l'objet de mes tourments, de mes colères, de mes frustrations.

Aujourd'hui, je savais pourquoi je souffrais.

49

Tétramobile

Au volant de la tétramobile, Mickey était sérieux comme un pape... il fallait voir l'allure de son estafette ! Les ingénieurs avaient élaboré ce prototype en combinant trois moyens de transport : la fourgonnette de police pour son côté cellulaire ; le van de transport chevalin pour sa hauteur étroite et son système de protection de l'étalon ; la cloche sous-marine pour sa vision panoramique grâce aux vitres extralarges. La cabine arrière avait été agrandie et surélevée afin d'accueillir le plus imposant des fauteuils électriques. Les parois du véhicule étaient transparentes afin que le conducteur surveille son passager, et un système de rails et de sangles immobilisait le fauteuil.

Heureusement que Mickey n'habitait pas loin. Aux feux rouges, les conducteurs éberlués me mataient assis sur ma chaise électrique de condamné à tort, exposé à tous les regards par la faute de ces satanées baies vitrées. Pas rancunier, je les bénissais d'un signe de croix magnanime. Mickey disparaissait derrière son volant et ne dépassait pas les trente-cinq kilomètres à l'heure. Notre allure de tortue en énervait plus d'un, et malgré le sigle bleu et blanc – Attention transport GIC (grand invalide civil) – on nous rasait les fesses en nous doublant à grands coups de volant et de klaxon.

Tous mes amis, alignés sur le trottoir, nous attendaient en chantant : *Il est vraiment... il est vraiment... phénoménal... la la la la...* Mickey jaillit du véhicule, dégaina la télécommande de la tétramobile : la porte arrière s'ouvrit, le pont escamotable coulissa et vint se coller au sol. Sylvia, Caroline, Vanille et Dagmar, qui n'avaient jamais été des adeptes du bondage, détachèrent les courroies et les fixations qui ligotaient mon corps au fauteuil puis, ce dernier, au plancher métallique. Mon escorte féminine me débarqua à terre. Ambroisine, qui ne se séparait jamais de son Instamatic, demanda à toutes les filles de s'engouffrer à l'arrière de l'estafette et de se coller derrière les vitres.

– Il y a bien des marchands de glaces ambulants, nous on va inaugurer le vendeur de nénettes itinérant !

– Allez, les filles, soyez sympa, proposa Richard, déshabillez-vous un peu ! Ça fera plaisir à Poisson Chat !

Mickey poussa quelques fesses, referma la porte sur la douzaine de poules hystériques et, reprenant le volant, il entreprit de faire le tour du pâté de maisons pour balader son « Harem Peep Show Circus ». Il croisa sur sa route quelques bourgeoises stupéfaites par cette traite des Blanches en caravane. Comme il remarquait le sourire concupiscent de certains pères de famille, Mickey regretta de ne pas avoir affiché à l'arrière du véhicule « Riez, riez, votre fille est peut-être dedans... »

Lorsque Louis et Mickey me ramenèrent vers minuit, l'infirmière les sermonna :

– Il devait être là pour 19 heures ; vraiment, les garçons vous n'êtes pas sérieux !

– Marie-Jeanne, c'est ma première sortie... soyez indulgente...

– Allez zou, au lit !

Ils me déshabillèrent et, lorsque je fus nu, Marie-Jeanne poussa un cri :

– Mon Dieu ! Mais dans quel état vous me l'avez ramené ?

Je pensais qu'elle faisait allusion à la fourgonnette, mais c'était moi qui avais des problèmes de carrosserie : j'avais une rougeur au coccyx. Le stade 1 avant l'escarre !

– Et voilà, Poisson Chou est resté toute la journée sans bouger et ses fesses ont morflé... résultat, demain, on le met sur le ventre pour toute la semaine, le temps que l'hématome disparaisse... bravo, les garçons !

Ce soir-là, allongé sur le flanc, j'attendais le sommeil, contemplant l'éclat fluorescent de la petite Vierge de Nazareth accrochée au triangle de ma potence. Notre complicité en était à ses balbutiements et je profitais de nos tête-à-tête nocturnes pour lui demander sa protection. Mes amis prenaient soin de mon confort moral, mes infirmières se chargeaient de mon corps et je devais me débrouiller avec le reste. Tout ce chamboulement métaphysique que je devais juguler, maîtriser, afin de ne pas sombrer dans un abîme de questions sans réponses, même si je pressentais que ces confrontations existentielles signeraient chacun de mes progrès comme de mes échecs. L'espoir n'était pas un but, seulement le moteur.

Dans le lit à côté, mon voisin, M. Verdier, ronflait. Il était loin de chez lui, loin de son jardin, loin de sa femme qui avait peur de venir le voir. Cet homme-là aimait la terre, les arbres, les fleurs. La veille, une de ses connaissances lui avait apporté des gâteaux et des barquettes de cerises. En regardant les fruits rouges et brillants, il s'était mis à pleurer.

Plus tard, je lui avais demandé si c'était cette visite inattendue qui l'avait bouleversé.

– Non, me dit-il, ce sont les cerises...

Et il avait ajouté en fixant d'un regard perdu les barquettes alignées sur la table, auxquelles il n'avait pas goûté :

– Je suis tombé d'un cerisier...

Le jardinier se retrouvait légume.

50

Fellini

Et gratte, gratte, gratte, sur ta mandoline, mon petit bambino... La voix de Dalida roucoulait dans le haut-parleur de la music box, dont le volume avait été poussé au maximum. Dominique, l'aide-soignant, actionnait la télécommande du lève-personne. Assis dans la nacelle, je quittai le plancher des vaches pour me positionner au-dessus de l'eau.

Le mardi et le jeudi, je barbotais dans la piscine bordée de plantes vertes en plastique et chauffée toute l'année à 28 °C. Derrière les vitres, Hélène surveillait ma mise à l'eau en me faisant des grimaces, imitant à la perfection les tics du traumatisé parkinsonien. Françoise, la BayWatcheuse d'*Alerte à Poincaré*, animait l'espace nautique et coordonnait les entrées et les sorties. Toutes les trois semaines, elle vérifiait la pureté de l'eau grâce aux tests bactériologiques. Entre les vieux qui « fuitaient », les gamins qui pissaient et les crasseux qui crachaient, il fallait veiller de près à ce que ce paradis aquatique ne se métamorphose pas en bocal grouillant

de germes infectieux, sous peine de fermeture.

Aux mêmes horaires que les miens, un
couple étrange occupait les lieux : une vieille
et un monstre. Dans la cabine de bain, tandis
que Dominique, l'aide-soignant, me déshabil-
lait et m'enfilait mon maillot, je lui demandai
qui était ce duo fellinien.

– Ils sont mari et femme : Jean Benoît et
Mirabelle. Elle a au moins deux fois son âge.
Pendant qu'il se baigne, elle lui tricote des
cache-nez et s'occupe de la bande musicale.
Que des chansons de variétés dans le style
Radio-Nostalgie ! Un jour, j'ai voulu mettre
l'une de mes cassettes, Jean Benoît a failli me
sauter à la gorge !

La piscine – en dehors du mercredi réservé
aux enfants malades –, était ouverte, parfois,
aux invités extérieurs. C'était le cas de Stone
Benoît et Charden Mirabelle, les passagers de
la cinquième dimension, les morts-vivants de
Frankenstein City... *Qui saura, qui saura, qui
saura ? Qui saura me faire oublier, dites-moi*?

Tandis que Mike Brandt essayait de me
faire oublier ce que je foutais assis sur mon
perchoir téléguidé, au lieu de bronzer sur le
télésiège de Méribel, la langue accolée à celle
d'une Gwendoline *bis*, Jean Benoît, le batra-
cien, agitait sa palme d'unijambiste et me fixait
de son unique œil globuleux. Il soufflait tel un
phoque harponné, quelques poils hirsutes
plantés sur un crâne cabossé par une trépana-
tion. Disproportionné, bossu, un bras atrophié,

il nageait en tournant sur lui-même, un peu comme ces bateaux radiocommandés dont le gouvernail s'est bloqué. Le clapotis serein du bassin le berçait autant que sa musique de daube, remixée par sa sorcière : *Comme les Rois Mages, en Galilée, suivaient des yeux l'étoile du Berger.*

Françoise m'attendait au bain, elle me lança un regard sévère :

– Poisson Chat, attends que le siège...

Trop tard ! Je me jetai dans le vide comme d'un plongeoir pour disparaître dans l'eau fumante et transparente, éclaboussant au bord du bassin un Dominique hilare. C'était l'une de mes rares jubilations. Chuter. Le seul élan volontaire que je pouvais imprimer à mon corps de fonte en basculant devant le poids de ma tête. Le reste suivait.

Il est libre Max... y en a même qui disent qu'ils l'ont vu voler.

Jean Benoît était en perdition. À cause de mes remous intempestifs, un mini-raz-de-marée avait ébranlé son équilibre précaire de grenouille hémiplégique et le voilà qui buvait la tasse. Y avait un gros têtard sur son territoire ! Françoise l'écarta de mon sillage et, le maintenant sous les aisselles, le ramena vers le bord.

– On se calme, Jean Benoît... tout va bien...

Je m'éloignai à la nage pour le rassurer. Privé de l'usage de la parole, il poussait de petits grognements plaintifs tandis que Dominique le sortait de l'eau. Il avait la taille d'un enfant de douze ans. L'une de ses jambes était incomplète, il lui manquait un pied, l'autre était recroquevillée vers la hanche et ne pouvait en aucun cas supporter son poids. Assise dans un fauteuil de plage, Mirabelle tricotait en souriant. Elle se balançait en rythme sur les tubes de ses idoles et n'avait pas remarqué que sa moitié avait failli se noyer. *Laisse les gondoles à Venise... le printemps sur la Tamise...*

Elle se leva, remballa sa discothèque, puis rejoignit son petit bonhomme au vestiaire. Je goûtais enfin au silence. Cette musique jadis me faisait sourire, ces hymnes populos et variétoches me devenaient insupportables à l'hôpital ; comme si sa nature guillerette et premier degré renforçait le pathétique de ma situation, l'échec de tous mes projets. La grande musique à laquelle j'aspirais me tournait le dos. J'étais tombé bien bas, le cerveau alimenté de choses sales. Ce couple, ces chansons, c'était sordide. Je prenais tout de front, incapable de distance.

Plus tard, lorsque Dominique me sécha et me remit mes vêtements, il m'avoua :

– Tout à l'heure, je t'ai vanné... le petit Jean Benoît... eh bien, la vieille, c'est sa mère, pas sa femme... non mais, tu te rends compte ? Tu les vois au pieu, tous les deux ?

Je me rendais compte surtout que je l'avais cru, et qu'à trop voir le malheur plus rien ne m'étonnait. D'ailleurs, j'étais logé à la même enseigne et je me doutais qu'en ce moment même, à Paris, quelqu'un disait de moi : « Tu te rends compte, le pauvre Poisson Chat, qui se retrouve le cul dans son fauteuil roulant ?

C'est l'horreur ! Moi à sa place, je me tirerais une balle dans la tête... y paraît qu'aux dernières nouvelles, il ne veut plus voir personne... ça se comprend, non ? »

La souffrance ne vous embellit pas. Elle ne sert à rien sinon à vous tailler le cœur à coups de serpe et à vous vider de votre sang, de votre pureté, de votre intelligence.

Les gens beaux sont dehors.

Ici, il n'y a que la misère, la tristesse et la honte.

51

Matin

Du temps de mes années sentimentales, les matins étaient propices à l'amour. J'aimais les étreintes calfeutrées et langoureuses du petit jour. Lorsque la belle me doublait dans mes projets copulatoires en se précipitant à sa toilette, je me traînais jusqu'à la cuisine, afin de me préparer au mixeur une vieille recette inventée par Joséphine de Beauharnais ; le mélange citron-pamplemousse-orange-rhum. J'émergeais en quelques minutes et, sous l'effet revigorant des vitamines, je me pointais dans la salle de bains.

– Amour, je peux venir avec toi ?

– Dieu me savonne, Poisson Chat ! Tu ne me laisseras donc jamais tranquille ?

– S'il te plaît...

– Écoute, je suis propre, je suis pressée, séchée, stressée, je suis déjà en retard...

– S'il te plaît...

– Dégage !

Il était préférable de s'incliner, l'air de rien, et de fureter dans l'appart' en surveillant du coin de l'œil la métamorphose : crème hydratante sur le corps, culotte et soutien-gorge tout propres, collants brillants neufs Woolford, escarpins, jupe, tailleur, rouge à lèvres, rimmel (ah, la mimique dans le miroir : « Peux-mieux-faire - mais - pas - trop - sinon - j'aurai - vraiment - l'air - d'une - allumeuse... ») un pschitt de parfum et un coup de brosse dans la chevelure... waouuh !

Ce cérémonial me mettait dans tous mes états. Elle inventait « le strip-tease à l'envers ». Moi, j'étais dans l'entrée, prêt à choper la belle ! Elle se rebiffait, pestait, mais si par chance je trouvais la faille, alors c'était un miracle des sens. Tout ce neuf, ce frais, ce parfumé se déliait, se froissait, se déboutonnait, se réchauffait, se mouillait au contact des fluides corporels et des accolements fulgurants du désir. Après... quel chantier !

De la fenêtre, je la voyais courir dans la rue, héler un taxi et je me disais, tout à ma fierté mâle, que dans son ventre tiède... un peu de moi, de ma semence, l'accompagnerait fidèlement jusqu'à la fin du jour, dans sa quête éperdue et farouche d'indépendance.

Parfois, c'était aussi la baffe... et la porte qui claquait !

– Dégage, Poisson Chien ! Et ce soir, ne m'attends pas, je dîne dehors...

Je n'avais pas dit mon dernier mot.

Chaque matin, vers 8 heures, avant que l'aide-soignante remonte les volets mécaniques et m'apporte le petit déjeuner, je pensais à mes fiancées endormies, à ces amours du petit jour :

« Qu'étaient-elles devenues ? À qui faisaient-elles l'amour maintenant ? M'avaient-elles définitivement oublié ? »

Couché sur le flanc, un coussin disposé entre les genoux afin de les protéger des escarres, je prolongeais mon demi-sommeil en me cachant sous les draps et en me persuadant que les douleurs qui pétrifiaient mon corps ankylosé appartenaient au monde des rêves. Tout allait rentrer dans l'ordre. Gwendoline sonnerait à ma porte, j'irais lui ouvrir et elle me rejoindrait dans le lit. Elle se glisserait nue sous les draps et, chevauchant mes hanches, ma poitrine et ma bouche, elle me ferait sentir la fraîcheur de son épiderme, toute sa vitalité immaculée et revigorante.

Au lieu de ça, à l'heure du laitier, on me mettait un doigt dans le derrière. L'infirmière, quand ce n'était pas Roger, un aide-soignant assez primitif, me faisait la surprise du suppositoire. Charmant réveil...

Y avait-il des limites à la négation de soi-même, à la perte de son intimité et au délaissement de sa pudeur ?

J'avais toujours ma dignité.

Même les fesses à l'air.

52

Le promeneur

J'avais très peu de nouvelles d'Antoine, mon cadet. Il ne comprenait pas ce qui m'arrivait. Il vivait seul à Lyon et, les rares fois ou il était venu me voir, je l'avais senti mal à l'aise, dépassé par les événements.

Peut-être était-il trop émotif, trop fragile, trop choqué? Le temps arrangerait les choses... lorsque je sortirai d'ici. L'hôpital en rebutait plus d'un et je ne me formalisais pas de ces démissions. Moi-même, pendant des années, à part quelques copines qui avaient accouché et que j'avais félicitées rapidement, j'évitais les salles d'attente des centres médicaux, les couloirs des urgences et les chambres climatisées des cliniques.

Début décembre, alors que je terminais mon plateau-repas, Darius et Louis vinrent s'asseoir de chaque côté de mon lit. Avant même qu'ils ouvrent la bouche, je pressentais un drame. Darius me prit la main.

– Antoine... il a eu un accident, hier soir. Il est en réa à Lyon. Les parents sont là-bas... on a très peu de nouvelles, sinon que c'est grave.

– Que s'est-il passé ?

– Il est tombé du troisième étage... on pense qu'il a pris des médicaments, qu'il a perdu connaissance... un voisin a entendu du bruit dans la cour et l'a vu allongé par terre... les pompiers sont arrivés très vite...

– J'ai eu le médecin, confirma Louis, il s'est blasté les poumons en percutant le sol. Sans parler des fractures multiples. Je pars le voir ce week-end... c'est rude...

Je regardai Darius.

– Tu penses comme moi ?

– Oui... « jamais deux sans trois... ».

– Merde ! Ça va être « qui » le prochain ?

Mon frère se faisait la même réflexion que moi : une scoumoune inexplicable touchait notre famille. C'était terrible pour les parents : deux enfants au tapis. – « Il y a là-haut quelqu'un qui ne nous aime pas... », disait le sénateur Ted Fitzgerald Kennedy après les morts tragiques de Joe junior, John et Bob. L'adage se confirma deux jours plus tard. Notre sœur Marie-Antoinette, au volant de sa Twingo, dérapa sur une plaque de verglas et partit dans le décor. Comme elle priait et invoquait le ciel de nous épargner, elle ne se rendit compte de rien et, lorsque les pompiers découpèrent au chalumeau la porte de sa voiture disloquée, ils la trouvèrent sereine et indemne. « Merci, saint Christophe ! » fit-elle en remettant de l'ordre dans ses habits et en consultant sa montre. Zut ! Elle allait être en retard au Conservatoire de musique où elle donnait des cours.

Nous avions frôlé la catastrophe. J'avais besoin d'être près des miens.

Je demandai à l'hôpital l'autorisation de passer les fêtes de Noël dans ma famille à Poitiers. Je pris donc le TGV, escorté de Camille, son mari Fred, Louis, Darius, sa femme et ses quatre enfants.

La tribu était au complet, fragilisée, inquiète mais plus solidaire que jamais. Maman était la plus déboussolée. Elle souffrait plus que moi de me voir prisonnier dans un fauteuil roulant, désemparé devant le clavier du piano muet. Sur le buffet du salon trônaient les photos souriantes et malicieuses du temps des jours heureux. Depuis notre enfance, nous avions coutume, les cinq frères Champ', de poser devant l'objectif, dans les attitudes bravaches et conquérantes des équipes de sport universitaires, des groupes de rock débiles ou des commandos paranos des forces spéciales.

Les occasions étant trop rares de se retrouver, je m'étais fait la promesse d'organiser une expédition pédestre dans les massifs du Hoggar jusqu'aux reliefs désertiques de la frontière algéro-marocaine. Il y avait toujours eu entre nous un peu de rivalité et de compétition physique. Le seul domaine que mes frères ne m'avaient jamais disputé concernait la conquête des filles. À croire que j'avais été, depuis le berceau, l'unique récipiendaire de la libido familiale.

Mes parents m'avaient laissé leur chambre; la seule au rez-de-chaussée. Deux fois par jour, on appelait Lyon afin de prendre des nouvelles d'Antoine. Son état était catastrophique. Il s'agissait bien d'une défenestration. Un relais de la famille s'organisait à son chevet. Le lendemain, nous avions prévu, Louis et moi, d'aller le voir. Mon père nous insufflait une force incroyable; tenace et paisible à la fois, il avait depuis longtemps accepté que les drames conditionnent toute existence; pour avoir lui-même vécu des années de guerre, il était prêt à réagir face à l'adversité. Grâce à son éducation, au fur et à mesure que nous grandissions, ces données s'étaient inscrites en nous de façon imperceptible, comme des cellules en sommeil mais vigilantes.

Sur la route de Lyon, nous cherchions les motifs de l'acte désespéré d'Antoine. Je pensais à un chagrin d'amour, à l'accumulation maligne de contrariétés et de déceptions. Mon frère était un être exalté, d'une sensibilité maladive, écorchée vive, qui l'avait éloigné de ses semblables à force de les juger trop sévèrement. Il n'avait jamais été enclin aux roucoulades sociales ni aux rodomontades mondaines; il devait se sentir rejeté et l'isolement pernicieux dont il souffrait l'avait entraîné peu à peu dans la dépression nerveuse. Il était fort probable que mon accident avait été l'un des facteurs déclencheurs. Je focalisais toute l'attention de ma famille. Antoine avait sans doute estimé qu'il était incapable de m'aider, que d'autres s'en chargeaient très bien et qu'il valait mieux qu'il reste en dehors de l'agitation familiale. Il se sanctionnait tout seul.

À l'hôpital René-Wildeck de Lyon, nous fûmes conduits à la salle d'attente de la réanimation. À la différence de celle de Garches, elle était située au sous-sol. L'éclairage des néons blafards accentuait l'isolement intemporel dans lequel se trouvaient les malades. Un jeune chef de clinique reconnut Louis et s'empressa d'aller chercher le dossier d'Antoine. Après son compte rendu médical, il me demanda ce qui m'était arrivé. Tout en m'écoutant, il hochait la tête avec une mimique un peu catastrophée du genre : dans la famille des fracassés, je voudrais le frère, le cadet et un joker pour le suivant ! Pour l'heure, il dressait le bilan :

– Votre frère a fait un traumatisme thoracique avec contusions pulmonaires bilatérales, hémorragies intra-alvéolaires massives avec surinfections multiples et désamorçage de la pompe cardiaque. Autant vous dire qu'il a été sur la « brèche » pendant une quinzaine de jours avec tutti tuyaux et cardiotoniques. Il a fallu drainer tous ces liquides présents dans les poumons afin de permettre aux échanges gazeux O^2-CO^2 de se faire au niveau des alvéoles pulmonaires. Le risque de séquelles majeures par destruction d'une partie des alvéoles est à redouter... nous procédons pour l'instant à l'évacuation complète des poumons, au contrôle de toutes les infections, en attendant – mais pour l'instant, il est beaucoup trop tôt – le sevrage du respirateur artificiel avec la reprise éventuelle d'une autonomie respiratoire complète.

Louis enfila une blouse verte et le médecin l'emmena au chevet d'Antoine. Je restai avec Fred, mon beau-frère. Il alluma une cigarette. Je n'avais pas fumé depuis huit mois. Je lui demandai une taffe et aspirai goulûment la dose de nicotine. Je me sentis partir quelques secondes. J'avais besoin d'un expédient pour supporter une nouvelle fois la réanimation. En regardant mon frère entuyauté, drainé et trachéotomisé, c'était moi que je voyais.

Je ressortis groggy de l'hôpital : je ne savais plus qui j'étais ni ce que je faisais, ni où j'allais. Sur le retour, Louis dit juste :

– Tiens, ce soir, c'est Noël...

C'était surtout la Bérézina...

Après la veillée et la messe de la Nativité, et comme nous avions la visite surprise de Charles, je lui confiai mon abattement.

– Peut-être parce que tu dois envisager que tu n'es pas seul à porter ton fardeau... l'abandon est nécessaire... il est tout... sauf un sacrifice... tu dois compter sur la Providence...

– T'es marrant, Charles ! La Providence, elle était où le jour de mon accident ?

– Peut-être qu'elle t'a empêché de mourir...

– ... et puis, avec ce qui vient d'arriver à Antoine, faudrait penser à un abonnement...

252

Charles était comme papa. Inébranlable :

– Tu connais la parabole du promeneur ? Un homme se promène le long du rivage avec son ange gardien. Le ciel est splendide, la mer calme, le sable fin s'enfonce sous leurs pas. Tandis qu'ils marchent côte à côte, l'avenir semble radieux, ils laissent derrière eux l'empreinte de leurs pas. Le temps se gâte, le ciel s'assombrit, la mer se déchaîne. L'homme se courbe, affronte la tempête. Il est seul, désormais. Il s'écroule au bout de cette plage et, regardant d'où il vient, il ne voit que la trace de ses pas. Il lève la tête au ciel, invoque son guide, le rudoie : « Mais où étais-tu pendant tout ce temps ? Pourquoi m'as-tu abandonné au moment où j'avais le plus besoin de toi ? Lorsque nous étions ensemble, nous marchions côte à côte, et aujourd'hui, aussi loin que se porte mon regard, je ne vois plus que mes pas, ma solitude... » Le guide prend la main du promeneur : « Ces traces que tu vois, ce sont les miennes. Pendant toute cette traversée où tu te croyais seul, c'est moi qui te portais. »

L'éternel combat du visible et de l'invisible. Les drames modifient profondément la nature humaine. J'avais plutôt tendance à croire qu'ils la tiraient vers le bas. Mais fallait-il occulter la solidarité, la compassion et ces âmes magnifiques qui vous hissent au moment où vous pensiez que tout est fini ? J'avais foi en l'homme. Jamais je ne me serais résigné à une vision pessimiste du monde, même au bord de l'abîme.

Je n'avais pas prévu une telle promenade dans ma vie... mais si je devais être ce promeneur vivant, alors je devais continuer ma route...

53

Soraya

L'ambulance m'attendait à la gare Mont-parnasse. Elle stationnait sur l'accès réservé aux pompiers, en face du quai n° 1. Je détestais être allongé sur une civière mais le règlement était formel. Entre le moment où le secouriste et le chauffeur ouvraient le sas arrière et celui où ils me faisaient glisser à l'intérieur, j'avais le temps de croiser des regards indiscrets, apeurés et voyeurs. Je détestais inspirer cette curiosité malsaine. Je détestais déchiffrer sur leurs lèvres les commentaires obscènes. J'avais beau avoir les yeux ouverts, ils considéraient que j'étais sourd, insensible, mort :

– C'est un suicide ? Il s'est jeté sous les rails ?

– Un drogué en manque, hein ? Il y en a plein par ici...

J'aurais pu leur cracher à la gueule. Parfois, un sourire sincère, solidaire, fugace suffisait à gommer le malaise qui m'étreignait d'être ainsi ficelé, enfourné dans un break – comme si je ne devais jamais sortir du cycle thérapeutique : hôpital, transfert ambulance, transfert fauteuil.

– On va à Garches ? me demanda Georges, en tournant la clef de contact.

– Changement de programme ! Tu vois où c'est l'avenue de Malakoff ?

J'avais décidé de ne revenir à l'hôpital que début janvier. En attendant, Soraya m'avait appelé à Poitiers, chez mes parents, pour m'inviter à passer la nouvelle année dans sa famille. Mes amis étaient dispersés. Il était hors de question que je passe le réveillon à Raymond-Poincaré mais, débousssolé par l'histoire d'Antoine, je n'avais pas eu le temps de m'organiser.

Soraya était entrée dans ma vie par l'intermédiaire d'un ami physicien, Grichka Brijatov. Véritable illuminé de l'atome et de la théorie des particules, il était persuadé que le génie moléculaire des circuits neurotransmetteurs de la moelle épinière n'aurait bientôt plus de secret pour personne et que je serais – il avait été formel – sur mes deux jambes avant le printemps ! Il fréquentait des savants, des chercheurs, des généticiens, des souris de laboratoire et m'assurait qu'on le tenait informé heure par heure des progrès fulgurants de la science. J'ignorais de quelle façon il pouvait avoir accès aussi vite à ces rapports confidentiels puisqu'il ne possédait ni portable, ni Internet, ni fax, ni Palm Pilot satellite, ni bureau informatisé, que sa ligne de téléphone avait été coupée et qu'il n'avait jamais su comment fonctionnait une télévision. Peu importait, puisque les informations lui parvenaient en ligne directe !

– Mais comment sait-il tout ça ? demandai-je intrigué à Soraya, tandis que Grichka, debout sur le tabouret de ma chambre, hypnotisait une mouche installée sur le néon.

– Je crois qu'il lit le journal...

Grâce à son enthousiasme contagieux, sa fougue intellectuelle et l'imparable déduction de ses algorithmes et de ses formules algébriques, je pensais vraiment faire partie du dernier convoi de tétraplégiques du siècle.

– Plus question d'en douter ! s'esclaffait Grichka, comme si je lui demandais s'il était possible de guérir une mycose à l'orteil.

Quelle aubaine si ce rêve se réalisait ! Plus de paralysés, plus de fauteuils roulants, plus de miracles et plus de pèlerinages à Lourdes ou à Fatima ! Quel foutoir aussi... Si tous les invalides du monde retrouvaient leurs jambes, ça risquait de faire du ramdam, surtout du côté de l'Amérique ! Christopher Reeves reprendrait du service et tournerait dans *Superman IV* « Le Retour du robot électrique » et les cinquante mille vétérans du Vietnam, du Cambodge, du Liban et du Golfe qui croupissaient dans leurs fauteuils roulants vert camouflage-tempête du désert auraient, enfin, leur revanche.

– Bientôt, me certifiait mon astro-cumulo Nimbus, on soignera la tétraplégie comme un rhume !

Il fallait donc se méfier des fenêtres ouvertes et des courants d'air.

Un soir de novembre, Soraya et Grichka étaient venus me rendre visite à l'hôpital vers minuit. Soraya se posa sur mon lit, souriante, douce, sensuelle, orientale. Elle était moitié croate, moitié marocaine, parlait couramment l'arabe et le mandarin ; elle avait travaillé trois ans à Hong Kong et revenait s'installer à Paris. Elle devançait mes gestes avec délicatesse et anticipait mes désirs. En suivant la direction de mon regard, Soraya comprenait de quoi j'avais besoin : un verre d'eau, mon bracelet ergonomique pour manger, un livre, modifier la position de mon corps.

Grande, brune, voluptueuse, coiffée court à la Isabella Rosselini, elle avait le teint mat, les pommettes hautes, des yeux d'Eurasienne et une bouche pulpeuse qui encadrait des dents d'une blancheur parfaite. Je ne savais pas encore si j'étais amoureux mais j'étais séduit. Elle habitait avec sa mère et son frère Medhi un appartement avenue Malakoff. Soraya m'avait trouvé une infirmière et laissé sa chambre. Elle dormait avec sa mère. Nous passâmes du bon temps ensemble et cette première aventure amoureuse m'apprit deux choses : je pouvais encore plaire aux femmes ; je ne devais en aucun cas impliquer ma compagne dans mes soins quotidiens (déshabillage, toilette, sondage) sous peine de désacraliser toute relation intime.

Pendant les fêtes du Premier de l'an, ce fut avec elle que j'amorçais mon retour dans les soirées et les dîners parisiens. Je découvrais le gymkhana fastidieux dans les ascenseurs exigus, les escaliers impraticables sans l'aide de quatre personnes et les retours à hauts risques

258

au petit matin, tant il fallait que je surveille le dévouement de mes camarades pris d'alcool ou sous le coup de substances illicites. Un moment d'inattention, une improvisation loufoque, une mauvaise prise et badaboum... dégringolade assurée !

J'avais encore du mal à rester longtemps en fauteuil sans souffrir. Dès mon arrivée, je demandais à deux amis de m'installer dans un canapé. Impossible, alors, pour le pékin moyen, de deviner que j'étais tétra-pot de fleurs. Mes voisins venaient, s'asseyaient, repartaient, les copines se succédaient et me fournissaient en alcool, cigarettes, assiettes de pâtes, fromages, café, baisers.

Tom, un rasta chic, fils d'un ambassadeur de Jamaïque, m'avait tenu compagnie jusque tard dans la nuit. Il fumait joint sur joint et baragouinait anglais à propos des duels guitaristiques entre Peter Tosh et Bob Marley. L'avantage du pétard, c'est qu'il attirait dans son cercle enfumé tous les fêtards sympathiques et déliait les langues, même s'il embrumait les esprits. Babeth, une copine que je n'avais pas vue depuis cinq ans, me demanda entre deux taffes ce que je devenais.

– Je suis à Garches depuis bientôt neuf mois...

– Ah, tu ne vis plus à Paris ? T'as une maison ?

– Non, non, je suis à l'hôpital Raymond-Poincaré...

– Tu fais médecine, maintenant ?

– Non, je suis patient... j'ai eu un accident... j'ai les jambes et les mains paralysées... *I am quadraplégic* ! précisai-je à Tom qui s'allumait un joint.

– C'est quoi, ces conneries ? pouffa Babeth, en surveillant la circulation du pétard.

– Crois-moi si tu veux mais je suis incapable de me lever...

– Hé, gros bêta, moi aussi... j'ai trop fumé...

– Et mes mains, tu vois mes mains ?

Je lui agitai sous le nez mes menottes engourdies mais c'était peine perdue. Jadis, Babeth m'avait connu gros déconneur : gros déconneur j'étais resté.

– Tiens pousse-toi, tu vas voir...

Je balançai le haut de mon corps dans le vide. Soraya, qui discutait plus loin, me vit allongé sur le plancher dans un nuage de fumée. Elle bondit. Personne ne bougeait, les cerveaux fonctionnaient au ralenti. J'avais l'air bien par terre. Ma posture tétanisée prouvait pourtant par hAsh + B, qu'il ne s'agissait ni d'une overdose ni d'une improvisation du Living Theater.

– Poisson Chat, que se passe-t-il ? Tu nous fais un malaise ? Aidez-moi, vous autres...

Sous les yeux incrédules de Babeth et de Tom, je fus soulevé et déposé délicatement sur le canapé. Soraya me cala avec des coussins et, rassurée, m'abandonna à mes nouveaux amis.

– *Yeah man, you're a Master*, applaudit Tom, *a Yogi man*...

– Tu ne t'es pas arrangé avec le temps, commenta Babeth.

Vers 5 heures du matin, Tom leva le camp et m'étreignit longuement. J'étais un sage, capable de rester des heures sans bouger.

Sur le palier du quatrième étage, je commençais à m'impatienter. Perdu au milieu de la vingtaine de fêtards qui s'embrassaient, je n'avais qu'une hâte : retrouver mon lit. L'ascenseur, trop sollicité, était tombé en panne. Que faisaient mes porteurs ? Ils titubaient, encore agrippés au goulot d'une bouteille. D'une voix qui tentait de dominer le brouhaha, j'appelai à la rescousse Éric, Henri, Patrice puis Richard afin d'organiser la descente. Ils ne m'entendaient pas. De mes roues jusqu'au sommet du crâne, je mesurais cent dix-huit centimètres, soit la taille d'un garçonnet de neuf ans. Personne ne faisait attention à moi ; Soraya, un peu plus loin, se faisait brancher par un grand blond... c'était exaspérant. Soudain, il y eut un mouvement de foule et une inconnue assez robuste attrapa les poignées de mon fauteuil et le fit pivoter. J'avais l'escalier dans mon dos.

– T'inquiète, j'ai l'habitude, mon cousin est paraplégique !

Elle entama la descente, tirant mon fauteuil à moitié renversé dont les roues rebondissaient sur les marches étroites et astiquées, j'étais ballotté de droite à gauche, j'essayais de garder l'équilibre sans céder à la panique. Face à moi, le petit groupe suivait dans un délire festif et bruyant. Ma conductrice accélérait la cadence sans ralentir aux paliers. Je suggérai une pause mais, sourde ou avinée, elle n'en avait cure et m'entraînait dans un toboggan infernal... *Helter Skelter* ! Le souffle coupé, j'essayais, cette fois, d'alerter d'un regard affolé la troupe en marche... trop tard! Distancée, indifférente, elle m'abandonnait à mon train fantôme.

Soraya me retrouva en bas, devant la loge de la concierge. Elle désirait continuer la nuit « aux Bains » et proposa à ses amis de faire un détour pour me déposer chez elle. Un grand gaillard me chargea dans ses bras et m'installa dans sa voiture. Au cours de la manœuvre, je reçus de plein fouet son haleine chargée d'alcool et de nicotine. Je pensais à toutes les filles que j'avais embrassées en fin de soirée, à un temps désormais révolu. Ce n'était pas l'odeur de mon camarade qui me troublait, mais ce qu'elle générait. Je comptabilisais les forfaits auxquels me contraignait mon corps :

• laisser Soraya s'amuser sans moi et risquer de la perdre un peu plus ;

• sentir sous l'étoffe de la veste la musculature de mon porteur et faire le deuil de ma jeunesse ;

• tirer un trait sur mon passé de forban ; les virées interminables et les surprises de l'aube ;

• rêver de dormir seul dans un grand lit, d'avaler un cachet de Rivotril, porter un masque de sommeil et disposer d'un coussin ergonomique... Sexy à mort, le mec !

Un matin, Soraya m'apporta mon café. Elle ouvrit les persiennes, glissa un CD dans la chaîne et me rejoignit sur la couette. Le soleil à travers la baie vitrée parsemait la chambre d'éclats lumineux. Ma main glissa sur sa joue, descendit vers le cou puis trouva l'épaule à demi nue. Soraya arrêta sa course.

262

– Amour... on peut se parler franchement ?

Elle gardait la tête baissée. Je posai mes doigts sur sa bouche. Chut ! Ne dis rien. Tu m'as ouvert ta maison, ta famille, ton cœur.

Tu m'as fait rire, tu m'as apaisé, tu m'as pris la main.

Je ne suis ni un amant délaissé ni un amoureux découragé, je suis juste en train d'apprendre.

54

Rolling rocking chair

Darius conduisait vite. Le magasin fermait à l'heure du déjeuner.

– Tu as peur en voiture ? demanda-t-il à Poisson Chat.

– Non, mais aux feux rouges ou aux stops, je jette toujours un coup d'œil dans le rétro. J'ai trop entendu d'histoires de types qui se sont fait cartonner à l'arrière par des mecs bourrés.

Un accident, lorsqu'il entraîne un handicap majeur, bouleverse la donne selon que l'on est victime, responsable ou, pire, le chauffard meurtrier. Dans le cas de Poisson Chat, c'était la faute à pas de chance mais c'était « sa faute ». Il y avait aussi les invalides, pilotes imprudents qui avaient causé la mort de leur passager, copain, conjoint ou enfant, ajoutant à leur peine une culpabilité à perpétuité.

Pour ceux qui avaient été fauchés par un ivrogne ou un conducteur dangereux, le pardon était au-dessus de leurs forces : comment ne pas haïr celui qui vous avait estropié, pulvérisé, traumatisé ?

Rien n'atténuait l'affliction, la rancœur, l'amertume et, malgré le pactole des compagnies d'assurances qui ne lâchaient du lest qu'en cas de dossier bétonné, les victimes étaient définitivement hantées par une vie à trois temps : avant l'accident, le jour de l'accident et après l'hôpital.

Les nuits, en attendant le sommeil, Poisson Chat profitait du silence et de l'obscurité pour sonder les profondeurs de son âme. Uniques moments de réconciliation intime. Dans la cité, tout le monde dormait. Ils étaient donc à égalité. La seule différence, c'était cette présence métallique tapie près de la fenêtre et sur laquelle des éclats de lune se reflétaient sans en atténuer les angles vifs. Son fauteuil. Il le regardait avec effroi.

Ce n'était pas l'avis de Gilbert Mollet, représentant et vendeur chez « Confort et Vitesse 2000 ». Dans la vitrine de la rue Émile-Zola, il avait aménagé une exposition des derniers modèles : le Speed 300, le Pulsy Stability, le Koschek Usa et le fameux Tekno V8 Interceptor qui squattait les couvertures de la presse spécialisée : *Tétra Magazine*, *HandCap info*, *Chaise et Loisirs*, *Polio Hebdo*, *Vivre et Valium*.

– Il a fait un carton, ce modèle ! Si vous le prenez, on peut s'arranger sur le prix, précisa Gilbert en essuyant d'un revers de la main le cadre jaune fluo du fauteuil électrique.

– Au téléphone, nous avions parlé d'un « manuel », lui rappela Darius.

– Attendez, je vais regarder dans le carnet de commandes...

Poisson Chat observait la face rubiconde du vendeur spécialisé; il frisait sa moustache, sortait un mouchoir, tamponnait son crâne chauve en pleine sudation.

– C'est quoi le nom, déjà? geignit le phoque albinos, le nez plongé dans ses fiches.

– Champollon. Nous nous sommes vus à Garches avec mon frère et sa kiné, Hélène Levasseur.

– Aaah, Hélène... je l'aime, la petite Hélène, radota le costumé-cravate.

Darius rejoignit Poisson Chat qui errait dans le magasin. Il lui posa la main sur l'épaule: « Ça va? » Son frère lui répondit par un sourire. Ils savaient tous les deux que le jour J était arrivé. Juste un moment étrange à passer et un chèque de 18 934 francs à signer. La Sécurité sociale remboursait trois mille cinq cents francs.

– Dis à cet idiot qu'il est là, mon fauteuil. Regarde, il est encore dans le carton d'emballage, en pièces détachées. Ça va prendre du temps pour le monter.

– On déjeune toujours ensemble? s'inquiéta Darius.

– Ouais... D'ailleurs, si je veux mon chariot aujourd'hui, on va être obligé de repasser, non? Il est à la bourre M. Vitesse 2000!

– C'est comme chez le garagiste: « Demain, votre voiture sera prête, c'est promis! »

– Tu sais, mon frérot... j'ai tout mon temps; pardonne-moi d'abuser du tien...

Darius secoua la tête et se tourna vers le vendeur, toujours à sa paperasse :

– Monsieur Mollet, il est là notre fauteuil...

Poisson Chat s'éclipsa. Une porte ouvrait sur un entrepôt. Il poussa sur ses roues et découvrit la caverne d'Ali Tétra et ses quarante rolleurs. Le stock comptait une centaine de fauteuils, du modèle enfant au tricycle de compétition. Il y avait aussi des coques rigides montées sur des skis et des engins dont les cadres compacts avaient les roues inclinées permettant des rotations instantanées d'un seul coup de paume : les sièges handisports destinés au tennis, au basket, au ping-pong, à danser le rock'n'roll ou à courser des minettes. Collées sur les murs, les affiches publicitaires vantaient les marques à coups de photos spectaculaires. Les Américains étaient les plus forts dans le domaine des exploits sportifs et de l'autonomie : *Just do it*! Le magazine californien *Spokes & Roll*, qui tirait à deux cent cinquante mille exemplaires, était la bible des handicapés « Urban Warriors », toujours à l'affût des nouveautés et des prototypes sur terre, air, mer. *No problem*... allez, roule ma poule, et l'intendance suivra, comme au bon vieux temps du Vietnam.

Festival de couleurs et de paysages idylliques :

• un paraplégique sur son bi-ski fend la poudreuse, le haut du corps déhanché dans la position du slalomeur ;

• un alpiniste sanglé dans un fauteuil de montagne descend une paroi en rappel ;

• malgré sa mobilité réduite, un beau brun bronzé s'apprête à s'envoler aux commandes de son bimoteur Cessna ; il porte un blouson « Flying Jacket » et, tandis qu'il vérifie son plan de vol, il va baiser le ciel... sous l'œil admiratif d'une pétasse à la crinière brushing, aux seins gonflés de silicone et au bon cul moulé dans un jean de salope. Le type ressemble à John John Kennedy... en moins debout mais en plus vivant ;

• devant une crique surplombant une mer de corail, sous sa casquette de base-ball, un quinquagénaire poivre et sel tient une canne à pêche assis à l'arrière d'un hors-bord. Il sourit en présentant à l'objectif une bonite ruisselante. Il a l'air heureux, mais pendant qu'il taquine le poisson, sa femme se fait tirer par son professeur de tennis.

« Ça manque de cul », constata Poisson Chat, qui continuait son inspection. Où sont-elles nos paraplégiques du sexe ? Il se souvenait d'un numéro de *Playboy* de l'année 1982 où, sur trois pages, un mannequin, Ellen Stohl, vingt-cinq ans avait posé nue, allongée sur un lit. Nul ne pouvait se douter que la jeune femme à la plastique irréprochable avait les jambes mortes. Condamnée depuis un accident de voiture, elle avait demandé à son petit ami de la prendre en photo et d'adresser les clichés à Hugh Heffner. Le patron des « Bunnies » avait aussitôt envoyé son hélico et son meilleur photographe. Le reportage avait rameuté la presse, la télévision et fait d'Ellen, le temps d'un été, une vedette. Elle brisait un tabou et déclenchait la colère d'une Amérique puritaine :

– Comment ? Une infirme à poil dans un magazine porno ?

– Et dire qu'en ce moment des hommes se branlent en matant les photos d'une handicapée !

– Si maintenant les paraplégiques ont envie de se faire baiser, qu'elles fassent cela chez elles et pas dans les journaux !

Poisson Chat s'arrêta devant un petit fauteuil multicolore. Afin de masquer les roues, le constructeur avait eu l'idée d'adapter des caches plastiques, qu'on appelle flasques, sur lesquels étaient photogravés des personnages de bande dessinée. Les poignées du dossier représentaient une tête de canard et l'autre une girafe. Derrière la conception bariolée de la chaise roulante Walt Disney se camouflait un quiproquo esthétique. Des parents offraient à leur gamin une poussette magique aussi rutilante qu'une Cadillac décapotable de chez Toys & Toys. Bientôt, le petit chéri réaliserait qu'on l'avait berné sur la marchandise et tuerait le père Noël.

– Ah, vous êtes là, on vous cherchait !

Gilbert Mollet rappliquait en se frottant les mains :

– Alors, comment vous le trouvez mon garage, hein ?

– Magnifique... quel espace !

– On a terminé les peintures, lundi dernier...

– Vous avez vu mon frère ?

– Oui, il arrive, il surveille l'assemblage de votre fauteuil. En ce moment, on est vraiment débordés...

– Tant mieux, ça veut dire que les affaires « marchent », non ?

– Du tonnerre ! Et on a monté la boîte début septembre...

– Dites... j'ai un doute, monsieur Mollette...

– Mollet ! ... mais appelez-moi Gilbert...

Poisson Chat prit un air embarrassé. Depuis les derniers essais « fauteuil » sur le circuit privé de Garches, il se demandait s'il avait fait le bon choix. C'est vrai qu'il avait été séduit par la maniabilité et l'ergonomie fluide de l'Olympus, un fauteuil au dossier à réglage indépendant, mais après réflexion il était persuadé que son autonomie serait limitée en dehors des pistes lisses des couloirs de l'hôpital. Peut-être qu'une propulsion motorisée lui faciliterait la vie. Gilbert fronça les sourcils. Le bon de commande avait été signé. Impossible de faire marche arrière. Même en fauteuil électrique.

– Il y a une solution, proposa Mollet, c'est que vous achetiez un deuxième...

– ... fauteuil. Le Tekno V8 Interceptor, par exemple ?

– Bien sûr ! Tout dépend de votre mutuelle... parce que ce modèle, il va quand même chercher dans les 52 843,98 francs.

– Oh, mais de ce côté, pas de problème !

Gilbert se frotta les mains.

– Bougez pas, je vais chercher la bête !

Ils étaient maintenant trois en fauteuil roulant. Darius patientait dans le vieux chariot qui avait supporté son frère pendant neuf mois, Poisson Chat pilotait son V 8 à travers la boutique, Gilbert testait l'équilibre de l'Olympus flambant neuf. En attendant le client dans les salons spécialisés Autonomic et les conventions de matériel médical, ce dernier avait passé des heures à s'entraîner. C'était un spécialiste des roues arrière, des trottoirs, des *slides*, des *jumps* et des *turn-back*. Comme pour le skateboard, il existait une dizaine de figures incontournables pour tout paraplégique qui se respecte. Mais Gilbert Mollet n'était pas paraplégique, seulement imitateur professionnel. Le Yves Lecoq à roulettes ! Il imitait très bien les jambes mortes des infirmes et peaufinait ses rôles de décomposition. Poisson Chat, lui, n'imitait personne ; il n'avait pas de plan de carrière. Sans les mains, le choix était limité. Les paraplégiques pouvaient postuler à des postes de chauffeurs de taxi ou de présentateurs télé.

Soudain, du fond de la boutique, Poisson Chat débarqua à toute vitesse, percuta l'Olympus qui bascula en arrière. Mollet se fit mal mais, malheureusement, sa moelle ne fut pas sectionnée. Poisson Chat s'excusa et termina son looping horizontal.

– Ça roule vite ces conneries, mais c'est pratique ! Y font quoi, comme couleurs ?

À terre, Mollet fit la grimace. Le client a toujours raison.

– Vous pouvez le commander en rouge, aussi, et en vert...

– Vert anglais... comme les Jaguar !

Il n'osait engueuler le grand invalide de peur de traumatiser la vente. Darius n'avait pas encore signé le chèque. Poisson Chat termina le tour en éraflant les murs, le mobilier, quelques fauteuils et autres stupidités à roulettes.

– Vous me le mettez de côté, proposa-t-il à Vitesse 2000, tandis qu'on l'installait dans son nouveau fauteuil.

Gilbert lui fit une fleur : un nécessaire de réparation anticrevaison avec deux chambres à air, des rustines, de la colle, une pompe et une clef de démontage. Il encaissa son chèque et raccompagna les frères jusqu'à la voiture.

– Tu comptes réellement acheter ce fauteuil ? demanda Darius.

Poisson Chat n'en savait rien. Il avait juste envie de s'amuser. C'était la première fois qu'on lui payait un véhicule neuf. Avant, il se déplaçait toujours sur des motos d'occase ou frimait dans de vieilles bagnoles des années 70.

Avant, il roulait surtout des mécaniques.

55

Clara

Autour de son lit, elle avait collé des photos de magazines et affiché des couvertures de *Vogue*, *Elle*, *Max*, *Biba*. Elle avait été touchée en D5, quelque part sur l'autoroute de Clermond-Ferrand, un mois après avoir fêté ses vingt-deux ans. Clara était blonde, sexy, coquette et ne ratait jamais l'occasion d'ouvrir son corsage afin d'exhiber sa lingerie et sa poitrine pigeonnante. Son mec venait la voir mais, dans le couloir qui menait à ma chambre, Clara repérait les beaux gars.

– Ils sont sympa tes copains... charmants !

Clara aimait la vie, les hommes, les femmes, l'amour et la mode et, comme elle n'était qu'à trois mois de son accident, elle gardait l'espoir de retrouver ses jambes. Sur la table de kiné, elle soulevait des poids, je venais lui chatouiller le bout de ses orteils nus :

– T'as senti là, quand je t'ai touchée ?

– Bien sûr... tu étais sur mon pied droit !

Clara mentait. J'avais juste effleuré sa chaussette vide, posée devant elle. Nous mentions tous. Les tests de sensibilité étaient infaillibles, même si le cerveau continuait à établir des connexions imaginaires, fantasmées. La moitié du corps vivant s'occupait de la moitié inerte, positivait le négatif. Si ma main « sensible » caressait ma cuisse « insensible », elle créait un ressenti « fantôme », plus lié à la vision consciente du geste qu'à une réalité épidermique. Je touche, donc je sens. Il suffisait d'un événement extérieur pour rappeler au patient sa vulnérabilité de simple enveloppe corporelle.

Il y avait une petite bande de jeunes paraplégiques spécialistes des expérimentations de la résistance physique face à la douleur : leur propre douleur mais surtout celles des autres. Ils s'étaient donné un nom : « Le gang des ciseaux ». Ils croisaient l'index et le majeur en signe de ralliement. Ils déboulaient à fond de train dans les couloirs, la kiné, la cafétéria, aux abords des bâtiments, engageaient une conversation, détournaient votre attention et, l'air de rien, vous perçaient le vêtement et vous tranchaient un petit bout de lard en visant toujours les zones inférieures mortes et insensibilisées. La victime ne sentait rien. Ils dissimulaient dans leurs multipoches des couteaux, des lames de rasoir, des pointes effilées et repartaient aussitôt leurs forfaits commis. Quelques heures plus tard, voire au moment du coucher, on découvrait un mollet entaillé, une cheville ensanglantée, un genou brûlé délibérément par un mégot ou la flamme d'un briquet. Ils aimaient jouer avec le feu et la ferraille. Ils balançaient des punaises, des petits clous au creux des coussins ergonomiques des fauteuils vides. Le distrait qui ne sentait plus ses fesses récupérait sa chaise roulante sans savoir qu'une pointe lui plombait le cul. Parfois, on évitait de justesse l'escarre. Ils ne tentaient rien qu'ils n'aient expérimenté sur eux-mêmes.

Ces formes d'automutilation, de scarification, de tatouages rituels que l'on retrouve chez les taulards, les gangs, les bandes de motards ou certaines tribus d'Afrique, d'Amazonie ou de l'océan Indien évoquaient l'isolement, l'extrême précarité du quotidien, la violence psychologique comme le défi physique auquel ils devaient faire face. Guerriers martyrs des temps modernes et des catastrophes métalliques.

Deux phrases m'obsédaient : « Être bien dans sa peau », « Un corps sain dans un esprit sain ». Perdre la sensation, la douceur intime, la décontraction musculaire. La tétraplégie n'est pas une maladie, seulement la gestion d'un corps lourd, inerte. Chaque journée passée à Garches sur le tapis de ma kiné me permettait de comprendre, d'imaginer, d'essayer, d'optimiser, d'habiter au mieux mon nouveau corps.

Hélène m'éprouvait. Elle me couchait sur le dos ou sur le ventre, je fermais les yeux.

– Ta jambe, elle est allongée ou pliée ? Ta cheville, en extension ou en flexion ?

– Et ta grand-mère, elle fait du vélo ?

– Poisson Chou, on travaille... allez !

– Laisse tomber, Hélène... je n'ai pas envie de bosser aujourd'hui !

À mon intonation, elle percevait la différence entre un caprice, une paresse passagère, un gros coup de blues ou une colère froide. Elle ne laissait jamais tomber. Elle insistait. Il fallait vraiment une bonne raison pour que je sèche la séance.

Nous étions si proches. Quelle femme m'avait réchauffé le squelette en dix mois ? Il y avait une connivence sensuelle entre nous, une chimie de couple au-delà des mots et du geste thérapeutique. Le matelas de kiné était aussi large qu'un lit pour deux personnes. J'étais installé au milieu, Hélène enlevait ses sandales et grimpait à quatre pattes sur le sommier bleu, un sourire énigmatique et tendre aux lèvres. Parfois, elle imitait la lionne qui dévore le routard imprudent de Nouvelles Frontières. « Viens ma poupée, viens... ».

– Tu ne fais pas du tout tétraplégique, m'avait-elle dit, un jour, sur le tatami.

Je reprenais du poil de la bête. Les muscles de mes épaules s'étoffaient et j'avais retrouvé un certain maintien du corps. Parfois, je perdais l'équilibre. Hélène me récupérait au vol. Je ressentais sa force, son énergie, la douceur tonique de sa peau. Elle se blottissait au creux de mon épaule. Elle était ma maîtresse. Nous parlions de ses enfants, de l'amour, de la mer, de voyages.

Mon imagination divaguait. Elle m'aurait suivi sur les pentes neigeuses, dans les vagues de l'océan ou sur les sentiers sinueux des Pyrénées. Nous aurions bu du vin chaud dans les auberges, taquiné le cul des vaches aux fêtes de Bayonne et dansé le flamenco dans les bars de Fuenterrabía. Je l'aurais emmenée dans le grand salon de l'hôtel du Palais de Biarritz aux premières lueurs de l'aube. Je me serais installé devant le clavier du piano. Je lui aurais joué une chanson de Cole Porter : *Every time, you said goodbye... I die a little...* Je meurs un petit peu...

J'aurais préféré me briser le corps en mille morceaux plutôt que le cœur. On ressoude les os, on répare les muscles, on recoud la chair, on greffe, on change le sang, on met des plâtres, des pansements, des perfusions, des attelles, et le temps fait le reste. Je croisais des momies vivantes, immobilisées dans des lits, suspendues à des poids ; six mois après, les malades circulaient en fauteuil puis trottinaient sur des béquilles. Un matin, ils disparaissaient. Certains repassaient saluer leur kiné et je voyais briller la victoire dans leurs yeux, le plaisir féroce de revenir en touristes. Je n'étais pas jaloux de leur bonheur. Nous étions tous des rescapés puisque nous étions du côté de la vie. Pas du côté des huit mille cinq cents tués sur les routes chaque année.

Clara était pleine d'espérance. Il y avait ce qu'elle savait, ce qu'elle croyait savoir, ce que nous savions et qu'elle ne savait pas. Les internes parlaient, les kinés parlaient, les infirmières parlaient, les parents parlaient. Sans qu'elle s'en doute, je connaissais une partie de son dossier médical. Je supposais qu'il en était de même à mon sujet. À la façon d'un secret de famille, la vérité était – le plus longtemps possible – occultée ; nous avions tous un fantôme dans le placard. Nous étions ce placard. Clara s'imaginait paraplégique provisoire. Elle demeurait toujours une femme qui voulait plaire, séduire, provoquer les hommes. Maquillée, coiffée, manucurée, bijoutée, elle passait du temps à choisir sa garde-robe. Elle s'était choisi un fauteuil design.

Mickey, le plus fidèle de mes visiteurs, s'arrêtait souvent à la porte de sa chambre. Je les entendais rire, plaisanter, pousser des cris. Un soir, Mickey s'était fait beau :

– J'invite Clara à dîner.

Il l'avait invitée dans un restaurant à Versailles, puis il l'avait amenée chez lui, un deuxième étage sans ascenseur. Pas de problème. Dans les bras, la jeune mariée. Ils s'étaient allongés sur le lit afin d'entamer les préliminaires. Pas de problème. Clara flirtait bien. Elle portait une longue robe en jean, boutonnée de haut en bas. Mickey lui découvrit la poitrine comme on ouvre un cadeau. Il lui laissa son soutien-gorge, éprouvant son désir et sa patience. Les seins de Clara formaient deux dômes qui émergeaient des balconnets. La langue de Mickey s'attarda sur

les globes lorsqu'elle les délivra. Ils redou-
blaient d'efforts et d'attentions l'un envers
l'autre. Chacun voulant se surpasser mais
sans forcer sur le piquant de la situation. Si
délicat soit-il, Mickey ne voulait pas trop
prendre de pincettes de peur de la vexer. Il
était là pour la secouer, pas pour faire de
l'humanitaire. Clara avait l'esprit troublé par
trop de nouveautés. Elle tentait de décrypter
les zones sensibles de sa perception, appré-
hendant le moment ou il soulèverait ses
jambes pour la pénétrer. À partir de son
nombril, la sensation était diffuse sur toutes
les zones basses érogènes; elle contrôlait à
vue l'évolution du scénario amoureux. Son
souffle augmentait à la cadence de son désir
mais la gestion de ses gémissements l'angois-
sait. Du temps de ses parties de jambes en
l'air, le plaisir lui arrachait des cris qui
lui venaient naturellement et qui fouettaient
l'ardeur de ses amants. C'était la première
fois qu'elle refaisait l'amour. Elle n'allait pas
feindre l'orgasme, ni improviser des mots
cochons.

Quand il glissa ses jambes à l'intérieur des
siennes, elle se mordit la lèvre pour ne pas
pleurer. On lui avait détaché les jambes du
reste du corps. Même nue elle portait un collant et, par-dessus, un fuseau de ski. Mickey
devint plus lourd sur elle. Clara ne le quittait
pas des yeux. Elle sentit la pénétration quand
il renversa la tête en arrière et donna un
coup de hanches. Clara se rappelait sa déflo-
ration, un garçon impatient et maladroit qui

prenait son plaisir tout seul. Son cerveau s'était déconnecté de son bas-ventre. Mickey ralentit le rythme et elle eut peur. Mouillait-elle autant qu'avant ? N'avait-il plus envie ? Il reprenait son souffle. Elle sentit qu'il bandait toujours, elle le vit venir vers son visage et prit sa queue dans sa bouche. Comme avant.

– Le plus dur, m'expliqua Mickey, ce fut le retour. Déjà, lorsque nous faisions l'amour, je devais lui maintenir les jambes. Onze kilos sur chaque épaule. Je l'ai aidée à remettre ses habits et puis je l'ai portée jusqu'à la voiture. Après, ce fut son fauteuil, puis l'hôpital. Là, elle m'a demandé de l'aider à se mettre au lit. Quand je suis revenu à la maison, il était 5 heures du matin. Je pensais aux copains : « Eh, oui, les gars, je sors avec une paraplégique et... pas de problème ! »

Mickey revit souvent Clara jusqu'à son départ. Il suivit toutes les étapes de ses illusions perdues. Un jour, elle arracha toutes les photos sur les murs de sa chambre et renvoya ses robes chez sa mère. Elle repartit chez elle à Avignon. Il l'accompagna gare de Lyon et l'aida à grimper dans le TGV. C'étaient les vacances de Pâques. Derrière la fenêtre du compartiment, Clara faisait des clins d'œil à Mickey lorsqu'un beau gars passait sur le quai et lui faisait de même dès qu'il s'agissait d'une fille.

La sonnerie du départ retentit, les portières se refermèrent. Mickey suivit la rame qui prenait doucement de la vitesse. Clara s'agitait derrière la vitre et souffla un nuage de buée. Elle écrivit à l'envers afin que Mickey puisse déchiffrer : « Adieu ma jeunesse... »

La veille, Clara avait fêté ses vingt-trois ans.

56

Intracaverneuse

Je n'avais jamais payé pour faire l'amour. Il fallait bien commencer un jour. Darius m'avait expliqué que dès ma sortie de l'hôpital, je serais classé MLD : « maladie longue durée ». J'avais traduit par : « mou et lent du dard ». En effet, moi qui pensais épargner ma bourse, j'allais devoir banquer pour faire cracher les miennes. Si je désirais bander de façon convenable, éjaculer un sperme fertile, je devrais shooter Popaul juste avant que la demoiselle vienne coïter.

Quand le docteur Desmouches me proposa d'essayer Cavergex, les injections intracaverneuses (cent trente francs la piqûre) et le vibromasseur suédois HandJoy (trois mille cinq cents francs) ou le Viagra (cent quarante francs le comprimé), je me félicitai d'avoir eu jadis une vie sexuelle trépidante puisque, dorénavant, la galipette me coûterait à chaque coup de hanche entre cent vingt et cent cinquante francs. Le prix d'une pipe au bois de Boulogne ou d'une passe minable à Pigalle avec Mme Irma. Pour la belle Slave aux tresses blondes et aux longues jambes, dans le genre poupée Barbie, histoire d'exciter ma libido, il me faudrait économiser sou par sou. Un scandale ! Comme au temps des nazis où Mengele stérilisait les débiles, on voulait empêcher les tétraplégiques de se reproduire. Bravo, le ministère de la Santé !

L'heure du déjeuner était le moment le plus tranquille pour tester la première intracaverneuse. Si l'éjaculation n'était pas garantie, on pouvait en revanche s'attendre à une rétro-éjaculation. Le sperme, au lieu de jaillir de l'urètre, rebroussait chemin et se retrouvait dans la vessie. D'autre part, le produit injecté provoquait parfois une érection longue et douloureuse ; je devais donc envisager de réserver mon après-midi à un éventuel dégonflage de l'instrument. Je n'allais pas me pointer en kiné ou nager en piscine la queue dressée entre les jambes. Pour peu qu'une trauma désinhibée se jette sur moi et me viole. J'imaginais le fruit de nos amours. Parfois, lorsque je travaillais sur le tapis avec Hélène, il m'arrivait de bander. Était-ce involontaire ? On en riait. Elle m'abandonnait une dizaine de minutes et Alexandre le spongieux fondait de tristesse.

Desmouches passa vers midi accompagné de Marie-Jeanne. J'avais rechigné :

– Toubib, j'ai eu vingt ans d'amours comblées, de conquêtes voluptueuses et de maîtresses flamboyantes ! Voyez à quoi j'en suis réduit aujourd'hui... *mamma, que tristeza !*

– J'ai demandé également à Cécile de venir...

– C'est qui ? Je ne la connais pas ! Encore une pimbêche à lunettes, avec les cheveux en brosse et la poitrine qui tombe...

– On la fait cette piqûre ou on laisse tomber ?

– C'est ça, laissez-moi mourir... piquez-moi le cœur, docteur... Qu'on en finisse...

On toqua à la porte, Marie-Jeanne ouvrit.

– Entrez, Cécile, mais vous êtes venue pour rien, M. Champollon n'est pas en forme...

– Que nenni, Marie-Jeanne ! Piquez-moi la quenelle... si les efforts de la science doivent progresser, je veux être au premier gland... euh, rang !

Mais de quelle faculté venait Cécile ? Des cariocas de Copacabana ? Brune Méditerranéenne, des yeux en amande, une bouche aussi rose qu'un foie de veau et, sous la blouse, un corps mince, vif, des jambes bronzées, galbées... sans parler de ses seins qui s'émancipaient sous le corsage et distendaient les boutons-pressions. Faisait-elle partie du programme de remise en forme des zizis éplorés ? Desmouches la prit à part pour lui expliquer les différents protocoles dans l'évolution des pathologies médullaires. Elle tombait à pic. La sexualité étant aussi une rééducation, maintenant que Cécile se trouvait à un mètre de ma tige, j'étais prêt pour le décollage.

Ma dépression nerveuse pouvait attendre.

On décida de commencer avec une injection de dix milligrammes. L'aiguille était très fine et il fallait viser la partie supérieure de la verge entre sa base et le gland. Le produit Cavergex agissait en vingt minutes. Desmouches nous expliqua le rôle du vibromasseur. Fabriqué aux Pays-Bas, il avait une particularité en forme d'excroissance : un plateau circulaire de la taille d'un mini CD qui tournait en vibrant et dont la cadence rythmique réglée au préalable par un moteur électrique excitait les corps caverneux jusqu'à l'éjaculation. Sa vibration suscitait l'activité du pénis mieux qu'une main, qu'une bouche ou qu'un vagin. Il suffisait de placer la capsule vibratoire juste à la base du gland. Il fallait une bonne prise tant l'objet soumis à la force centrifuge s'échappait de vos doigts. Pour un tétra, la manip' était laborieuse. Marie-Jeanne m'aida. Cécile ne branlait rien. Mon sexe grossissant sous l'effet du shoot, il fallait promener le freesbee miniature sans relâcher la pression. Je n'avais pas éjaculé depuis dix mois, ayant fait vœu de chasteté juste avant mon entrée en réanimation. Mon corps était secoué de tremblements épileptiques. Je souffrais le martyre. Les yeux mi-clos, j'observais ceux de Cécile rivés sur mon sexe, une expression étrange figée aux coins de ses lèvres ébahies. Elle semblait fascinée par l'évolution croissante de ma bite et le spectacle anarchique de mes membres sursautants et désarticulés. Je n'avais plus le goût pour la gamahuchade ni pour le masochisme.

– Arrête, Marie-Jeanne, s'il te plaît...

Je retrouvai mes esprits. Desmouches avait disparu.

Cécile était assise au bord du lit et me prit la tension.

– Vous avez mal à la tête ?

– Oui chérie, désolé... pas ce soir, j'ai la migraine...

Elle toucha mon front brûlant.

– C'est normal, c'est souvent comme ça la première fois...

La première fois ? Que me chantait cette pucelle ? Un an plus tôt, je l'aurais culbutée rapidos sur le capot de sa Twingo ! Au lieu de cela, j'étais réduit à camoufler mon impuissance en tirant le drap sur mon ventre nu. Cécile consulta sa montre :

– Oh, il est 13 heures, je dois aller déjeuner...

Hors de question qu'elle saute un repas, la belle, ni qu'elle me saute d'ailleurs ! Je devais me débrouiller seul. Au moins, Marie-Jeanne me comprenait. Elle me tenait la main.

– Veux-tu une aspirine ?

Je fis « oui » de la tête. Elle quitta la chambre et laissa la porte ouverte. Mon sexe maintenait son amplitude. Je le caressais. La sensation était trouble, comme défavorisée par la présence imaginaire de deux préservatifs superposés. Pourtant, je devais suivre son exemple et m'élever. En digne étendard, il me montrait le chemin de la rédemption. Il était droit comme un I tandis que mon corps était flasque.

– Il faut absolument que je refasse l'amour... la machine doit repartir... avec ou « cent » piqûres, disais-je en frappant mon sexe contre mon ventre... schlac, schlac...

J'aimais ce bruit de peau tam-tam bref et mat. Un bruit d'amour. La symphonie des corps. Comme elle me manquait ! Les cris, les plaintes, les halètements, les supplications. Les intromissions brutales ou contrôlées. Il me fallait inventer de nouvelles partitions, écrire de nouvelles musiques. Ma voix n'avait pas changé mais pour le chant ? Comme en amour, tout venait du ventre. Mes abdominaux étaient hors circuit. La colonne d'air avait besoin de puissance, de la contraction des muscles du diaphragme pour jaillir des poumons et provoquer la résonance des cordes vocales. J'avais tenté des vocalises mais les notes s'étouffaient dès que je montais dans la gamme.

Je ne chante plus, je ne joue plus du piano, je n'écris plus de musique.

Mon âme n'émet que du silence et des rayons noirs.

Au moins, l'entends-tu ?

57

Oui-oui

Saint Tétraplégique, priez pour nous qui avons recours à vous!

Je maudissais mon accident et n'en finissais pas de dresser l'inventaire de ma ruine physique et morale. Mon hospitalisation se prolongeait, je n'en voyais plus le bout. D'un point de vue neurologique, il n'y avait aucun progrès, sinon la chair de poule au moindre courant d'air. Heureusement que je dormais dans un lit simple de célibataire puisque je pissais au lit. Les sondages quotidiens provoquaient des infections urinaires, donc des fuites. L'infirmière me collait au bout de la queue un Penilex, genre de capote adhésive reliée à une poche. Et cette dépression nerveuse que l'on m'avait annoncée... elle n'était toujours pas là. Cela devenait désespérant.

Mon nouveau voisin, « Oui-oui » alias Slimane Abdelatif, grignotait toute la nuit des chips et me piquait mon saucisson dès que j'avais le dos tourné.

– Slim, tu ne dois pas manger mon sauci-
flard ! C'est du porc, ta religion te l'interdit... je
vais le dire à ta sœur !

Il me répondait par un grand sourire en
pointant son doigt vers la saucisse sèche qui
pendait près de ma fenêtre :

– Oui, oui... bon... manger... moi... mouton...
c'est bon...

– C'est pas du mouton, Slim, c'est du
PORC !

– Oui... oui... mouton...

Victime d'une attaque cérébrale à vingt-
six ans qui l'avait terrassé en pleine rue alors
qu'il couvrait un reportage pour la télé, il lui
était impossible de se souvenir pour quelle
chaîne il travaillait. Lorsque le docteur Desmouches le lui demandait, il se transformait en
zappette parlante.

– Oui, oui... TF1... TF2... TF3... France 4...
Antenne 5... Canal 6, M7, M8, M16...

– M16 ? C'est pas la télévision israélienne ?

Il répondait toujours deux fois « oui » et
prenait un temps fou pour circuler en fauteuil.
Le corps penché en arrière, désarticulé, il
avançait à la vitesse d'une tortue, les mains
agrippées aux pneumatiques : trois petits
coups en avant, un coup en arrière. Schliick,
schliick... on l'entendait arriver de loin... ses
roulettes couinaient sur le lino. Parfois, devant
un obstacle ou un ascenseur capricieux, il
s'arrêtait trente minutes, une heure. Son esprit
s'évaporait. Il contemplait le plafond tandis
qu'un filet d'urine dégoulinait de son pantalon,
formant au sol une grande flaque nauséa-
bonde.

Un gamin facétieux arrivait derrière lui en fauteuil :

– Bouge ton cul, Slim le pisseux !

Comme il ne bronchait pas, le gamin le poussait à la force de ses bras et les deux chaises roulantes s'engouffraient dans le monte-charge.

Je lisais dans ses grands yeux noirs, hormis un étonnement constant, le voile du traumatisme qui brusquement l'assommait, le réduisait au néant. Une bulle inaccessible. De toutes les pathologies, les plus effrayantes affectaient le cerveau. Le malade perdait son autonomie et, hors de l'enceinte de l'hôpital, il exigeait une surveillance constante.

Slimane avait six sœurs. Très revendicatives. Très GIA : grande implication affective. Elles surveillaient sa nourriture, ses médicaments, ses soins, son linge. Elles ne faisaient pas confiance aux infirmières. Latefa, la plus belle, venait le plus souvent. Elle ne supportait pas que son jeune frère soit diminué. Au début, elle me jeta des regards sombres, puis sans que je m'y attende elle me posa des questions étranges :

– Vous êtes juif ?

– L'infirmière, là, vous ne l'avez pas entendue traiter mon frère de « sale Arabe » ?

– Slimane, est-ce qu'il fume ? Et vous ?

– Vous pensez qu'il est bien soigné ? Comme les autres ? Comme vous ?

Je me demandais d'où lui venait ce complexe de persécution tant elle semblait méfiante vis-à-vis du corps médical. J'imaginais qu'elle avait été maintes fois rabrouée par les administrations en montrant le dossier médical de son frère, qu'elle avait supporté de longues heures d'attente dans les couloirs, dans les bureaux, qu'elle avait entendu des commentaires désobligeants, des diagnostics contradictoires dont le sens lui échappait mais qu'elle n'osait se faire répéter.

Latefa nourrissait sa famille ; elle travaillait la semaine comme correspondante pour un journal canadien et le week-end comme serveuse dans un restaurant oriental.

Au fil du temps, alors que nous prenions plaisir à converser, notre amitié passa à la vitesse supérieure. Une fin de journée, elle vint en jean, la coiffure déliée. Je remarquai sa peau dorée, son corps d'adolescente, ses yeux de jais, ses attaches fines, ses dents étincelantes. Elle comprit que je la désirais.

– Tu es magnifique, Latefa... dis, si on se mariait ?

– Je suis fiancée, fit-elle en croisant les mains sur son ventre.

– Je ne suis pas jaloux !

– Moi si... et puis il y a trop de femmes autour de toi !

– C'est mon côté oriental... tu connais le proverbe arabe : « Celui qui n'a pas été rassasié à la table de son père ne le sera jamais... »

– Tu es comme tous les hommes, infidèle et menteur...

– La vérité, tu me fais de la peine, même si tu as raison...

Elle m'avait cloué le bec. Sans que je puisse les refouler, deux larmes me picotaient les yeux. Nous étions seuls. Latefa referma la porte. Elle s'approcha de mon lit et me prit dans ses bras. Je me laissai faire. Elle m'embrassa dans le cou, puis trouva mes lèvres, ma langue. Après un long baiser, sa bouche s'attarda sur mon visage, mon front, mes joues. Sa langue contournait mes paupières, goûtait le sel de mon chagrin, suivant le sillon humide que les larmes avaient tracé. Ses mains caressaient mes cheveux, ma poitrine, mon ventre. Je savais que je ne devais rien tenter qui compromettrait le don de sa tendresse. Son corps était sacré, intouchable. Ses longues boucles noires soyeuses s'enroulaient autour de mes mains immobiles et distillaient un parfum de vanille et de cannelle. Elle allongea ses jambes à côté des miennes, repoussa le drap et vint se coller contre moi. Sa main cherchait mon sexe et c'est en gardant les yeux fermés qu'elle le rapprocha de ses lèvres. Elle cabra le haut de son corps, je crus qu'elle hésitait, qu'elle éprouvait du remords ou de la honte.

– Si tu veux me faire plaisir, promets-moi de protéger Slimane, chuchota-t-elle à mon oreille.

Puis elle me prit dans sa bouche. Je substituai à la sensation buccale l'excitation mentale. C'est à mon cerveau que Latefa faisait une fellation. Ma jouissance venait de très loin, la sienne prenait son rythme. Je voyais son bassin secoué de spasmes, elle enroulait sa jambe autour de la mienne dans un coït fictif. Comme à l'époque des flirts adolescents où les filles préféraient garder leur pantalon de peur de se laisser convaincre, l'acte sexuel mimé décuplait l'imagination et les sensations.

– J'aimerais te revoir, mais en dehors de l'hôpital, dit-elle en remettant de l'ordre dans sa coiffure.

Sur le pas de la porte, elle me fit un clin d'œil puis articula en silence le prénom de son frère pour me rappeler ma promesse. Latefa avait-elle des dons de voyance ?

Le gang des ciseaux tournait autour de Slim. Ils avaient réussi à se procurer un double des clefs qui donnait l'accès à l'étage inférieur, vers la piscine. Leur idée était d'emmener Slim en balade et de le jeter à l'eau. Qui l'aurait tiré de là ? Ils étaient tous en fauteuil. J'avais eu affaire à Yuka, un jeune Bosniaque de Sarajevo. Avant d'être membre du gang des ciseaux, il avait fait partie à l'âge de quatorze ans du premier commando des forces spéciales qui défendait la ville assiégée par les Serbes. Grâce à leur petite taille, ces gamins intrépides franchissaient les lignes ennemies en passant par les égouts et en se dissimulant dans les canalisations souterraines. Ils attendaient la nuit, enfilaient des tenues sombres, se noircissaient le visage et disparaissaient dans les entrailles de la cité, leur sac à dos bourré d'explosifs. Ils repéraient les maisons des snipers serbes et les dynamitaient. Ils agissaient par groupes de quatre et revenaient à l'aube rendre compte de leurs missions à l'officier qui les encadrait. Ces enfants de la guerre prenaient tous les risques, ignorant que l'un d'eux, dont la mère était serbe, les avait dénoncés. Ils tombèrent les uns après les autres au cours d'embuscades effroyables, piégés dans des galeries qu'ils connaissaient par cœur. Les égouts de Sarajevo furent leurs tombeaux. Yuka fut le seul survivant. Il voulut continuer, venger ses camarades, mais son commandant l'en dissuada. Deux jours après sa démission contrainte, alors qu'il marchait vers l'ancienne poste, une roquette explosa derrière lui et truffa son dos et ses jambes d'éclats de fer brûlants. La guerre était finie pour lui. Invalide à seize ans. Il fut évacué vers la France, opéré à Lyon, puis transféré à Garches.

– Yuka, qu'est-ce que tu lui veux à ce pauvre Slim ? Il est incapable de se défendre.

– J'ai rien contre lui... mais si on le fout à l'eau, ça va peut-être le réveiller...

– Tu le penses vraiment ?

– Ouais... sinon, il finira légume...

– Ou noyé au fond de la piscine ?

– Non. J'ai jamais laissé tomber un gars.

La survie. Elle occupait les esprits sous forme de hiérarchie et d'épreuves. Les plus forts décidaient pour les plus faibles. Sans la protection de la famille, l'intervention d'éducateurs, d'assistantes sociales ou d'associations militantes, qui viendrait sauver ces mômes ? C'était déjà difficile de grandir sur ses deux jambes, mais au moins elles leur permettaient de courir et de se débrouiller avec la loi.

Le jour où Mathurin rentra chez lui, après neuf mois d'hospitalisation, il organisa un pot de départ dans sa chambre. Tétraplégique à la suite d'un accident de voiture, il ne bougeait que la tête, il avait le corps sanglé dans un fauteuil électrique. D'origine martiniquaise, il avait demandé à sa mère et à ses sœurs de préparer des boudins créoles, du ti punch allégé et un plat antillais à base de poisson : le colombo. Le professeur Desmouches, les infirmières et les aides-soignants trinquaient avec lui.

Tout Vidal 1 avait été invité.

Dans le couloir, je croisai Ben Koski, le dealer du gang des ciseaux, qui mijotait avec sa troupe.

– Ben alors, Ben, tu ne viens pas boire avec nous ?

Il me lança un regard sombre et d'un coup de paume fit pivoter son fauteuil, entraînant à sa suite ses copains à roulettes. Je ne le quittais pas des yeux, me demandant pourquoi il était contrarié. Devant le poste infirmier, Ben effectua une rotation brutale et se cabra sur ses roues comme s'il me jetait un défi :

– Hé FishCat ! hurla-t-il, mon grand-père... quand il a quitté Buchenwald... il a pas fait de COCKTAIL !

58

Psychose

Je disais toujours non. Aujourd'hui, c'était oui. La psychologue « maison », Mme Catherine Lacour, ne dissimula pas sa surprise. Employée à mi-temps par l'hôpital, elle ne chômait pas, même si elle ne faisait pas l'unanimité : trop bourge pour certains, trop cheftaine pour les jeunes, trop conne au goût des kinés, trop naze pour le gang des ciseaux, trop rigide avec les filles, trop compatissante à l'égard des hommes. Je la croisais souvent dans le couloir à la recherche d'un patient démoralisé ou suicidaire :

– Monsieur Martinez, vous vouliez me voir ?

– Aaah... oui, madame Lacour, ça ne va pas du tout !

– Venez, suivez-moi !

Et elle se frottait les mains : « Enfin, un client ! » Il y avait toujours à sa suite un étudiant en psycho, miro et boutonneux qui validait son stage, ou une baba cool grassouillette qui mâchonnait son crayon.

– Monsieur Champollon, je vous propose mercredi, 15 h 30 ?

– Euh, plutôt, 15 h 45... je déjeune à l'extérieur...

La consultation se déroula dans ma chambre. J'aurais préféré une analyse vu que je restais souvent couché. Nous étions trois : elle, moi et Charlotte, sa nouvelle stagiaire. C'était à cause d'elle que j'avais changé d'avis. Quitte à prendre le thé, autant que ce soit en compagnie de Nicole Kidman... même chaperonnée ! Des yeux bleus, une cascade folle de mèches rousses qu'elle s'évertuait à discipliner et une peau laiteuse aussi immaculée qu'une neige de printemps. Lacour avait dû la briefer :

– Charlotte, contentez-vous d'observer, n'intervenez surtout pas !

Je racontai mon dernier rêve :

– Je roulais à toute vitesse sur une départementale. Troublé par ma voisine qui avait retroussé sa jupe sur ses cuisses, ma main s'égarait. Comme je lâchais le volant, ma voiture fit une embardée. Le trou noir. J'étais en réanimation, dans l'impossibilité de bouger. Un médecin venait me voir avec une tête de lapin ornée de deux grandes oreilles et me disait : « Cher ami, aujourd'hui, la chasse est ouverte ! » Ensuite, il prenait une carotte et mordait dedans en faisant un bruit effrayant. Cette carotte... c'était mon gros orteil. Pourtant, je n'avais rien senti...

Lacour hocha la tête, attendant la suite. Charlotte, assise à côté d'elle, regardait les photos accrochées au mur dans mon dos.

– C'est tout... ah, si, j'oubliais ! La nuit, j'ai toujours du mal à m'endormir... je me reproche d'être trop lâche, trop résigné. Avec ce qui m'arrive, si j'étais un mec normal, je devrais en vouloir à la terre entière, me jeter par la fenêtre ou m'ouvrir les veines... mais je manque de courage. Je suis un poltron. J'ai tout raté dans ma vie : ma carrière, mes amours, même mon accident. Si j'avais eu du talent, je serais mort, non ?

La psychologue se caressa le bas du menton, dubitative. J'imaginais la somme faramineuse de confidences qu'elle avait recueillies, analysées, décryptées et classées dans son cahier depuis qu'elle consultait à Garches. Charlotte décroisa les jambes. J'attrapai son regard :

– Si vous aviez le choix, que préféreriez-vous ? Rester jusqu'à la fin de vos jours en fauteuil roulant, devenir aveugle, faire cinq ans de prison aux Baumettes, être séropositive, atteinte d'une maladie mentale ou vous faire vitrioler le visage... hein, mademoiselle ?

Lacour intercepta ma question :

– Monsieur Champollon, je ne comprends pas vos comparaisons... Parlez-moi de vous plutôt...

– Il me semble que c'est ce que je suis en train de faire, non ?

– Dans ce cas, précisez votre pensée...

– Ben, c'est quoi le meilleur pour vous ? Perdre les jambes, perdre la vue, perdre la liberté, perdre la santé, la raison ou perdre la face ?

Catherine Lacour se redressa dans sa blouse blanche et modifia sa position sur le tabouret.

– Le mieux, c'est de s'accepter tel que l'on est. Malgré le drame. On ne peut pas revenir

en arrière. Dans votre cas, il s'agit d'un deuil...
celui de votre corps, mais vous allez développer d'autres sens, découvrir de nouvelles pers-
pectives...

– Reprogrammer la disquette? Je ne suis
pas trop branché informatique... moi, c'est plutôt l'électrique, la guitare, le piano... mais bon,
sans les mains, je suis marron...

– Je sais, j'ai déjà eu affaire à des musiciens,
à des artistes... vous avez une capacité d'imagination inépuisable; votre créativité peut
s'exprimer autrement...

Elle sortit un carnet, un stylo, une boîte de
Zan.

– Vous voulez un cachou? me proposa-
t-elle, en tournant le dos à sa voisine. C'est du
menthol.

– Merci. J'avais oublié... la mauvaise
haleine, c'est terrible aussi... rédhibitoire... cela
dit, comme je n'ai personne à embrasser...

Catherine ouvrit une page et griffonna une
date.

– Prenez-vous des anxiolytiques? Des calmants?

Si elle avait lu mon dossier médical, elle ne
m'aurait pas posé la question. Dans le cas
contraire, elle m'amenait discrètement sur le
terrain des drogues douces; il y avait en ce
moment une note qui circulait dans l'hôpital
sur un trafic de shit et d'herbe. Peut-être était-
elle chargée de mener l'enquête? Je lui coupai
« l'herbe » sous le pied :

– Je ne fume pas de joints, j'ai arrêté le
tabac, la cocaïne, les médicaments... on m'en

farcit déjà pour les contractures musculaires, la vessie et les troubles neurologiques...

– Vous souffrez beaucoup ?

Le double sens de la question m'amusa. Elle mettait le doigt sur ma plaie ouverte, cette idiote. J'observai à la dérobée la stagiaire. Elle était en visite, habillée, coquette, et moi j'étais à poil. J'enchaînai :

– Physiquement, oui. Mon corps m'envoie toutes les secondes des messages : qu'est-ce qui se passe ? Pourquoi la machine est-elle arrêtée ? Et le plaisir ? Pourquoi je ne sens plus rien ? Qu'allons-nous devenir ?

Je dévisageai à nouveau Charlotte : « Hein, qu'allons-nous devenir ? »

Elle s'ennuyait, belle et indifférente. Ce soir, elle rentrerait chez elle, retrouverait son copain et commenterait sa journée. Sa peau était blanche, lisse. Tous les mois, elle allait chez l'esthéticienne se faire retailler son joli petit triangle de fourrure pubienne. J'étais sûr qu'elle portait un string. Elle tournicotait entre ses doigts une boucle orange rebelle qu'elle déliait au maximum, lissait entre ses lèvres avant de la laisser remonter en accordéon, puis passait à une autre mèche. J'imaginais qu'avec les types elle faisait pareil et les rendait chèvres. A priori, elle avait tout l'air d'une garce. Seul le son de sa voix pouvait inverser la vapeur. Un timbre que j'imaginais velouté, sensuel, fragile. Mais elle se tenait coite. Et moi, je devenais con.

Catherine remit la clef de contact :

– Depuis votre arrivée à l'hôpital, avez-vous déjà pleuré ?

– Je trouve ma situation suffisamment pathétique, si en plus il faut que je chiale...

– Ça vous soulagera, vous viderez votre sac...

– Mais je n'ai plus rien dedans...

– Je suis sûre du contraire...

– Vous ne savez rien... tirez-vous... s'il vous plaît...

Je baissai la tête, je n'avais rien à ajouter. Lacour ne broncha pas. Je sentis qu'elle cherchait une contre-offensive. Moins pour me contrarier que pour se prouver qu'elle était apte à désamorcer ce point de rupture dont elle était friande :

– Dans ce cas, pourquoi vouliez-vous me voir ?

– Ce n'est pas vous qui m'intéressez, c'est elle ! Votre stagiaire... la sourde et muette...

– Mais je ne suis pas muette !

– Enfin, elle parle !

– Charlotte est étudiante, elle n'est pas habilitée à...

– La prochaine fois, emmenez-la au zoo... pas besoin de diplômes, les cacahuètes suffisent...

– Vous ne pensez pas ce que vous dites ! Vous parlez et vous...

– Je parle avec qui je veux ! Allez, ciao, bye bye, arriverdercho...

Les deux femmes se levèrent d'un seul chef. Lacour rangea son tabouret sous la table. Elle fit signe à Charlotte de quitter la pièce.

– Monsieur Champollon, je...

– On m'appelle Poisson Chat... je vous expliquerai pourquoi la prochaine fois... j'étais content de bavarder avec vous... laissez-moi, j'ai mal à la tête.

Catherine Lacour referma la porte comme le couvercle d'une bombe à retardement... avec une douceur extrême. J'écoutais le son de ses pas remonter le couloir. Tic tac faisaient les escarpins sur le lino.

À propos de zoo, je me souvenais de cette histoire. Le couple devant la cage du gorille. Le type demande à sa copine de sortir ses seins et de les caresser afin d'exciter le singe. La fille se débarrasse de son soutien-gorge et la bête commence à s'énerver derrière les barreaux. La nana se rapproche et soulève sa jupe. Le gorille pousse des cris et frappe son torse. Il veut la femelle. Le type encourage sa copine : « Vas-y, enlève ta culotte, montre-lui ton cul, ta chatte, branle-toi ! » La nana obtempère et jette son slip à la face de King Kong qui, après l'avoir mis en pièces, tend son gros bras velu à travers le barreau pour saisir la belle... qui reste à distance.

Je ne me souviens plus de la fin.

J'ai mal à la tête.

59

Amputations

Le week-end, je quittais rarement la maison. Zaza m'avait installé dans sa chambre au deuxième étage. Mickey dormait sur le même palier. Le soir, on organisait des spaghettis-parties devant la cheminée et, quand venait l'heure du coucher, Mickey me prenait dans ses bras et me jetait sur le lit. C'était le défilé permanent. Le cercle des fidèles et des nouveaux amis; il y eut même des revenants. François-Jean Bastier, un vieux camarade de terminale. Comment s'était-il procuré mon numéro?

– Je suis tombé sur ta sœur Camille qui faisait le plein à une pompe à essence... elle était souvent ma cavalière lors de nos surboums... je l'ai reconnue tout de suite!

François-Jean tenait absolument à venir me voir. Je n'étais pas très chaud. Déjà en classe, je l'évitais. On l'appelait « le gros lourd » et on lui foutait du sucre dans le réservoir de sa Mobylette. Il adorait le cambouis.

– Je suis capable de démonter une mob les yeux fermés...

Pendant que Mickey et moi draguions les filles, il passait le week-end dans son garage à bricoler sa bécane à selle biplace. Aussi, lorsque je le revis dix ans plus tard, j'eus comme une appréhension. Il n'avait pas changé, sauf qu'il roulait en voiture.

– Je suis capable de démonter le moteur d'une 2 CV, les yeux fermés...

L'avantage, c'est qu'il était costaud et plein de bonne volonté. Je révisai mon jugement : sa gentillesse pataude jadis me hérissait le poil, cette fois sa patience à mon égard me persuada qu'il était plein de bonté pour son prochain. Il me proposa une balade dans la vallée de Chevreuse avec une escale dans une auberge à l'heure du déjeuner. Mickey, qui nous avait abandonnés pour ce tête-à-tête, l'avait juste briefé pour le pliage du fauteuil, la manipulation de mon corps lors des transferts ainsi que la vérification du sac à dos qui contenait mes médicaments, mes bracelets orthopédiques, un gros pull en laine, ma carte bleue et le matériel de sondage.

– Comme à l'armée, plaisanta-t-il, revue de paquetage !

J'étais heureux en voiture. Un labrador qui voyage avec son maître, assis sur la banquette avant, la truffe au vent par la fenêtre ouverte. Le vent s'engouffrait dans mes narines, fouettait mon visage et balayait mes cheveux. Un rayon de soleil et c'était le bonheur. Nous roulions dans la campagne à vitesse moyenne sur une petite départementale. J'avais déjà vécu cette scène.

– Tu es content... belle balade, hein ?

– C'est drôle, ça me fait penser à une reconstitution... on va seulement éviter les tonneaux...

– Tu penses toujours à ton accident ?

– J'y penserai toute ma vie... il y aura toujours sur mon chemin une route de campagne un peu étroite avec le soleil qui se faufile derrière la lisière des arbres...

– Ça te fait de la peine ?

– Qu'est-ce que ça change ?

– Tu sais ce que disait Nietszche : « Ce qui ne te tue pas te rend plus fort... »

– Je préfère la phrase de Maximus, son neveu : « Ce qui ne te tue pas te rend plus mort... »

– Il a dit cela ?

– Ouais... il lui est arrivé la même chose qu'à Primo Lévi. Il a survécu à la déportation et puis, quelques années après, il s'est pendu...

François-Jean m'invita à déjeuner. Je le regardais faire tandis qu'il découpait ma viande, réclamait au serveur un verre à pied de façon que je puisse avoir une meilleure prise. Sa joie de vivre était phénoménale, contagieuse. Pour lui tout était possible, fluctuant, soluble. Je n'étais plus dans un fauteuil roulant, mais en ascension constante. Si ma vie avait pris un tel virage, c'était forcément pour de bonnes raisons. Je finissais par le croire. Mon destin de paralysé ne m'obsédait pas plus que l'angoisse du lendemain qui jalonnait ma vie d'avant. La nouveauté radicale de ma situation atomisait mes problèmes de fin de

« moi ». Aujourd'hui, je vivais la seconde présente, naviguant dans un état de neutralité psychologique et de non-effusion. Pas de joie, pas de peine, pas de désir, pas de souffrance, pas de projets, pas de frustrations. Bien sûr que je mourais d'envie de guérir, de retrouver l'usage de mon corps, mais je rangeais cette idée dans un coin de ma tête, comme ces chimères adolescentes de voyage au bout du monde qui s'émoussent avec le temps.

Au café, François-Jean me demanda si j'aimais les histoires drôles :

– Tu sais que l'année dernière, quand je me suis retrouvé au chômage et que Christine a rompu nos fiançailles, je me suis chopé un cancer à un testicule ! On me l'a enlevé et remplacé par une prothèse en plastique...

– Dans le genre « Série noire », ça fait beaucoup, non ?

– Non, ça m'a réveillé... je menais une vie de con !

– Il t'a fallu une sacrée dose !

– Forcément, j'étais un sacré con ! Boulot de merde, nana chiante, une famille nulle et des amis qui se sont tous défilés dès que je me suis retrouvé à l'hôpital ! Non, j'ai eu une chance incroyable !

Il regarda vers le plafond :

– Ça vient de là-haut...

Après sa maladie, François-Jean s'était enfermé chez lui pendant un mois. Son seul lien avec l'extérieur, c'était Internet. Il désirait entrer en contact avec des gens et leur faire partager son expérience. Au départ, il navigua sur des sites consacrés au cancer, à la recherche médicale, aux associations de soutien psychologique.

– C'est à cette période que j'ai appris ton accident... je sortais de l'hôpital et n'avais aucune envie d'y revenir. Je n'étais pas assez fort pour te rendre visite, mais je n'arrêtais pas de penser à toi. Un soir, j'ai tapé sur mon clavier « moelle épinière », « tétraplégie », « paralysie » et lancé les moteurs de recherche. C'est aux États-Unis que j'ai collecté le plus d'informations, sur un site californien qui s'adressait à des gens en fauteuil, essentiellement des amputés ; là, je suis entré en contact avec une fille qui s'appelait Priscilla ; le courant est passé tout de suite, on s'envoyait deux e-mails par jour. Une nuit, elle m'a demandé si je pourrais tomber amoureux d'une fille en fauteuil roulant ? Franchement, je n'en savais rien, mais je me suis douté que ce problème la concernait, alors j'ai répondu oui ; elle a enchaîné par une autre question : « ... et une fille amputée des deux jambes ? » Ça faisait beaucoup, alors je lui ai retourné sa question : « Tu me demandes ça parce que tu es toi-même amputée ? » J'avais tout faux. Elle était normale, sur ses deux jambes et vivait comme toutes les filles de son âge, sauf qu'elle n'avait ni mari ni copain...

– Elle cherchait un mec, alors ?

– Non... un chirurgien...

– Pour se marier ?

– Non... et tu ne devineras jamais pourquoi.

Je passai en revue tous les fantasmes esthétiques des bimbos californiennes : lifting, nez, dents, paupières, pommettes, fossettes, menton, bouche, seins, ventre, cuisses, chatte, liposuccion, épilation définitive, implants capillaires ? François-Jean secouait la tête : non, non et re-non ! C'était justement le contraire. Son rêve de petite fille, l'image qu'elle se faisait de sa beauté achevée, consistaient à se faire trancher les deux jambes à mi-cuisses ! Le week-end, elle louait un fauteuil roulant pour s'entraîner.

– Tu n'as jamais entendu parler de la dysmorphophobie ?

– À Garches, non...

Il y avait sur cette terre des gens en très bonne santé qui se faisaient hospitaliser ; il y avait des gens qui voulaient changer leur corps. Il y avait surtout des gens qui souffraient de ne pas souffrir.

À l'autre bout du monde, devant son ordinateur, Priscilla, la célibataire de Silicone Valley, pianotait sur son clavier et lançait des SOS tous azimuts. Le destin informatique l'avait mise en correspondance avec un Parisien qui venait d'échapper à la mort. De ce fait, il pouvait tout entendre, tout comprendre au point même de concevoir l'inimaginable : la quête insensée de Priscilla.

Hormis les prêtres, les nombreux psychologues qu'elle avait consultés depuis son adolescence, jamais elle n'avait pu confier à quiconque le dilemme de sa dysmorphophobie. Comment expliquer qu'elle ressentait ses jambes comme une non-part d'elle-même, une difformité qu'elle jugeait monstrueuse, injuste, qui entravait son bonheur ? Afin d'atteindre son but, elle avait tout planifié pour l'amputation de ses membres inférieurs : elle envisageait un moyen légal, l'intervention chirurgicale, mais aussi bien elle était prête à l'automutilation (se coucher sur une voie ferrée ou se tirer deux balles dans les jambes, etc.) ou à se rabattre sur un boucher véreux à la frontière mexicaine.

– Son cas n'est pas isolé, précisa mon ami. Elle sait aussi que des patients opérés à la sauvette n'ont pas supporté l'anesthésie ou sont morts de la gangrène.

– La loi américaine autorise ces interventions ?

– Dans certains États, oui ! Mais c'est un vrai chemin de croix...

Elle devait d'abord prouver qu'elle était saine d'esprit et recueillir l'accord écrit de deux psychiatres réputés, afin de présenter son dossier au chirurgien. Un docteur anglais, Robert Smith, avait accepté de l'opérer dans une clinique de Londres, mais l'avis défavorable d'un psychiatre avait gelé le projet. Peut-être avait-il ressenti que Priscilla depuis son enfance souffrait d'une extrême solitude car personne ne s'était jamais intéressé à elle. L'infirmité semblait être la seule solution pour attirer les regards et rencontrer le prince charmant. Obnubilée par son fantasme d'invalidité, elle n'avait pas envisagé le revers de la médaille : un rejet encore plus violent de la part des hommes. Tôt ou tard, Priscilla regretterait son geste et ferait une dépression nerveuse. Dès lors, qui pourrait l'empêcher de se donner la mort ?

– Et toi, François-Jean, t'en penses quoi, sinon qu'elle déteste son image et que, si demain un garçon tombait fou amoureux d'elle, tout rentrerait dans l'ordre ?

– Je crois qu'elle est sincère ! Elle est persuadée qu'elle ne rencontrera jamais personne capable de vraiment l'aimer tant qu'elle sera debout sur ses deux jambes !

– Merde alors ! Au fait, t'as sa photo ?

Je m'étonnais moins de l'extravagance obsessionnelle et phobique de certains Américains que de l'adhésion de mon camarade, solidaire à la cause de Priscilla. Ce n'est pas qu'il tombait mal en se confiant à moi, mais demander à un tétraplégique ce qu'il pense de quelqu'un qui désire plus que tout au monde l'amputation de ses deux jambes résumait la folie de ce monde.

– Tiens, fit François-Jean, en me tendant une photo, je te présente Priscilla...

Mon copain triturait sa serviette de table tandis que j'écarquillais les yeux devant le portrait en pied et en couleurs JPEG signé : PRISCILLAJOHNSTON@BASKETBALL.COM

– Elle a tout faux, ta Pamela Anderson... c'est pas ses jambes qu'elle doit couper, c'est sa tête...

60

Opération « éjaculation »

Pour sa deuxième piqûre intracaverneuse, Poisson Chat, qui détestait les défaites, n'avait rien laissé au hasard. Il s'était remémoré ses expériences professionnelles dans le domaine événementiel et, pour mener à bien son projet, il avait conçu un scénario dans les moindres détails : la date, le lieu, la durée, les moyens et le budget. Il avait donc prévu une assistance technique, défini les postes stratégiques, et même imaginé les imprévus afin de mieux les neutraliser.

L'opération « éjaculation à Garches » était prête et, si tout se passait bien, le mercredi 12 mai vers 15 heures, il aurait rempli une petite fiole plastique de ses millions de spermatos qui partirait aussitôt au laboratoire d'analyses grâce à la diligence de Federal Express. Il avait confié à Mickey deux missions : lui trouver un magnétoscope et emprunter à Patrice S. quelques bons films de cul. Le jour J, Johnny, l'aide-soignant, brancherait le matos, scotcherait la télécommande sur le montant du lit, dans le cas où Poisson Chat voudrait utiliser l'avance rapide ; Marie-Jeanne lui ferait sa piqûre, programmerait la vidéo et mettrait en route le vibromasseur avant de déguerpir ; elle reviendrait, sitôt que Poisson Chat la sonnerait, chercher le précieux colis.

Il serait seul dans sa chambre ; la piqûre agirait au bout de vingt minutes, le film durerait une heure. L'autonomie électrique du vibro ne dépassant pas les trente minutes, il avait un laps de temps limité pour grimper au cocotier en tenant compte des préliminaires : attendre que le produit Cavergex agisse et lui chauffe les sens en matant Pussy Love et sa copine Tamilla Climax se faisant prendre en stop sur les coteaux de Beverly Hills avant de se faire écarteler sur la banquette arrière d'une limousine par le jeune duc de Trifouilles-moi-le-spongieux. Lorsque le trio s'arrêterait pour laver la voiture au *car-wash*, accueilli par la pompiste Samantha Sweetlips et la mécanicienne Tracy Missdeepfuck, il serait temps pour Poisson Chat de mettre le turbo afin d'évacuer son liquide séminal.

Mickey débarqua vers 21 h 30 avec un sourire de conspirateur. Il fit jaillir de son sac plastique deux vieux *Newlook* négociés à la brocante de Versailles. Poisson Chat, dépité, lui expliqua qu'il lui était impossible de tourner des pages et de contrôler le vibromasseur en même temps ; il avait besoin de ses deux mains, d'un magnétoscope et de bonnes vidéos ! Mickey s'excusa : il avait pris les choses à la légère. Comme il travaillait le lendemain, il ne lui restait plus que la soirée pour régler le problème. Sa mère habitant à deux cents mètres de l'hôpital, Poisson Chat lui suggéra de lui emprunter son magnétoscope et d'aller louer des cassettes porno au vidéo-club de Versailles.

Mme Saféris se couchait à 20 heures après avoir fermé la maison à double tour. Mickey se faufila dans le jardin, puis par la porte du garage dont il possédait la clef. Il faillit se faire dévorer par Nounouta, le fox-terrier, qui ne l'avait pas reconnu. Le chien déchira son pantalon et réveilla sa mère. Mickey shoota dans le clebs, courut au salon en hurlant « Maman, c'est moi ! » tout en débranchant le magnétoscope, mais il était trop tard. Il se fit passer un savon, vu que c'était une honte qu'un fils vienne cambrioler en pleine nuit sa propre mère et qu'il martyrise une pauvre bête qui ne faisait que son devoir. Plus tard, au vidéo-club, Mickey appela maintes fois Poisson Chat sur son portable, car il hésitait entre *Dortoir des grandes*, *Barbecul-party chez Hillary et Monica*. Heureusement, le gérant connaissait son catalogue par cœur ; il expliqua à Mickey l'intrigue et le casting de *Porte-Jarretelles à Matignon*, qui le résuma ensuite, par téléphone, à son copain. À minuit l'affaire était réglée, Poisson Chat pouvait dormir sur ses deux couilles.

Le lendemain, il déjeuna légèrement et, à 14 heures, se fit plomber la zigounette. Au moment où les premières images de *Chaleurs intimes au Kremlin* apparurent sur l'écran, le vibro lui échappa des mains et glissa sous le lit. Il sonna Marie-Jeanne. Lorsque l'on toqua à sa porte et qu'il répondit « Entrez ! », il se trouva nez à nez avec un tailleur Chanel et un foulard Hermès. Louise Capucine Jouvelin lui faisait une visite surprise ! Elle se jeta au cou de Poisson Chat puis, tordant son foulard autour de ses poignets, elle se fustigea pendant de longues minutes. Elle se frappait le plexus, se culpabilisait de n'être pas venue plus tôt, faute au courage qui lui manquait, l'appréhension de l'hôpital, son nouveau job qui l'accaparait et, surtout, sa 306 Baccarat qu'elle avait dû ramener trois fois chez le garagiste (un bandit, celui-là !). Elle serrait très fort Poisson Chat contre sa poitrine lorsqu'elle sentit une vibration au bout de ses escarpins. Louise Capucine se baissa pour ramasser le vibromasseur, il eut le temps de mater ses fesses et ses cuisses : avaient-ils déjà baisé ensemble ? Flirté, sûrement, mais pour le reste ? Il avait remonté le drap sur lui, car maintenant le produit lui démangeait la queue et il se demandait comment arrêter la vidéo. Louise Capucine, qui s'était assise sur la télécommande, ne savait que faire de l'engin trépidant vert turquoise qu'elle maintenait contre son ventre et demanda à Poisson Chat à quoi servait ce machin. Il lui expliqua que c'était autant pour stimuler ses muscles désinervés que pour les décontracter ; elle trouva l'idée géniale vu qu'elle aussi, quand elle faisait son jogging avec Jean Villeneuve (tu sais, c'est mon meilleur ami, il a fait l'INSEAD), elle souffrait le lendemain de courbatures épouvantables. Poisson Chat lui indiqua le bouton *off*. Le vrombissement cessa mais fut remplacé par le suçotement glouton de l'espionne russe qui faisait son rapport buccal à Boris, le patron du KGB, et à ses sbires qui la double-pénétraient. Louise Capucine fixa l'écran de longues minutes, la bouche ouverte, jusqu'à ce que Poisson Chat lui demande d'éteindre le téléviseur car il avait des choses importantes à lui dire et à vérifier. Elle était docile et complaisante. Ôtant sa veste chamarrée qu'elle posa sur la chaise (ces hôpitaux sont surchauffés, non ?), elle lui certifia de nouveau qu'elle s'en voulait vraiment de l'avoir délaissé et qu'il pouvait dorénavant compter sur elle à cent pour cent, d'autant que, depuis la mort brutale de son papa, l'année précédente, elle avait réalisé à quel point il était important de dire à ses proches qu'on les aimait tant qu'ils étaient encore vivants. Poisson Chat la fit venir tout près et lui raconta dans le détail la cruauté de son aventure, le douloureux cheminement d'un homme jeune qui doit faire le deuil de son corps, résister au désir quotidien d'avaler des cachets, de s'étouffer avec ses doigts ou de se balancer par la fenêtre du rez-de-chaussée. Louise Capucine essuya furtivement une larme, se jeta une nouvelle fois dans les bras de Poisson Chat qui en profita pour lui masser les cheveux, le dos, la taille et les jambes tout en lui expliquant que la science faisait des progrès formidables et qu'elle tombait à pic puisqu'on venait juste de procéder sur lui à une expérience qui améliorerait de façon décisive sa qualité de vie, notamment sur un plan sexuel. Louise Capucine le félicita de cette bonne nouvelle et, comme elle lui proposait son aide et son affection illimitée (j'ai tant d'amour à donner, tu sais), Poisson Chat lui fit part de son désir d'être père et de pouvoir un jour regarder grandir un bout de chou qui mettrait de la joie dans son existence morose. Il expliqua à la jeune femme blottie contre son corps – tout en guidant sa main sous le drap – qu'une injection douloureuse avait dilaté ses corps caverneux et « qu'ils espéraient TOUS ! » (le professeur Desmouches, le chef de clinique, les internes et les infirmières, mais aussi ses parents et ses amis) qu'elle aboutirait à une éjaculation. Louise Capucine sursauta lorsqu'elle réalisa que ses doigts s'enroulaient autour du manche de Poisson Chat qui, tout en continuant son exposé, lui imprimait une cadence ; elle fit comme si de rien n'était (heureusement, le drap cachait la scène) et, tout en devisant sur les avantages de son nouveau job (le métro est direct, j'ai cinq stations), de ses fiançailles prévues en septembre (Amaury de Senlis, un garçon brillant et plein de délicatesse), elle prit conscience qu'elle était à moitié allongée sur le lit, qu'on lui voyait tout le haut des cuisses jusqu'à sa culotte, que son corsage était ouvert, avec, à l'intérieur, une langue qui farfouillait ses globes, et une main qui glissait dans son collant. Elle protesta, mais Poisson Chat, dont le sexe ne cessait de prendre de l'amplitude, l'adjura dans un cri désespéré de ne pas le laisser tomber, de le prendre en bouche et de le finir. Louise Capucine refusa (pourquoi... pourquoi moi ?) mais le branla de plus belle pour se faire pardonner ; Poisson Chat, dont le corps tressautait, se débarrassa du drap et, lui agrippant les seins, la força à une cadence encore plus soutenue tout en la priant de se taire (elle venait d'acheter un appartement à Levallois avec un garage et une chambre de bonne) afin qu'il puisse jouir sans être déconcentré. Elle obtempéra et, comme elle n'avait plus rien à dire, la frénésie de l'étreinte la contamina et elle finit par écarter les jambes : « S'il te plaît, n'abîme pas mes Chantal Thomass, je viens de les acheter ! »

La dernière image qu'il eut d'elle avant d'éjaculer fut son beau visage décoiffé (l'élastique de sa queue-de-cheval avait sauté), ses rougeurs émotives qui lui fardaient les joues et le cou, ses yeux de biche rivés à son membre en hypertension et cette bouche rouge carmin stupéfaite qui s'arrondissait en un O fellatoire ! L'éruption fut violente et spastique.

En bonne camarade, Louise Capucine ne desserra pas son étreinte tout de suite, même si elle esquissa une mimique de contrariété en découvrant que la manche de son chemisier et le cadran de sa Rolex avaient été aspergés de gamètes visqueux et odorants. Elle se releva du lit et, lorsqu'elle découvrit l'étendue des dégâts (Poisson Chat lui avait filé ses collants, chiffonné sa jupe et son haut, arraché la bretelle de son soutien-gorge et laissé de grosses marques de suçons dans le cou), elle soupira (et moi qui dois rejoindre bonne maman chez Angelina...).

Avant de partir, elle demanda à Poisson Chat où elle devait envoyer le faire-part (à l'hôpital où chez tes parents ?) : elle parlait de ses fiançailles. Juste un petit cocktail suivi d'un dîner entre intimes. Deux cents personnes, villa Beauséjour, chez sa grand-tante, Marthe Volvic (dont le grand-père avait trouvé la source). Après, on danserait...

– D'accord, je viens ! répondit Poisson Chat, mais après, Louise Capucine... est-ce que tu baises ?

61

Assurances

Darius avait organisé à l'hôpital la visite de l'expert, le docteur Klinkert, mandaté par l'assurance afin d'évaluer mon taux d'incapacité. Il entra dans ma chambre armé de son petit marteau de réflexologie.

– Et les mains... rien ? Les jambes... rien ? Et la...

– La quéquette... alouette ! Alors, rien ne bouge, docteur ?

– Malheureusement non !

Il écrivit : « État stationnaire à onze mois de l'accident ; nouvel examen à prévoir avant la fin de l'année... »

Darius m'avait obtenu la carte orange GIC, grand invalide civil, mention « station pénible debout » : c'est vrai que c'était pénible, ce stationnement ! Darius précisa que l'on m'attribuait déjà l'allocation handicapé, mille deux cent trente francs. Dès que je quitterais l'hôpital, je toucherais quatre mille francs, celle de la tierce personne. Je ne savais pas comment je me débrouillerais pour salarier une aide à plein temps. Il y avait aussi un gros lézard : « Toutes les sommes perçues au titre de l'allocation tierce personne devront être intégralement remboursées à la mort de l'allocataire sur son compte personnel ou sur ses biens... »

Si je vivais encore vingt ans, soit : 20 ans × 12 mois × 4 000 francs, je devrais, dès ma disparition, m'acquitter de la somme de 960 000 francs. Mes jambes et mes mains me coûtaient cher ! Sans parler de faire l'amour ! Si, au cours de ces vingt ans, je désirais avoir un rapport par semaine, soit 4 piqûres mensuelles à 140 francs = 560 francs d'injections intra-caverneuses que multiplient 12 mois × 20 ans, je devrais débourser 134 400 francs pour ma vie sexuelle.

Jusqu'à l'aube de mon dernier souffle, la totalité des sommes dépensées avoisinerait le million, soit 1 084 800 francs, répartis sur vingt ans, cela représentait un crédit mensuel de cinq mille francs, soit la somme des deux allocations que l'État m'attribuait depuis mon accident. Il rentrait donc dans ses frais. À ce train-là, je n'avais pas le choix : soit je me mettais à marcher tout de suite, soit j'épousais une riche héritière, soit je refusais l'aumône empoisonnée et me présentais à l'ANPE pour chercher un boulot... mais quoi ? Cobaye pour une industrie pharmaceutique, chauffeur de taxi avec commandes vocales, homme-tronc du journal télévisé, carpette de lit chauffante, broyeur buccal, pot de fleurs ?

À Garches, un conseiller juridique bénévole se chargeait de vous aider en cas de litige et de débroussailler votre contrat d'assurance afin de vous aiguiller, si nécessaire, vers un avocat. Dans le cas d'un accident du travail, on allouait à l'invalide une pension importante qui le mettait à l'abri jusqu'à la fin de ses jours. Pour ceux qui s'étaient plantés tout seuls, dont la responsabilité avait été reconnue et qui n'étaient pas assurés tous risques, le champ d'action était limité. Comme dans un pénitencier, les prisonniers de Garches se refilaient les bons tuyaux, les numéros des meilleurs avocats, et je me rendis compte au cours de mes investigations qu'un nom revenait toujours sur les lèvres : le cabinet Marsilla.

Sa réponse ne se fit pas attendre : mon dossier ne l'intéressait pas. Néanmoins, il nous dirigea vers l'un de ses confrères ; ce dernier, apprenant que Marsilla s'était désisté, ne donna pas suite à mon affaire. Mon cas était trop banal : contrat d'assurance au tiers, pas de mutuelle, responsabilité à cent pour cent. Heureusement que je n'avais pas estropié ou décapité Gwendoline, sinon qu'aurais-je fait, qu'aurais-je dit à ses parents ? Que ce jour-là, j'avais perdu la tête et eux leur fille ? À combien évalue-t-on une mort ?

Pendant une séance de kiné, je sympathisai avec Jérôme, un avocat touché par le syndrome de Guillain Barré. Cette atteinte virale frappait au hasard et paralysait les centres nerveux. Elle pouvait développer une tétraplégie totale nécessitant une assistance respiratoire et l'admission immédiate en réanimation. La maladie, heureusement, n'était pas irrémédiable et le patient au bout de quelques mois récupérait la totalité de son autonomie et s'en tirait sans séquelles. Depuis cinq mois qu'il était hospitalisé, Jérôme pouvait enfin trottiner sans l'aide de son fauteuil ni celle d'un kiné. Le seul mystère neurologique dans le processus de sa guérison, c'étaient ses bras ; ils demeuraient immobiles, bringuebalant le long de son corps, l'empêchant de s'habiller, de se nourrir, d'aller seul aux toilettes.

Jérôme pétait les plombs. Il ne se supportait plus en manchot aigri, misanthrope et révolté. Il refusait de rentrer chez lui le week-end, malgré la bonne volonté de sa femme et les services d'une infirmière. Sa fierté le condamnait à une réclusion et à un isolement que les médecins contestaient sans parvenir à le faire changer d'avis. Seul, Philippe, son associé, parvenait à le sortir de sa torpeur. Je les surprenais à la terrasse de la cafétéria et assistais à la métamorphose. Les dossiers étalés devant lui, talonné par les questions de son collaborateur, les yeux bleus de Jérôme reprenaient la couleur métallique et froide de *killer* du barreau de Paris. Son cerveau fusait et dénichait les solutions. Poussé à l'effort, il se retroussait les manches et redevenait un homme.

Je lui parlais de Marsilla, il ricana.

– Il est connu comme le loup blanc. Son cabinet gère une centaine de dossiers d'invalidité par an et, comme il a toujours affaire aux mêmes compagnies d'assurances, il est devenu leur meilleur VRP, le roi du packaging et du deal forfaitaire. Il se pointe chez la MAP et propose une enveloppe globale pour sa dizaine de clients : « Alors, si nous donnions trois millions pour lui, deux pour celui-là et cinq pour l'autre, répartis sur trois ans... », ainsi de suite... même topo à la Mutuelle Lyonnaise : « Ah, maître Marsilla, bienvenue, qu'avez-vous dans votre mallette aujourd'hui ? » Je suis persuadé qu'il touche des commissions, vu les économies qu'il leur fait réaliser à ces enfoirés !

Il fit une pause. Philippe lui alluma une cigarette. Comme il m'en proposait une, je refusai. Mes tonneaux en bagnole m'avaient sevré. L'alcool, les joints, la coke, tout cela, c'était « avant »... je n'avais plus la santé !

– Au fait, et pour ton assurance, comment ça se passe ? me demanda Jérôme.

– Très bien ! Je dois juste trouver un chien...

Si je suivais les conseils d'Albert Zimmer, mon accident me rapporterait une fortune.

– Il suffit d'un clebs, m'assura-t-il.

Il avait déjà la propriétaire du dogue : Florence. La trentaine sexy et sportive, une allure de femme du monde avec une pointe subtile de provocation vénale, elle maîtrisait parfaitement l'effet qu'elle produisait sur les hommes.

– Ton pote m'a dit que tu aimais les belles femmes, tu ne vas pas être déçu, m'avait prévenu Albert au téléphone.

On avait pris rendez-vous à l'auberge du parc de Saint-Cloud. C'était Amaury Blanchard, un copain musicien, qui m'avait conseillé de rencontrer Albert : médecin expert auprès des tribunaux, invalide du bras droit par la faute d'un plexus braquial, alcoolique et héroïnomane occasionnel :

– Juste en snifette, je supporte pas les piqûres, ni les drogués d'ailleurs ! Ils sont trop tristes ! Et puis j'ai jamais trinqué avec une seringue...

Nous déjeunions en terrasse. Je dégustais une terrine de sanglier que Florence découpait dans mon assiette ; elle s'était choisi un avocat aux gambas et Albert, un deuxième whisky Coca, arrosé d'un saint-émilion. Dans son costume croisé noir à fines rayures, il ressemblait à Joe Pesci dans *Les Affranchis*.

– Voilà comment s'est passé ton accident... tu roulais peinard dans la campagne et Florence promenait son chien ; ce con a traversé la route au moment où tu arrivais. Tu as donné un coup de volant pour l'éviter et patatras, tu t'es retrouvé dans le fossé, tétra et tout le bordel ! Avec un taux d'invalidité majeur, ça peut se négocier autour des douze millions... je prends quinze pour cent ! Il faut juste qu'on se mette d'accord pour le scénario, histoire de ne pas se contredire... OK ?

– Et Gwendoline ?

– C'est qui cette gonzesse ?

– Elle était avec moi dans la bagnole...

– Elle a vu le chien, non ?

– Elle est à New York...

– Elle veut combien ?

– J'en sais rien...

– File-lui dix patates et c'est bon... elle fermera sa gueule...

Albert commanda un château pétrus et nous portâmes un toast.

– Aux douze millions !

– À la fortune, à l'amour...

Je fixai Florence dans les yeux ; elle soutint mon regard en terminant le fond de son verre. Vêtue d'un tailleur pied-de-poule, elle s'était débarrassée de sa veste et portait un chemisier en soie transparent, échancré. Je me focalisais sur sa poitrine. Était-ce le syndrome des Air Bags, ces coussins gonflables qui m'avaient tant manqué le jour de mon accident ? Je vouais une véritable obsession aux mamelles !

Albert se leva pour aller aux toilettes. Il titubait et se cogna contre un serveur.

– Tu le connais depuis longtemps ?

– Depuis toujours... j'ai épousé son frère.

– Il a de la chance, tu es une femme superbe...

– C'est gentil...

– Dis-moi, tu t'habilles toujours comme ça ou ça fait partie du plan ?

– Quel plan ?

– L'histoire du chien...

– Oh, non ! Ce matin je l'ai accompagné à un mariage. Albert aime bien quand je me fais belle...

– J'aime bien aussi...

– Oui, j'ai remarqué... tu n'as pas les yeux dans ta poche...

– Non... sur tes seins... et sur ta bouche aussi... mais c'est bon signe ! Je suis en train de guérir... cela dit...

– Oui ?

– Si tu dégrafais juste ce bouton, là... tu ferais mon bonheur...

– Celui-là ?

Et la main de Florence glissa dans son corsage.

– Alors les amoureux, on drague ? Fais gaffe bonhomme, mon frère est très jaloux...

Albert revenait à notre table.

– J'plaisante... ma belle-sœur, elle est libre !

Ils me ramenèrent à Garches. Dans la voiture, Albert piquait du nez.

Florence glissa dans ma poche son numéro de portable. Arrivé dans l'allée principale de l'hôpital, Albert évita de justesse un type en fauteuil qui se la jouait free style.

– Le con, y s'croit où ? vociféra-t-il.

– À Garches, répliqua Florence.

Avant de nous séparer, Albert remit les pendules à l'heure :

– Appelle-moi, la semaine prochaine et prépare une enveloppe avec cinq mille balles... c'est pour le clébard !

– Tu veux payer un chien ?

– Non, banane, c'est pour l'acheter ! T'as vu la gueule de ma belle-sœur ? On va pas lui refiler un bâtard...

– Peut-être un labrador ?

– Voilà ! Une bête sympa, coopérante...

Florence m'embrassa au bord des lèvres.

C'était une bonne journée. J'avais déjeuné au restaurant, j'avais été régalé par un mafioso, fait la connaissance d'une bombe sexuelle qui m'avait montré ses seins, j'avais gagné douze millions de francs et un labrador.

Je crois que je vais juste garder la fille.

62

Chef de clinique

Ce soir-là, rue de l'Université, c'était ripaille et boîte de nuit. Traiteur chinois pour l'estomac, *Massive Attack* pour les oreilles et trois pin-up pour les yeux. L'appartement était éclairé aux bougies. Nous étions chez Sylvia, en compagnie de sa cousine Garance, seize ans, et de Vanille, l'une de mes ex. Pendant que l'une préparait la dînette, les deux autres, debout sur mon lit, dansaient en se frottant contre mes jambes. On sonna à la porte. Garance sauta dans mon fauteuil roulant et se dirigea vers l'entrée. C'était rare de rencontrer des paraplégiques avec des jupes aussi courtes.

– Oui, il est là, entrez! Poisson Chat... visite! hurla Lolita en revenant vers le salon.

François-Jean. Cet homme-là m'aimait à la folie. Comment s'était-il procuré mon adresse?

– Je faisais le plein d'essence à un garage...

– Et tu es tombé sur ma sœur?

– Elle te l'a dit?

Camille était inévitable. Avec Ambroisine, Darius, Ludovic et Henri, elle avait mobilisé mes amis afin de récolter des fonds et m'aider dès ma sortie de l'hôpital. Plus d'un an était passé depuis mon accident, je devais maintenant songer à ma nouvelle vie : l'idée me terrifiait.

Véronique, la chef de clinique, était venue me trouver avec Darius. J'avais toujours espéré qu'en quittant Garches ma tétraplégie me quitterait. On avait d'abord pensé à m'installer dans un appartement thérapeutique, financé par l'ordre de Malte. L'immeuble neuf avait été construit à Paris, dans le XXe arrondissement, et comportait une trentaine de chambres réservées aux pathologies graves. Un service médical fonctionnait vingt-quatre heures sur vingt-quatre et, la journée, un médecin-chef et des kinés étaient à la disposition des malades. J'avais visité l'endroit, rencontré la psychologue, une jeune femme tétraplégique qui se débrouillait toute seule : elle conduisait sa voiture, prenait l'avion, circulait en fauteuil sans assistance, faisait ses courses, sa cuisine, sa vaisselle, sa toilette ! Comment vivait-on sans les mains ?

Dans les couloirs de cette maison d'accueil, j'avais croisé les nouveaux pensionnaires, la plupart en fauteuil électrique. En sortant, j'étais sûr d'une chose : plus jamais de ma vie je ne remettrais les pieds dans un Rolling Chair Center.

Mais je devais trouver un appartement. Camille avait fait circuler le message : « Poisson Chat cherche un coquet trois pièces, en rez-de-chaussée, avec un salon, deux chambres, afin de loger une aide à domicile, un cuisinier, un majordome, une infirmière brésilienne, un chauffeur, un secrétaire, deux maîtresses et un labrador... »

Véronique s'était assise sur mon lit. Elle fixait avec Darius une date approximative de sortie. On ne me mettait pas à la porte mais, depuis douze mois que je glandais dans le service, 987 personnes s'étaient plantées sur la route dont quatre-vingts pour cent avaient moins de trente ans. Ils attendaient impatiemment que je libère la chambre. Certaines nuits, j'entendais grincer leurs fauteuils dans le couloir ; ils rôdaient jusqu'à ma porte en scandant : « La piaule... il faut rendre la piaule ! »

Ma chef de clinique avait un très joli visage, une très jolie peau et un très joli sourire. C'était pratique quand on passait son temps à annoncer aux gens des choses très épouvantables. Le contraste était saisissant, sauf pour celui qui avait l'habitude des films de Martin Scorsese. Plus le tueur est cruel, plus il vous parle gentiment : « Rizzoto, je vais t'arracher les yeux et les couilles pour te les enfoncer dans le cul, mais tu ne sentiras rien parce qu'avant je t'aurai coupé la langue et fourré ta petite bite au fond de la gorge ! Pour tes mains laisse-moi réfléchir un peu... et si on les trempait dans de l'acide ? » Véronique s'exprimait sans jamais hausser le ton. Quand il y avait menace, rien ne se modifiait dans son comportement, à l'exception de ses mains qui la trahissaient. Elles faisaient de grands gestes et ses longs doigts fins dessinaient des arabesques invisibles. Ses effets de manches brassaient l'air sous mon nez tel un ventilateur. Sauf qu'un ventilateur, ça se débranche ! Véronique ne se déconnectait qu'au sommeil. La journée, elle consultait, diagnostiquait, ordonnait, rassurait et achevait.

Et elle m'acheva en présence de mon frère. La route allait bientôt nous séparer et, avant les adieux, il y avait des choses qui se devaient d'être dites, formulées. Je me savais paralysé mais on n'en parlait pas ; je savais mon avenir menacé mais j'ignorais à quel point. Ce n'était pas ma maladie qu'on soignait, juste les conséquences :

– Tu as froid, parce que tu as une mauvaise circulation sanguine ; ton sang circule mal parce que ton cœur fournit moins d'efforts ; tu fais moins d'efforts parce que tu as plus de difficultés à bouger ton corps ; tu es plus statique qu'avant, donc ta tension est basse ; si elle est basse, tu mets beaucoup plus de temps pour te réchauffer... alors, couche-toi et prends une aspirine ! Et comme on me soignait, je pensais que l'on me guérissait. Et si j'étais guéri, alors je pouvais partir.

Comme le torero avant l'estocade joue de sa muleta, ma doctoresse faisait sa véronique et armait sa main droite. Je baissais la tête. Darius écoutait. Elle pouvait tout lui dire, droit dans les yeux puisqu'elle prenait soin d'éviter les miens :

– Il semble important que Léopold se prépare à accepter de vivre avec son handicap même si, pour l'instant, il n'est pas en mesure de réaliser toutes les difficultés qui l'attendent ; il a eu un accident très grave et il ne retrouvera probablement jamais l'usage de ses jambes ni de ses mains. Il va devoir se faire à l'idée qu'il sera toujours dépendant d'un fauteuil roulant et d'une tierce personne...

Darius approuvait ; il avait confiance en moi, en mes amis, en notre famille. Il avait beau être mon frère, à cet instant, je ne me sentais plus le frère de personne. Le seul dont j'étais proche, c'était de ce con qui avait foutu sa vie en l'air et que je détestais le plus au monde. Véronique, mon amour, me donna son plus beau sourire.

– Au début, quand vous vous installerez, vous risquez de vous décourager, mais ne vous inquiétez pas, c'est normal, il faut un temps de réadaptation ; ensuite vous serez ravi de votre nouvelle vie et lorsque vous reviendrez faire des bilans...

– Des bilans ? demanda Darius.

– Oui, urologiques, dermatologiques, divers... ce sont des hospitalisations courtes mais importantes ! Il vaut mieux prévenir que guérir !

Prévenu, je l'étais. Guéri ? Sûrement pas.

Dans un mois, j'allais m'enfuir de Garches. La dernière fois que j'avais quitté l'hôpital, c'était il y a trente-sept ans, une semaine après ma naissance.

À l'époque, j'étais déjà couché et je ne remuais pas beaucoup. Déjà tétra, le baby !

63

Mouton

– Tu penses que c'est une bonne idée ?
– Elle est d'accord, elle m'attend.

François-Jean comptait rejoindre Priscilla en Californie et la faire changer d'avis.

– Si je ne le fais pas, je me le reprocherai toute ma vie. Tu connais la parabole du berger ?
– Michel Berger ?
– Non, mais à propos de musique il faudra que je te parle d'un truc. Là, il s'agit d'un berger qui le soir conduit son troupeau et s'aperçoit qu'il lui manque une brebis. Il abandonne tous ses moutons et repart dans la montagne la rechercher avant qu'il ne soit trop tard. Toute la nuit, il parcourt les sentiers et la retrouve au petit matin. Comme elle est faible et blessée, il la porte sur son dos et la ramène jusqu'à la bergerie pour la soigner...
– Et alors ?
– Fin de la parabole.

Sylvia, Garance et Vanille grignotaient en silence. Nous étions sur le lit, sauf François, assis en tailleur sur le tapis.

– Il est gentil ton berger, fis-je pour ne pas contrarier mon ami.

– Non, stupide...

– Pourquoi ? demanda Garance, il fait son boulot, il aime ses bêtes...

– Tu as déjà parlé avec un berger ? s'enquit notre philosophe.

– Elle a juste couché, plaisanta Sylvia. Un pâtre grec.

– Jamais un berger ne prendrait le risque de laisser tout son troupeau à l'abandon, simplement pour récupérer une brebis. C'est stupide, la nuit les loups rôdent, il valait mieux qu'il attende le matin, ou qu'il renonce à son projet. Qu'il prenne soin de ses quatre-vingt-dix-neuf brebis et sacrifie celle qui s'est perdue.

– Et pourtant, il y va le con...

– Ouais, il la trouve et comme elle est naze, il la fout sur son dos. Tu sais combien ça pèse une brebis ? C'est lourd, très lourd...

– Ça va finir en méchoui, ton histoire...

Je regardais les filles, amusé. La lumière des bougies éclairait leurs visages. Vanille s'était blottie contre moi et caressait ma main. Ce soir, nous allions dormir ensemble.

– Tout ça ne tient pas debout en réalité, renchérit François-Jean, sauf que c'est une parabole... alors de quoi s'agit-il vraiment ?

Garance fronçait les sourcils : « Ouais, ben accouche ! »

François-Jean se leva, traversa le salon, toucha le mur par superstition, puis revint au pied du lit.

– Suis-je prêt à tout sacrifier pour sauver mon prochain ? Mon temps, mon argent, ma santé, mon troupeau ? Pour sauver cette brebis perdue, que suis-je prêt à mettre dans la balance ? Quelle part de son désespoir suis-je prêt à supporter pour la soulager ? Celui qui me tend la main dans la rue, je lui file une pièce, mais pour l'autre dont la vie est en danger ? Il n'y a de preuve d'amour que dans le don total. Sinon il vaut mieux se contenter d'arrangements affectifs, sociaux...

Il pensait à Priscilla. Moi je pensais à l'idole. Ce chanteur célèbre que je connaissais depuis quinze ans. On avait bossé ensemble. Il avait participé aux Restos du cœur, chanté pour l'Éthiopie, pour l'Arménie, pour les enfants malades du sida, pour les sans-papiers, pour le Téléthon. On l'avait vu sur les photos de presse, dans tous les clips, sur tous les plateaux de télé. Dès que la misère l'appelait, il se pointait dans son costume à paillettes. Je ne l'avais jamais vu dans ma chambre d'hôpital, sauf à la télévision. Il était en pleine forme. Darius lui avait téléphoné plusieurs fois et Camille lui avait écrit. Pas de nouvelles. Il s'était sans doute habitué à ce que je le fasse rire, à ce que je lui présente des filles, à ce qu'on aille ensemble à des fêtes apocalyptiques. L'idole s'était habituée à me regarder dans les yeux. Pas à baisser la tête pour s'apercevoir que j'étais à terre, malade, vaincu.

En attendant, j'avais trois femmes autour de moi. L'après-midi, elles m'avaient promené boulevard Saint-Germain. Je repassais devant le Flore où j'avais rencontré Gwendoline. À notre table, un couple d'amoureux s'embrassait. Je croisais des visages connus. Certains ne me reconnaissaient pas ou faisaient semblant. Leurs regards glissaient sur moi. C'était cruel. « Non, ça n'est pas lui, car si c'était lui il n'oserait pas s'afficher de la sorte. »

Sylvia me rappela une balade dans les jardins du Luxembourg, quelques semaines avant mon accident. Nous avions croisé, près du grand bassin, une mère qui poussait son fils dans un fauteuil roulant. Le jeune homme était pâle, absent, cadavérique. Son corps, éteint, sursautait sur les graviers, sa tête dodelinait contre son épaule. J'avais serré la main de Sylvia : « S'il m'arrivait la même chose, je me tirerais une balle dans la tête... sans hésiter ! »

– J'ai dit ça, moi ?

Sylvia se pencha vers moi.

– Oui, mon chéri ! Alors, on fait quoi aujourd'hui, j'te balance dans la Seine ?

– Ouais, mais on dîne d'abord !

Nous avions tout prévu : la cuisine chinoise, la musique, les bougies, sauf la visite de François-Jean et son histoire de mouton.

– Poisson Chat, tu dois relire les Évangiles !

– Ça tombe bien, j'ai annulé tous mes abonnements.

Il m'avait rejoint sur le lit. Dans la pénombre du salon, les filles dansaient sur la compilation des « Bains ». Je regardais leurs corps se déhancher. Elles se frôlaient, joignaient leurs mains, se prenaient par la taille.

– Elles sont adorables, me souffla mon ami à l'oreille. Laquelle est ta fiancée ?

– Je ne sais pas, j'attends. Comme dans ta parabole. Je me suis perdu et quelqu'un va venir me sauver. Mais bon, ça va, on a toute la nuit !

– Dis, Poisson Chat, toi qui es musicien, j'aimerais que tu me rendes un service ; c'est à propos de la fille de ma sœur.

François m'expliqua que sa sœur aînée revenait du Brésil où elle avait vécu quinze ans, avec son mari et ses trois enfants. Installés depuis peu à Paris, la réadaptation était difficile, surtout pour les gamins qui s'étaient habitués à la chaleur, à la mer et à la nonchalance de Rio.

– Ils habitent où maintenant ? demandai-je à mon bon samaritain.

– Dans le XIIIᵉ, près de la porte d'Italie.

– Ouais, ils passent de Copacabana à Hong Kong-sur-Seine...

– C'est surtout pour Manon que ce changement est insupportable...

La fille aînée de sa sœur séchait les cours. Elle avait intégré son nouveau lycée en plein milieu d'année scolaire et, quand elle ne faisait pas l'école buissonnière, elle restait cloîtrée dans sa chambre à écouter Vinicius de Moraes.

– Tu comprends, me dit François-Jean, là-bas, en plus de ses cours, Manon faisait partie d'une école de samba, prenait des leçons de *steel drums* et de bossa nova... sans parler de la plage et de tous ces amis d'enfance qu'elle a abandonnés. Ma sœur a peur qu'elle fasse une connerie !

– Elle a quel âge la môme ?

– Dix-sept ans, elle est en terminale mais à tous les coups, son bac, elle va le foirer...

La vie était dure pour les Beach Boys expatriés.

— J'aimerais que tu la rencontres, ajouta-t-il, que tu parles avec elle. Vous pourriez faire de la musique ensemble, non ?

Je restai coi. Dubitatif. Parler, oui ! Mais la musique ? Dès que je tombais sur un pianiste ou un guitariste à la télé, mon sentiment d'échec était insupportable. Je pouvais encore composer avec un ordinateur mais j'avais depuis longtemps dépassé le stade de la musique informatique et des machines électroniques. Elles n'étaient que des supports. La musique, c'était ma tête, mon cœur, mes cordes vocales et mes doigts. Une pure sensation. Acoustique jusqu'au bout des ongles. J'avais été *unplugged* avant l'heure.

François-Jean ne voyait-il pas l'impuissance à laquelle j'étais réduit ? Que voulait-il que je fasse résonner aux oreilles de sa nièce ? Ma voix aphone, mes mains givrées, ma créativité réduite en cendres ?

— OK, *no problem*, mentis-je, qu'elle m'appelle ta Manon ; je lui donnerai une de mes guitares, j'en ai plus besoin...

Moi, j'étais sur la touche. Un « ex » professionnel.

Ex d'Alizée, ex de mes jambes, ex de la musique, ex du sexe...

64

Kit

À Garches on proposa à Poisson Chat un cadeau d'adieu. Un kit pour le zizi, un autre dans la vessie et une opération chirurgicale aux avant-bras et aux mains. Les trois interventions étaient lourdes et nécessitaient des semaines d'hospitalisation, d'examens et de vérifications. Il aurait droit à deux télécommandes : une pour le kit-zizi, « Brindley », et l'autre pour un petit réservoir dans le ventre, « la pompe à Liorésal ». Afin de pallier le déficit de ses mains, d'améliorer le *grip*, d'animer par une simple flexion la fermeture du pouce contre l'index, le chirurgien prélèverait du tissu musculaire sur son triceps afin de recréer un nerf manuel, greffé sur celui du poignet.

– C'est douloureux ? demanda-t-il au docteur Pins.

– Sans plus, mais vous optimisez votre autonomie. Au début, il faut y aller mollo ; c'est comme la corde d'un arc. Votre nerf se tend mais, s'il est mal exercé, il peut lâcher !

– Et alors ?

– On rouvre les avant-bras et on recolle les deux nerfs !

– C'est violent votre truc ! Vous avez quoi d'autre en boutique ?

Avec le « Brindley », on avait l'érection et le pipi automatiques. Tous les circuits vésicaux urologiques étaient sectionnés et remplacés par une machinerie miniature. On appuyait sur *on*, le zigoto bandait ou pleurait, on switchait sur *off* et hop, il rentrait dans sa cage. Défendu de paumer la télécommande ! Changer les piles tous les deux mois ! La pause du machin était irréversible.

– C'est douloureux ? s'inquiéta Poisson Chat.

– Sans plus, mais la post-op est contraignante : trois mois ! Avec un corps étranger sous la peau, faut y aller mollo !

– Ouais, le type qui pense qu'il va baiser à tire-larigot, il a pas intérêt à trop chauffer la zapette ! Gaffe aux courts-circuits !

Le Liorésal calmait les contractures musculaires, « la spasticité ». Elles pouvaient être aussi violentes qu'une crise d'épilepsie. On a tort de croire que les membres déconnectés des tétraplégiques sont constamment assoupis ou « flasques ». Les jambes partent en détentes fulgurantes, inopinées, avec la force d'un shoot de footballeur et si, par malheur, un homme se trouve devant vous, jambes ouvertes, il vous chante *Casse-Noisette*. Les invalides les plus spastiques prennent le Liorésal en cachet. Jusqu'à douze par jour. Poisson Chat était contre les écrans toxiques. À force de pharmacologie, le corps s'habituait et il fallait augmenter les doses. Les paresthésies le faisaient souffrir mais au moins ses muscles tremblaient, dansaient le twist : ils s'entretenaient.

Le docteur Pins n'essayait pas d'influencer Poisson Chat, il suggérait une amélioration de son état :

– La pompe à Liorésal se branche sur le canal médullaire. On remplit le réservoir tous les trois mois en piquant directement sous la peau. Ensuite, la pompe injecte dans la moelle la dose précise qui maintient le corps en détente musculaire.

– Comme une péridurale ?

– Voilà, il diminue aussi les douleurs neurologiques.

Poisson Chat avait consulté Pierre Lambaye, un copain médecin psychiatre et psychanalyste. Celui-ci rédigeait un essai sur les nouvelles tortures du monde moderne et les différentes formes d'incarcération et d'aliénation du corps liées aux catastrophes routières, ferroviaires et aériennes.

– L'homme veut toujours aller plus vite, plus loin et plus haut. Il s'expose de plus en plus, se casse la gueule, se retrouve dans un état épouvantable mais survit grâce à la médecine. On a remplacé les champs de bataille, les duels et les tournois du Moyen Âge par les autoroutes.

Poisson Chat, le gladiateur des départementales, souffrait, mais Pierre avait une solution :

– Fume des pétards et nage en piscine !

341

Pour la piscine, il était d'accord mais il avait peur que la fumette, au lieu de le relaxer, ne fasse remonter à la surface tous ses malheurs. La fuite avec les opiacés n'était pas une solution. Après la semi-extase, il se retrouverait le cul plombé dans sa chaise, un gros nuage noir au-dessus de la tête. Il n'aurait pas besoin qu'il pleuve pour se mettre à pleurer.

Poisson Chat ne voulait plus remettre les pieds à l'hôpital. Quatorze mois, il avait eu sa dose. Tous les kits du docteur Pins lui semblaient aléatoires et superflus. Le seul avantage qu'il avait sur ce médecin chercheur, c'est qu'il était tétra et l'autre pas. Lui seul savait ce dont il avait besoin. Il ne supportait pas l'idée de se faire ouvrir le ventre et poser un appareillage à l'intérieur du corps. Il avait déjà du plastique au niveau des cervicales. Les jeux étaient faits. À moins d'un miracle du ciel ou de la recherche médullaire, Poisson Chat se préparait à une longue cavalcade immobile. Il était persuadé que ses molécules lui inventaient un nouveau programme, s'organisaient en fonction de ses modifications physiologiques et cellulaires. Poisson Chat écoutait maintenant ce que lui dictait son corps :

– Laisse-moi tranquille, j'en ai assez !

La dernière nuit qu'il passa à l'hôpital, il ne dormit pas beaucoup. *Home sweet home*. Sa bande de copains lui avait trouvé un grand rez-de-chaussée du côté de la porte de Saint-Cloud.

L'horloge indiquait 3 heures du matin. Il sonna et demanda un verre d'eau à Victoire, l'infirmière de nuit.

– Alors, tu nous quittes demain ? Tes affaires sont prêtes ?

– Ouais... on s'embrasse ?

– Bonne nuit, petit Poisson... et bonne chance !

– « La nuit tous les chats sont gris, le jour tous les poissons rouges. »

Près de son fauteuil, un grand sac de sport Quicksilver contenait ses affaires. Il était con ce sac. Tout neuf et plein à craquer, il frétillait d'impatience. Il pensait partir pour un long séjour au soleil combiné d'escales dans des villes de lumière : New York, Frisco, Rio, La Havane, Le Caire...

– Idiot, l'engueula Poisson Chat, t'as bien lu ta feuille de route ?

Garches, Saint-Cloud, Suresnes, bois de Boulogne, porte d'Auteuil, boulevard Murat... Putain de voyage !

65

Installation

Poisson Chat quitta Garches aussi discrètement qu'il était arrivé. Planqué dans une
ambulance. Le matin, Hélène, sa kiné, était
venue l'embrasser. Il lui avait tenu la main
pendant que l'infirmier chargeait son sac dans
la voiture. La main d'Hélène était chaude,
douce. Sûr qu'elle allait lui manquer. Poisson
Chat serra sa paume contre sa joue et la couvrit de baisers. Il aurait été plus convenable de
lui rouler une grosse pelle. Il l'avait demandée
en mariage et elle avait dit oui.

– Dès que je remarche, je reviens te chercher...

– Si tu marches, alors je te quitte, avait-elle
répondu.

La porte de l'ambulance s'était refermée sur
cette promesse. Poisson Chat brancha son
Walkman. Son ami, Nilda Fernandez, lui sou-
haitait bonne chance : *Où que l'on aille... nos
fiançailles ? Fuerte, fuerte y con la muerte voy
hacerte una canción...*

Il fixait le ciel bleu de juin derrière le pare-
brise. Au feu rouge de la porte d'Auteuil, il

surprit aux terrasses des cafés les bachotiers en pleine révision. Les jupes raccourcissaient et les corps se préparaient à l'heure d'été. Il y avait un parfum de sexe et de dolce vita dans l'air. Les couples se dévoilaient et les hanches se collaient sur les selles des scooters.

Poisson Chat découvrit son nouvel appartement. On lui avait offert un lit spécial, deux places, avec commande électrique pour remonter le dossier et surélever le matelas à plus d'un mètre cinquante du sol. Une soucoupe volante pour s'envoyer en l'air. Darius et Louis installaient les étagères, Camille et Sylvia vidaient les cartons, Ambroisine et Garance accrochaient les cintres.

Poisson Chat était tétanisé. En overdose. Tous ses objets, ses photos, ses vêtements, ses tableaux qui dégueulaient de leurs emballages lui faisaient l'effet d'un mauvais shoot. Trop de passé, trop de souvenirs.

– Hé Darius, viens voir, c'est quoi ?

Dans un carton de supermarché, il y avait une paire de texanes en lézard, un jean lacéré et une veste de combat ensanglantée. On l'avait découpée au ciseau. Sur la bande patronymique, entre l'écusson des Special Forces et l'insigne « Vietnam » cousu sur l'épaule, il y avait le nom du type : Sgt Elliot J. Kacere. Poisson Chat l'avait achetée à New York dans un surplus militaire. Il la portait le jour de son accident.

– Ce sont les affaires que m'a remises la gendarmerie dans un sac en plastique, je croyais les avoir jetées, commenta Darius.

De grandes taches brunes éclaboussaient la toile camouflée. Poisson Chat ne se souvenait pas d'avoir perdu autant de sang. Il songeait au type ; à ce jeune sergent errant dans la jungle vietnamienne. Était-il mort là-bas ? Poisson Chat pensait que dans le monde les âmes des morts flottaient ; les bonnes comme les mauvaises. Certaines, damnées, hantaient des maisons, des lieux, pourquoi pas une veste de treillis ? Il envisageait tout à fait qu'elle ait pu lui porter malheur. Elle avait vu le sang, la mort, la boue, l'horreur.

– Fous cette saloperie à la poubelle, supplia Poisson Chat.

Darius emporta le carton dans la cour.

– Désolé, j'aurais dû y penser avant, s'excusa son frère.

– C'est moi qui aurais dû y penser avant, conclut Poisson Chat. On ne devrait jamais porter les affaires des morts.

Il continuait à parcourir son nouveau territoire, sans joie ni curiosité. Ce n'étaient pas des retrouvailles, plutôt un chemin de croix. Le plus humiliant, c'étaient ses *flight cases* avec ses synthés et ses guitares. Ils l'attendaient pour partir en tournée. Tournez manège... maudit manège ! Il en faisait le tour avec l'envie de vomir, d'y mettre le feu. Il y avait cette valise en cuir rouge extraplate, où dormait sa guitare préférée : celle qu'il s'était offerte pour ses seize ans : une Fender Stratocaster de 1957, première série. Elle avait un son qui vous clouait sur place. Un riff puissant à la Dick Dale, le héros de la Surf Music.

Quand Poisson Chat faisait courir son médiator le long des six cordes, en jouant de sa paume droite sur la tige du vibrato, c'était un pur moment de rock'n'roll. Dans son linceul de velours rouge, elle attendait celui qui viendrait la réveiller et ce ne serait pas lui.

Poisson Chat se souvenait de ces pianos de famille, oubliés dans un coin et travestis en meubles. Un jour, l'accordeur venait avec sa trousse à outils et son diapason. L'artisan remplaçait les cordes usées, les tampons ébréchés, ajustait le mécanisme des pédales et plaquait, enfin, un accord sur les touches d'ébène et d'ivoire. La vie revenait au fil des notes jouées, le clavier, trop longtemps assoupi, ressuscitait. Poisson Chat se souvenait de cette femme qui avait pleuré dans ses bras après qu'ils eurent fait l'amour. Elle était restée deux ans sans la compagnie d'un homme. Un deuil avait éteint son corps, consumé son désir.

Les femmes, la musique, les instruments, le passé. Autant de liens dont il rêvait de se défaire, aussi encombrants que ces cartons, ces caisses, ces valises, ces boîtes qui allaient être ouvertes, explorées, déballées, rangées. Si Poisson Chat s'était douté que cet emménagement pût être si douloureux, il aurait demandé à Darius de tout laisser dans le garde-meuble. Il se serait installé dans du neuf, quitte à se contenter du minimum : lit, table, chaises.

Dans la pièce voisine, ils ne se doutaient de rien. Il s'agissait d'un déménagement, pas d'un enterrement. Le téléphone, caché derrière des cartons empilés, sonna dans l'entrée. Personne ne le trouvait. On insistait à l'autre bout de la ligne.

— Ouais, c'est bon, on arrive !

Camille décrocha :

— Allô ?... Oui... ne quittez pas, je vous le passe...

Poisson Chat fut surpris : on savait déjà qu'il venait d'emménager ?

— Pourrais-je parler à M. Champollon ? fit une voix anxieuse.

— Champollon père ou fils ?

Ça l'énervait qu'une femme l'appelle monsieur. Déjà qu'il était mal, si en plus il était vieux. Il y eut un blanc au bout de la ligne qu'il se garda bien d'interrompre.

— Je vous appelle de la part de mon oncle, François-Jean... mais je vous dérange, peut-être ?

Manon, la Brésilienne. Poisson Chat désirait écourter la conversation mais dans son champ de vision il y avait ses guitares, alignées contre le mur. Il se souvint de sa promesse :

— Ah, oui... la musicienne ? En fait, je viens juste d'emménager... je suis encore dans les cartons ! Pouvez-vous me rappeler dans les prochains jours ? Je serai plus disponible.

Comme elle se confondait en excuses et allait raccrocher, Poisson Chat sentit qu'elle était triste, découragée, comme si à force de déconvenues elle ne s'étonnait plus d'être déçue, déboutée. Il était probable qu'elle ne renouvellerait pas son appel. Il improvisa :

— Tu te déplaces comment à Paris ? En métro ?

Poisson Chat la tutoyait.

– J'ai des rollers, sinon j'emprunte le scooter de mon frère, et toi ?

– J'ai des roulettes, sinon je prends le taxi.

– Tu ne conduis pas ?

Elle avait dû comprendre « planche à roulettes », skateboard.

Poisson Chat réalisa qu'elle ignorait tout de lui, l'hôpital, le fauteuil roulant. François-Jean s'était contenté de donner à sa nièce son numéro de téléphone :

– C'est un copain musicien, il est sympa, rencontre-le...

Lorsqu'elle parla de musique, de guitare et qu'elle demanda à Poisson Chat de lui donner des cours, il ne releva pas. La situation lui semblait trop grotesque pour ne pas en rire. Ses mains étaient condamnées et ce serait une débutante qui déballerait ses grattes désaccordées ? De son premier conservatoire de guitare classique à Pau, en passant par les scènes de rock parisiennes, il avait parcouru tout ce chemin pour en arriver là ?

– Tu sais, j'adore chanter mais je suis assez nulle en musique ! lui confia Manon. Je peux te faire la samba, assurer aux congas mais ne compte pas sur moi pour te jouer du Carlos Jobim...

– Tu connais des paroles en brésilien ?

– Je fais beaucoup de choses en brésilien, dit-elle dans un éclat de rire qui le surprit. Je le rêve, je le parle, je le danse... j'embrasse même en brésilien ! Tu sais, quand je vivais là-bas, je

portais juste un minishort et un bustier...
c'était cool! Quand je n'étais pas dans l'eau,
j'étais sur la plage et, quand il ne faisait pas
beau, j'étais à mon cours de danse! Tu vois
le programme? Papa m'appelait sa *pichadenuda*...

– Pichadenuda?

– Oui, ça veut dire « la créature à l'air...
enfin... à poil! ». Autant te dire que, depuis
qu'on est rentrés à Paris, j'ai beaucoup de mal
à m'habiller! Heureusement que l'été arrive!
Bon, on se voit quand?

Elle amusait Poisson Chat; lui qui s'attendait à une godiche embarrassée, elle était du
genre dégourdie, curieuse, enthousiaste. Rendez-vous fut pris pour le samedi suivant.

Il avait à peine raccroché qu'on sonna à la
porte : les renforts débarquaient. Mickey,
Henri, Ludovic, Patrice, Richard :

– C'est ici les bureaux de Tétra Assistance?

– C'est cool, maintenant, grâce à toi, j'ai un
excellent prétexte pour laisser tomber ma
femme et mes gosses! Humanitaire!

– Ouais, on a enfin un local pour faire la
fête!

Poisson Chat devenait un alibi idéal pour ses
copains mariés en quête d'indépendance.

– Oui, chérie, le pauvre Poisson Chat
déprime total! Il faut absolument que j'aille
lui remonter le moral, j'ai peur qu'il fasse une
connerie! Ne m'attends pas pour le dîner...

Dans sa chambre, les filles gloussaient : elles
étaient tombées sur une collection de polaroïd.

– Waouh, mate les petites culottes!

– Hé, je la connais, elle... hé, Poisson Chat, viens voir !

Assises en cercle, elles faisaient tourner les photos.

– T'es un petit cochon, commenta Garance. C'est qui cette playmate ?

– Attends, t'as pas vu la vidéo...

Elle lui colla sous les yeux une blonde platine qui se caressait dans la baignoire. Garance ne comprenait pas pourquoi la fille avait gardé ses talons, ses bas et un haut transparent :

– Elle nique ses affaires, l'idiote...

– C'est de l'érotisme, bébé... et puis ça s'est trouvé comme ça...

Sylvia ferma le clapet de la benjamine :

– Va te laver les yeux, c'est pas pour toi ces trucs-là...

Garance fit mine de se diriger vers la salle de bains.

– Si je trouve la baignoire, j'veux bien qu'on me prenne en photo.

Elle passa sa langue sur sa bouche et cambra les fesses.

– Bon, les nanas, on bosse ! gueula Darius, surgissant du placard, un marteau à la main.

La volaille s'éparpilla.

– Et les autres, ils sont où ?

Dans la cuisine, installés sur des tabourets, les garçons lisaient des bandes dessinées : *Corto Maltese*, *Torpedo*, *Rank Xerox*.

– Ooh, les gars, on n'est pas à la FNAC !

Engueulade générale : les filles protestaient. Une fois de plus, c'était elles qui se tapaient tout le boulot. Les garçons râlaient : ils avaient faim, il était tard, et Sylvia avait oublié de remplir le frigo. Camille prit sa défense :

– OK pour la bouffe, les mecs... mais « qui » devait se charger du frigidaire ?

Zut, on avait la cuisine, le micro-ondes, la table, les assiettes... mais pas de réfrigérateur.

Poisson Chat circulait au milieu de ce brouhaha, cherchant un endroit pour se reposer. Au moins, à l'hôpital, il était tranquille. Les gens étaient calmes, parlaient doucement et on dînait à l'heure.

Ici, c'était le bordel, le camping, little Italie, le jardin d'enfants.

66

Dancing Queen

Le radio-réveil me tire de mon sommeil :
8 h 30, le journal d'Europe 1.

D'un geste, je vire la couette qui va valser au
bout du lit. Assis sur le matelas, je compte
jusqu'à dix. Le sang reprend sa position verticale.

Sous mes pieds, la sensation du parquet ;
j'aime le bois. Mes plantes de pied s'enfoncent
dans le sol comme les racines d'un chêne. Un
jour, je reviendrai poussière, je me ferai un
lit sous les feuilles mortes. À moins d'être
inhumé en mer au large des côtes basques. Je
pense à l'eau, aux vagues... vite, sous la
douche ! En passant devant le miroir du
lavabo, je fais une halte. À part les cheveux
coiffés en pétard et les yeux cernés, j'ai la
même silhouette qu'à vingt ans. J'en ai vingt
de plus. Mes épaules sont plus larges, et le
triangle biceps, triceps, pectoraux, taillé au
scalpel. Le ventre est plat ; j'ai une taille, une
cambrure de toréador et un cul de Black dont
je suis fier. Tous les matins, je remercie mes
parents et leurs ancêtres : des guerriers,

des émigrés, des Basques, des Béarnais, des marins, des guillotinés, des Prussiens, des Silésiens, des diplomates, des généraux de Napoléon, des rebelles, des officiers perdus, des aristocrates, des légionnaires, des femmes de tête, des mères de famille nombreuse, des veuves, des critiques musicaux, des suicidés, des journalistes, des peintres et des musiciens. J'ai tout cela dans ma disquette. C'est souvent le hasard des situations qui réveille dans mon sang les particules mystérieuses de ma généalogie. Pourquoi suis-je aussi à l'aise au fond d'une forêt, perdu dans un maquis ou ballotté dans de grosses vagues ? Pourquoi j'aime le désert, la prière, le silence, la musique, les embuscades, le danger, la fraternité, le sacrifice, les enfants et les femmes du monde entier ? Pourquoi j'aime les palaces, les bars louches, les igloos, les tipis, les Apaches, les Massaï et les hôtesses de l'air scandinaves ? Pourquoi je meurs chaque fois qu'une fille me plaît ou qu'un bébé gazouille dans mes bras ? Pourquoi je pleure ? Pourquoi je demande toujours « pourquoi » ?

Le jet de la douche inonde mon corps. Je positionne le curseur sur bleu. Un petit coup de froid et je suis sous une cascade dans la jungle de Bornéo. Je frissonne. Rouge, et je plonge dans un jacuzzi avec Virginie Ledoyen. La serviette-éponge autour de la taille, un coup de peigne et je passe au salon. C'est le moment de la musique. Je mets de longues minutes à sélectionner le titre idéal. J'ouvre la fenêtre, il fait beau, un courant d'air frais s'engouffre dans mes poumons. Je tourne en rond devant ma discothèque. Soleil + froid + bonne humeur = sports d'hiver = énergie = Suède = ABBA = Dancing Queen !

Un café plus tard, je vais me brosser les dents (je n'ai jamais compris pourquoi les gens se lavent les dents « avant » le petit déjeuner). Devant la penderie, j'hésite entre le confort : jean, pull, basket ; ou le classique : costard noir, polo noir et pompes en daim noir. Quel jour est-on ? Jeudi ? Quel est le programme ? Passer au studio Staccato, écouter les nouveaux mixes de mon groupe, rejoindre Gabrielle Mankoven à 18 heures au bar Hemingway du Ritz et l'emmener nager à la piscine (c'est mon troisième rendez-vous avec cette brune aux yeux verts et je suis fou à l'idée de la découvrir en maillot deux pièces), la raccompagner chez elle, vers 20 heures, repasser à la maison me changer, prendre mon clavier et ma guitare (nous donnons un concert ce soir au café de la Danse). La balance des instruments et des voix est programmée à 21 heures ; dîner sur place et concert à 22 h 30. Gabrielle sera dans la salle, au premier rang. Rentrera-t-elle avec moi ? Si c'est le cas, je sais ce que je lui ferai et ne lui ferai pas ; on en a déjà parlé.

Elle s'allongera sur le sofa du salon et se couchera sur le ventre ; j'allumerai deux bougies, un bâton d'encens et on écoutera sur ma chaîne le CD *Ocean Surf Relaxing*. C'est du bruitage aquatique accouplé avec des sons *new-age*, marimba, *bambous tren* et des voix célestes polyphoniques. Je lui ôterai son sou-tien-gorge en consultant ma montre : qua-rante minutes, je lui ai promis un massage et, juste avant, un pétard. J'ouvre le flacon d'huile essentielle de Bali, lui dégage la nuque et m'agenouille au-dessus de ses cuisses qui s'ins-crivent entre mes jambes ; elle a gardé ses col-lants. Dessous, elle ne porte pas de culotte. C'est très beau des fesses blanches, cachées sous le Lycra transparent et brillant. La croupe rebondie en texture acrylique, synthétique d'une poupée géante au sexe invisible ou effacé comme celui des écolières des mangas japonais. L'élastique délimite la cambrure des reins de Gabrielle entre le territoire offert et celui à conquérir. L'érotisme, c'est ce qui est défendu. Sa peau est soyeuse et glisse sous mes doigts. Détendue, elle a fermé les yeux et son pouce frôle ses lèvres. Elle redevient une enfant. Des caresses effleurées en lentes cir-convolutions, puis plus douloureuses, où la chair s'étire et brûle sous la pression de mes mains. Son buste frémit, elle redevient une femme. Son épiderme brille sous une lumière de mer tropicale ; je fais une pause. Elle attend. Je verse quelques gouttes de liqueur orientale au creux de ma main, puis sur sa peau. Elle sourit, fronce les sourcils quand je lui saisis la taille, en étau. Je remonte sur ses flancs, à la limite des seins. Elle garde ses bras enroulés autour de son visage. Gabrielle sou-pire, elle a chaud, moi aussi. J'enlève ma che-mise. Je reviens sur sa taille et, elle, docile, se tourne sur le côté pour me donner son ventre et le galbe de son sein droit que j'enveloppe de ma main. Elle change de position et m'offre l'autre, le gauche. C'est une chorégraphie tacite, presque immobile ; une connivence entre sa peau et mes doigts qui s'apparente à un voyage tactile, érogène, par étapes et par graduations. Je m'écarte de ses jambes. Vais-je lui enlever son collant ? Gabrielle s'impatiente, non ? Cela fait quarante minutes, que je suis sur elle. On ne s'est jamais embrassés et elle n'a jamais touché mon corps. Elle garde les yeux fermés, elle est d'accord. Soudain, elle se lève et va vers ma chambre ; je suppose qu'elle se glisse sous ma couette. Je me dirige dans le noir, me débarrasse de mon jean, de mon caleçon et surfe sur son collant qu'elle a abandonné sur le parquet. Je tends les mains, je ne vois rien. Mes genoux frôlent le lit.

– Promenons-nous dans les bois tant que le loup n'y est pas...

Gabrielle est là, sur le ventre. Je touche le bas de son dos, ses fesses, ses cuisses, ses mollets, ses pieds. Ma main remonte entre ses jambes qu'elle écarte pour en faciliter l'accès. C'est ce moment que j'attends depuis notre rencontre. Je ne connais pas le goût de sa bouche, ni la tiédeur de sa langue, encore moins celui de son sexe. Il est là, à trois centimètres de mon visage. Mes cheveux sont longs et viennent la fouetter comme un bouquet d'herbes sauvages. Le radio-réveil sonne.

8 h 30, le journal d'Europe 1. Mes jambes me font mal, mon bassin est lourd, mon bras cherche le triangle de la potence pour basculer

le corps. De l'autre côté des volets, c'est un matin comme les autres. Dans la rue, une voiture démarre, un portable sonne, des enfants crient. Des bruits de talons sur le trottoir, deux femmes discutent en marchant vite. Leurs pas s'éloignent.

Gabrielle aussi.

Dancing Queen.

67

Les Amoureux du périphérique

Poisson Chat dépensait des fortunes en taxi. Il devait se battre pour faire respecter la loi. Non, le fauteuil roulant n'est pas un bagage accompagné ni une poussette ! En un mois, il était tombé trois fois sur le même chauffeur de taxi. Césaire, l'Antillais. Déjà que ce dernier lui cassait les oreilles avec la Compagnie créole et ce boudin de Célimène, mais en sus, il lui taxait dix balles pour son chariot. À une station, Poisson Chat avait repéré un vieux taximan qui pionçait dans son tacot ; il l'avait réveillé pour qu'il arbitre le conflit. Césaire, l'Antillais, fut débouté.

– C'est dans le règlement, précisa l'autre, le fauteuil est indissociable de son propriétaire ; c'est un objet intime. Dis, Césaire, quand tu transportes quelqu'un, tu ne lui factures pas le port de son slip ? Eh bien, pour le monsieur, c'est pareil... c'est gratuit.

Césaire avait offert la course : « *Pa ni pwoblèm !* »

Poisson Chat passait beaucoup de temps chez lui. Le matin, l'infirmière venait, tandis que Camille préparait le petit déjeuner. Darius avait découpé les journées en quatre parties : le matin, l'après-midi, le soir et le week-end. Il avait aussi réparti les charges : repas, courses, ménage, toilette et habillage, kiné, piscine et sorties. Il lui avait attribué un budget pour ses déplacements et rédigé des annonces afin de recruter deux aides à domicile. Il offrait à un étudiant le gîte, le couvert et la blanchisserie, en échange d'une présence du soir jusqu'au matin. Les filles venaient tous les jours afin d'organiser la maison et de préparer les repas. Papou, un Black d'origine comorienne, avait été envoyé par l'ANPE pour seconder Poisson Chat pendant la journée. Au bout d'un mois, l'affaire était rodée, la cuisine équipée, les tableaux accrochés au mur, la sono branchée, Poisson Chat se sentait enfin chez lui.

Dans la chambre, Darius avait punaisé, au-dessus du bureau, un *paper board* avec le programme de la semaine du lundi au vendredi et, à la case week-end, il avait inscrit et souligné « mes objectifs » : formation informatique et Internet, recherche d'aides sociales, médecine parallèle – acupuncture, diététique, balnéo-thérapie, ostéopathie, massage, méditation transcendantale, hypnose, yoga... –, projets de vacances, cours de conduite en voiture aména-gée...).

Poisson Chat regardait l'agenda mural couvert de sigles, de noms, d'adresses et de numéros de téléphone : pas le temps de chômer !

– Au fait, t'as oublié un truc, mon Dada... Je baise quand ?

Sylvia, qui rangeait la vidéothèque, saisit la balle au vol :

– Tu baiseras quand tu seras prêt à faire l'amour ; tu feras l'amour quand tu seras décidé à faire un bébé ; tu feras un bébé quand tu auras trouvé la femme de ta vie ; tu trouveras la femme de ta vie quand tu te seras enfin décidé à te marier... tu te marieras le jour où t'en auras marre de baiser... Il est temps que tu grandisses, non ?

Poisson Chat était d'accord, mais avec les techniques d'entraînement sexuel apprises à Garches, il était obligé de planifier en deux étapes sa vie affective. Primo, il fallait remettre la machine génitale en route le plus souvent possible ; mais avec qui ? Deuzio, ce serait merveilleux qu'il tombe amoureux. De ce côté-là, il se sentait à la rue... largué ! Alizée revenait chaque nuit dans ses rêves. Il n'arrivait plus à s'en débarrasser. Il avait retrouvé ses photos, ses lettres et les cravates qu'elle lui offrait pour la Saint-Valentin. Frédéric l'avait croisée dans une fête à Beaubourg ; elle était donc revenue des îles. Maintenant qu'il circulait dans Paris, Poisson Chat la guettait à chaque carrefour.

Césaire, le taximan martiniquais, l'avait déposé, avec Papou, rue Vieille-du-Temple. Dans la cour de l'ancien Café de la Gare, il y avait un restaurant mexicain, El Taco ; le reste de l'immeuble était occupé par le Studio du Marais, une école de danse multiethnique. Manon y prenait des cours de salsa. Comme elle finissait à 21 heures, Poisson Chat l'avait invitée à dîner chez le Mexicain. Il s'était choisi une table face à la baie vitrée, d'où il observait les ombres derrière les fenêtres ouvertes ; du rez-de-chaussée jusqu'au premier étage, les apprentis danseurs répétaient inlassablement les figures imposées, imitant le professeur. La mode latino battait son plein : samba, salsa, tango argentin, flamenco. « Et 1, 2, 3... 1, 2, 3... », le maître de ballet frappait dans ses mains, accompagné d'un piano, d'une guitare ou d'un bandonéon. Le Studio du Marais proposait une heure de cours gratuit. Le petit malin pouvait s'essayer à la danse orientale, indienne, espagnole, brésilienne, cubaine, aux claquettes, au rock acrobatique, sans débourser un rond. Poisson Chat bavait d'envie, en admirant les corps en sueur, déliés, énergiques, concentrés. Qu'aurait-il donné pour être face à cette Andalouse de Goya figée dans la pose finale d'une Sévillane ? Son regard fier et douloureux suppliait le ciel et ses mains de résille, en suspens, deux papillons noirs pétrifiés.

Une porte qui donnait sur la cour pavée s'ouvrit : la fin d'un cours. Une troupe de jeunes femmes bruyantes s'embrassa, puis s'éparpilla vers la sortie. Poisson Chat reconnut Manon à son sourire. C'était la première fois qu'il la voyait mais ils s'étaient si souvent parlé au téléphone qu'il aurait parié « ses jambes » que c'était elle, la Brésilienne. *Smiling face.* Elle avait tiré ses cheveux en arrière et un chouchou maintenait sa longue natte blond cendré qui lui fouettait le dos. La peau mate, cuivrée par des années de soleil, elle se tenait droite avec le maintien naturel et sensuel de celles qui vivent au bord des océans et nagent tous les jours. Poisson Chat la trouva telle qu'il l'avait imaginée : exotique, vive, avec un brin de nonchalance.

Elle agita la main pour saluer une copine, puis au pas de course se dirigea vers le restaurant. Poisson Chat ne la quittait pas des yeux et, lorsqu'elle arriva au bar, un grand sourire éclaira son visage dès qu'elle le reconnut. Elle se faufila entre les tables comme une chatte entre deux flaques d'eau; adroite, souple et agile. Elle semblait toujours en mouvement, impatiente et conquérante.

– J'ai une faim de loup, fit-elle en l'embrassant sur les deux joues. Tu sais que cet endroit est génial? Mon prof est péruvien... il ne parle pas un mot de français, il se contente de hurler : *Uno*, *dos*, *tres*! Excellent, j'adore...

« Génial » et « excellent, j'adore » étaient ses mots favoris. Ils se jetèrent sur les chips et le guacamole. Il commanda de la bière, des tacos au poulet et du chili con carne. Manon ne mangeait pas, elle dévorait. La fringale de l'adolescente en pleine croissance, pensa Poisson Chat. Non. Elle évoqua sans pudeur sa puberté, précisant qu'à douze ans elle était formée, réglée, ajustée à un mètre soixante-douze. Depuis, plus rien n'avait bougé... à part sa crinière qu'elle taillait tous les deux mois.

– Pendant des années, j'ai été « fil-de-fer », la plus grande de ma classe !

– Moi, j'étais le plus petit... j'ai fini de grandir à vingt-six ans et j'ai commencé à me raser sérieusement à vingt-huit balais... l'année dernière, plaisanta Poisson Chat.

Manon ne tilta pas. Elle lui avoua que, lorsque son oncle François-Jean avait voulu les mettre en contact, elle avait refusé :

– J'imaginais un gratouilleur barbu avec une tronche de prof... un vieux, quoi... baba cool, look ramollo...

– Qu'est-ce qui t'a fait changer d'avis ?

– Ta voix au téléphone... et puis ce que tu m'as dit ! Tu étais gentil et drôle. Le soir, j'en ai parlé à maman et, dans la conversation, elle m'a appris ton accident, que tu venais juste de sortir de l'hôpital. Ça m'a bouleversée... pendant plus d'une heure, on avait discuté et tu ne m'avais rien dit... je n'avais fait que te parler de moi...

– Tu étais malheureuse... loin de ton pays, pauvre petit soleil éteint...

– Ça va mieux maintenant... Et toi ?

– Tu veux savoir si quelque part au fond de moi, je ne suis pas aussi... un petit soleil éteint ? Sans doute...

– Alors, buvons à la lumière, et si l'on doit guérir... guérissons tous les deux ! elle choqua le verre contre le sien.

– Tavernier ! hurla Poisson Chat en levant la bouteille vide, la sœur jumelle, on a soif !

Papou arriva à la fin du dessert. Manon n'avait pas envie de rentrer.

Poisson Chat lui proposa un jeu. Dans la rue, ils hélèrent un taxi.

– J'écris une chanson en ce moment, mais j'ai juste le début ! Tu vas m'aider à la terminer...

Il demanda au chauffeur de rejoindre la porte Maillot.

– C'est quoi, ta chanson ? Manon était excitée comme une puce.

– *Les Amoureux du périphérique* ; c'est une fille qui rencontre un type sur le périph'... elle raconte son histoire...

– Vas-y, commence...

Poisson Chat fredonna : *Elle rencontra Éric, sur le périphérique / un blouson doré... de la porte Dorée / qui draguait les minettes... porte de la Muette / il lui dit « Où tu vas ? » porte des Lilas / « Je vais chez mes parents, porte d'Orléans » / elle monta dans sa bagnole, porte de Bagnolet / et il fonça droit devant... vers la porte de Vanves...*

– Waaoou ! hurla Manon, continue...

– *Il lui dit qu'elle était sexy, porte de Bercy / puis « Comment tu t'appelles ? »... porte de la Chapelle / elle répondit « Delphine » à la porte Dauphine...* À toi, maintenant !

– Deux secondes !

Elle sortit son plan de Paris. Poisson Chat embraya :

– *Comme il la trouvait passive... porte de... ?*
... Alors ?

– Attends, je cherche... *porte de Passy !*...

– Pas trop tôt, tu te réveilles... allez, on enchaîne : *Il passa à l'action... porte de... Brancion... et... ?*

– S'il vous plaît ? coupa le chauffeur, on arrive porte Maillot ! Je fais quoi maintenant ?

– Vous prenez le périph'... et vous tournez...

– Je tourne ?

– Oui, vous roulez sans arrêt, tant qu'on n'a pas fini la chanson ! On va se faire toutes les portes...

– J'ai une idée, dit Manon, écoute : *Elle vendait des maillots à la porte Maillot !* C'est cool, non ?

– Tu te foules pas, dis donc ! Tu oublies que le mec, il est passé à l'action, porte de Brancion ! Alors, il lui fait quoi à la p'tite Delphine ? Trouve-moi un truc marrant...

– Il lui roule une grosse pelle, proposa le chauffeur, porte de la Chapelle ?

– Ah, vous, taisez-vous... vous ne jouez pas ! protesta Manon.

– Ouais, et puis : *porte de la Chapelle*, on l'a déjà utilisé...

– *Il lui fit la cour ? Non... l'amour... porte de Clignancourt !*

Manon, ravie de sa trouvaille, s'applaudit.

– Tu vas trop vite ! D'abord, il l'embrasse... *Sur les lèvres... à la porte de Sèvres ?*

– C'est pas terrible ; il nous faudrait une rime plus rock'n'roll ! Genre : *Il lui roule un patin... porte de Pantin !*

– Bravo, Manouchka... et, euh... ? : *Chatouillé les tétons... porte de Châtillon ?*

– Non, c'est pas des manières, même à la porte d'Asnières !

– Hé, arrête tes chichis, porte de Clichy, ou j'vais devenir obscène, porte de Vincennes...

Dans la nuit, le taxi roulait.

Manon et Poisson Chat se prenaient la tête, porte de la Villette / un vrai « chant » de bataille, porte de Versailles / pour de la poésie,

porte de Choisy / et des rimes au hasard, porte
Balard.

Ils étaient heureux...
Sous les feux métalliques...
De l'autoroute urbain...
Et, malgré le trafic...
Jusqu'au petit matin...
On ne voyait plus qu'eux...
Les amoureux... du périphérique.

68

Révélation

L'évidence du « divin », surprit Poisson Chat devant la vitrine d'une porno-pharmacie, sur le trottoir du carrefour Réaumur-Sébastopol. Plus tard, il se rappela l'histoire de Paul, terrassé sur le chemin de Damas. Il était tombé de son cheval. Poisson Chat, lui, dégringola de son fauteuil. Le juif zélé avait ses jambes et remonta sur son étalon. Poisson Chat resta sur le bitume, assez longtemps pour s'apercevoir que personne ne s'occupait de lui. Il était devenu invisible. Couché sur le flanc, il cherchait du regard Papou qui se trouvait à l'intérieur de la porno-pharmacie à la recherche d'antibiotiques.

Des culs aussi ronds que des pommes, des fesses bien fermes, des jambes galbées, des seins épanouis sur des bustes sculptés, des cheveux blonds rayonnant de soleil et des cambrures teintées d'huile solaire émergeant de strings dorés, toute la panoplie anatomique de la Beach Volley Girl s'exposait derrière la vitrine de l'apothicaire. Il y avait même un miroir dans lequel Poisson Chat se reflétait.

Lui faisait la pub de la survie aléatoire. Le cheveu terne, la mine cernée, mal rasé, les muscles flasques, allongé dans le pipi de chien, il ressemblait à un clochard échoué. Trois étages au-dessus de la porno-pharmacie, il venait de signer son premier contrat avec le boss de Yes No FM, une radio rock qui cherchait des chroniqueurs, notamment un spécialiste en Surf Music pour la saison d'été : quinze émissions de soixante minutes. La musique rattrapait Poisson Chat. À défaut de pouvoir en jouer, il allait en parler : les Beach Boys, Jan & Dean, Dick Dale, un phénomène musical qui n'avait duré que quatre ans. Déboulant sur le territoire américain, en 1964, les Beatles avaient pulvérisé la mode des Garçons de la plage et les avaient renvoyés à leurs planches de balsa, leurs bermudas à fleurs, leurs cabriolets Thunderbird, leurs chœurs à la *wap doo wap* et leurs Fender Jaguar.

Poisson Chat était fan de ces idiots bronzés et heureux qui, le matin, quittaient le corps d'une fille pour se jeter sur une planche dans les vagues, l'après-midi travaillaient dans un *surf shop*, dès la fermeture couraient dans les rouleaux du Pacifique pour une dernière série, repassaient chez eux chercher leur guitare et fonçaient jusqu'au *dancing ballroom* pour grimper sur la scène, histoire de faire hurler les filles en jouant : *Baja*, *Listen to the King of the Surf Guitar*, *Misirlou*, *K39* ou *Pipeline*.

C'était ce monde dont rêvait Poisson Chat, au lieu de patauger dans la merde, le nez flanqué sur la croupe d'une *top model* italienne photographiée à Miami. Son fauteuil avait suivi la pente et s'était coincé entre deux voitures. Pas étonnant que personne ne lui vienne en aide. Sa silhouette avachie détonnait dans l'ambiance estivale. Les portes des boutiques étaient ouvertes sur la rue qui charriait les tribus à roulettes : bicyclettes, rollers, scooters, skateboards... des milliers de jambes patinaient, pédalaient et glissaient sur l'asphalte. De l'amour, il y en avait à tous les coins ; ça se galochait, ça se pelotait, ça se câlinait le long des artères animées de la ville. La chaleur de juin avait dénudé les épaules, ouvert les corsages, raccourci les jupes, rétréci les T-shirts. La jeunesse était insouciante, radieuse. En tombant par terre, un CD avait glissé du sac de Poisson Chat, une compilation sixties intitulée *Summer of Love.*

Il vit une nouvelle fois son reflet dans le miroir : C'était lui, ça ? Cette pauvre chose en déséquilibre ? Papou, dépêche-toi ! Le coup de grâce lui fut administré par un éclat de rire qui le fit basculer dans le néant. Il ne devint plus rien. Un gros tas de blessures béantes qui ne se refermeraient jamais. Le type taquinait la fille en lui serrant la taille ; ils marchaient bon train ; se léchant le museau, s'emberlificotant les langues. La métisse était canon. Elle tenait son gars par la fesse et lui grignotait le cou. À leur passage, Poisson Chat huma le parfum vanille de l'amazone chevelue. Des boucles noires épaisses lui tombaient jusqu'à la taille et se balançaient comme la crinière d'un poney sauvage. Elle irradiait le désir, le plaisir des sens, la conquête brûlante de ses orifices. L'autre lui glissa une langue dans l'oreille en lui promettant sa fête. La belle partit dans un éclat de rire limpide et cristallin qui fissura par rafales le cœur de Poisson Chat. Le couple traversa la rue en courant. Un taxi klaxonna. Sa tête trop lourde tomba à la renverse et cogna sur le goudron.

Il regardait le ciel par-dessus les toits. Des pigeons voletaient devant les fenêtres des derniers étages et se chamaillaient sur les gouttières chauffées par le soleil. Une sirène du SAMU franchit le feu vert sans s'arrêter. Poisson Chat se rétrécissait de l'intérieur. Il devenait poussière. Depuis combien de temps était-il là, couché sur le sol ? N'avait-il jamais été debout ? Ce qu'il éprouvait était trop inhumain, trop désincarné pour qu'il se croie encore vivant parmi les vivants. Il n'avait plus rien en commun avec ses semblables. Il avait quitté un monde en marche comme on saute d'un train par erreur. Il sentit du côté du cœur s'épancher de l'encre noire et un poison se répandre dans ses réseaux veineux. Le flot gluant remontait jusqu'à sa gorge, l'obligeant à fermer les yeux. Il vit le ciel se fragmenter. Une tache sombre en forme de croix dansait devant ses pupilles, puis s'immobilisa. Il pensa au Christ, à quelqu'un de crucifié. Il perçut sa douleur ; les clous enfoncés dans la chair. Il vit sa mère qui

pleurait à ses pieds, qui suppliait les bour-
reaux qu'on épargne son fils. Mais lui souriait dans son âme et avait déjà pardonné :
« J'irai jusqu'au bout, c'est ainsi... c'est
écrit. » Poisson Chat croisa son regard et
tenta de lui parler. Une prière qu'il n'avait
jamais apprise lui vint aux lèvres. Des mots
qui ne lui appartenaient pas. Une supplication, un appel au secours : « Mon Dieu, ce
que je supporte est trop lourd, je n'ai plus la
force, je n'ai plus rien... dis-moi ce que je
dois faire... je t'écoute, je n'ai plus que toi...
on m'a dit que tu étais le Sauveur... alors,
sauve-moi... »

Poisson Chat fut soulevé du sol. Son corps
s'étira vers la lumière. Une chaleur diffuse
l'envahit, balayant d'un même coup toutes
les ondes négatives qui l'oppressaient ; son
cœur se remit à galoper dans sa poitrine, tandis qu'il se sentait enveloppé, protégé, rassuré... une camisole d'amour le portait. Il
sembla qu'au loin, son chagrin venait de
refermer définitivement la porte. Il était dans
son fauteuil. Quatre personnes l'entouraient :
Papou, la pharmacienne et le jeune couple de
tout à l'heure.

— Vous nous avez fait peur... tenez, buvez
ça !

La jeune femme en blouse blanche lui tendit un verre d'eau fraîche.

— Ça va, monsieur ? Avec ma copine, on
vous a vu par terre, on s'est précipités... hein,
Tatiana ?

Elle lui tenait la main.

– Vous cherchez un taxi, venez, on vous accompagne...

Poisson Chat demanda à Papou combien de temps il était resté dans la pharmacie.

– Deux minutes... je me suis retourné et tu avais disparu... Tu t'es fait mal?

Il lui frottait le crâne à la recherche d'une bosse.

– La station est tout près, ajouta Tatiana. Jérôme, prends son sac...

Ils descendirent le boulevard jusqu'au croisement Bonne-Nouvelle. Tatiana poussait son fauteuil, son jules ouvrait la marche. Poisson Chat se sentait plus léger qu'une plume, plus aérien qu'un tapis volant. Au coin de la rue, Tatiana bascula habilement le fauteuil en arrière, pour descendre le trottoir. La tête de Poisson Chat vint se caler contre ses seins. Elle garda la position le temps que le feu passe au rouge.

– Tu as déjà manœuvré des fauteuils, remarqua Poisson Chat qui profitait des coussins naturels de la jeune femme.

– Mon père a eu un accident quand j'avais huit ans. J'ai l'habitude. Et toi, qu'est-ce qui t'est arrivé?

– Je me suis planté en bagnole, l'année dernière...

– C'est moche..., mais t'inquiète, tu vas guérir... inch Allah!

À leur arrivée devant la borne, un touriste avec une grosse valise les précédait et fit signe au chauffeur du G7 qui lisait son journal.

– T'es prioritaire, dit Tatiana, en accélérant le pas.

– Il fait beau, ça va... je prendrai le prochain.

Le touriste se retourna et, voyant le petit convoi, il posa sa valise par terre, signifiant qu'il cédait son tour. Césaire, l'Antillais, jaillit alors de son tacot :

– Ooh, copain à roulettes, par ici... j'te ramène à la maison ! *Pa ni pwoblèm* !

Jérôme ouvrit la porte arrière et glissa Poisson Chat dans le véhicule.

– Courage mec, et porte-toi bien !

Au moment de lui passer son sac à dos, Tatiana en profita pour poser une moitié de fesse sur la banquette. Elle lui caressa la joue en le fixant de ses yeux noirs. Le patchouli envahissait l'habitacle. Elle vint l'embrasser au coin des lèvres suffisamment longtemps pour qu'il puisse enrouler ses doigts dans une de ses boucles, puis elle le serra dans ses bras. Poisson Chat sentit l'extrême chaleur de sa peau sous le T-shirt et la masse souple de sa poitrine. Comme les seins d'Alizée, autrefois.

– Je sais que tu reviens de loin, lui murmura-t-elle à l'oreille.

– Si c'est pour tomber sur un ange tel que toi, cela valait le voyage...

Elle referma la portière. Les effluves épicés l'accompagnèrent pendant tout le trajet, comme si elle pensait encore à lui et lui à elle. Poisson Chat sortit sa tête par la fenêtre

ouverte. Aujourd'hui, il avait une bonne raison de prier :

– Mon Dieu, envoie-moi un ange...

Il n'avait plus peur. Il n'était plus seul.
Lorsque le bon Dieu sauve quelqu'un, il tient
toujours ses promesses.

69

Tea time

L'heure du thé chez Sylvia. J'attends Manon. Elle s'est acheté une bicyclette. On s'appelle tous les jours. Elle me fait rire. Le jour de son oral d'anglais, elle avait prévu deux tenues : un jean qu'elle portait et une jupe très légère qu'elle avait fourrée dans son sac.

– Si l'examinateur est un mec, hop, je fonce aux toilettes et je me change !

Elle a eu 5. Il était peut-être pédé ? Elle était tellement furieuse que dans la rue, en passant devant un arrêt de bus, elle a soulevé sa jupe : une vieille l'a traitée de petite garce.

– Ça m'a fait du bien... je déteste l'injustice ! Quel con, ce prof !

– Vas-y, Manon, speake-moi angliche !

Je n'ai rien pigé.

– C'est bon, j'ai dit, remets ton jean.

Je lui ai expliqué que l'option « cul » fonctionnait sûrement au lycée français de Rio, mais pas à François-Villon.

– Je ne comprends rien à ton pays, murmura-t-elle, avant de raccrocher le combiné.

Manon se trouvait dans la cabine téléphonique de la Closerie des Lilas. Elle serait là dans trente minutes.

Le salon de Sylvia s'ouvrait sur un petit jardin, limité par un mur couvert de lierre. Derrière, c'était la résidence de l'ambassadeur de Russie. Les volets étaient toujours clos. Elle m'avait installé sous un parasol et allongé les jambes. De mon fauteuil, je comptais les étages de son immeuble et les fenêtres ouvertes à cause de juillet. Au troisième, un bébé pleurait : trop chaud, trop lourd, trop seul. Une goutte se fracassa au sol. Le ciel devenait noir. Deuxième goutte, puis toute la famille. Au loin, derrière Suresnes, un orage grondait.

– Sylvia ? Chérie, il pleut, viens me chercher !

Où était-elle ? Dans la cuisine, dans sa chambre ? J'étais un malade en convalescence, dorloté, choyé, mais il arrivait parfois que l'on m'oublie. Sur le gravier du jardin, mes roues étaient bloquées.

Une porte claqua dans l'entrée.

– Amour, t'es toujours vivant ? Vite !

Elle revenait de la boulangerie avec des viennoiseries :

– À quelle heure arrive Manon ?

– Bientôt... avec la marée... t'as vu ce qui tombe ?

Sylvia éclata de rire en me voyant cerné par la flotte ; elle dégagea mes jambes, puis me poussa à l'intérieur en imitant l'ambulance.

– Zut, on a oublié les magazines !

L'orage survolait Paris. Quelqu'un cria dans le jardin. C'était le livreur de thé : mon cousin, Gilles Brochard. Il essayait depuis des années de me convertir aux feuilles de la sagesse, aux évaporations de l'esprit grâce au miracle de l'eau chaude. Dégoulinant de la tête aux pieds dans son imper vert, il ressemblait à une plante décomposée, une infusion vivante. Il nous avait apporté sa théière en terre de Chine de Yixing, et une boîte remplie de feuilles de wulong, « du thé bleu-vert semi-fermenté », précisa-t-il, en investissant la cuisine et en citant Oscar Wilde : « Je ne suis pas difficile, je me contente du meilleur ! »

J'aimais l'odeur de la pluie, de la terre inondée ; la course des nuages au-dessus des toits et ces ténèbres inattendues qui nous surprenaient en plein après-midi et nous isolaient : un couvre-feu poétique dénué de danger. Sauf pour Manon ; pourvu qu'elle ne se prenne pas de coup de foudre en bicyclette ! Je la voyais pédaler, aveuglée par la flotte, cernée par les voitures ralenties devant les feux de l'hôtel Lutétia. Elle grimpait sur les trottoirs du Bon Marché, prenait la rue du Bac en sens inverse, puis à gauche, rue de l'Université.

Gilles et Sylvia m'avaient porté jusqu'au creux du canapé :

– Servons-nous une tasse, ça va la faire venir...

Avant, j'aurais couru dans la rue à sa rencontre.

Mon petit moineau... à tous les coups il était trempé jusqu'aux os ! Comment s'était-elle habillée aujourd'hui ? Elle si coquette, qui ne supportait qu'un filet de soie ou de coton sur sa peau, préférant attraper froid plutôt que d'enfiler pull, veste, manteau, bonnet. Son dernier grand souci c'était les collants : « Jamais je n'enfilerai mes jambes dans ces machins élastiques ! » Elle n'avait jamais connu d'hiver, jamais vu la neige.

Sylvia leva le doigt en l'air : on a sonné !

– C'est ton élève, fit-elle dans un clin d'œil. Elle alla ouvrir la porte.

– Tu comptes donner des cours ? demanda Gilles, narquois.

– De guitare, de solfège... de loin... mais avec grand plaisir.

– Je comprends, fit-il avec un sourire complice.

Il venait d'apercevoir Manon dans mon dos.

– Poisson Chou, regarde-moi ! Tu as vu l'état de mes fringues ? Je me suis fait saucer, c'est lamentable...

Elle fit le tour du canapé pour m'embrasser : elle était pieds nus.

– J'ai viré mes pompes dans l'entrée...

Sylvia courut lui chercher une serviette-éponge. Manon portait un chemisier et un pantalon en lin blanc. Elle était devenue transparente.

– Heureusement que tu as des sous-vêtements et que le quartier est sûr...

Elle poussa un cri en se découvrant dans la glace et se couvrit la poitrine :

– Tu vois, même quand je m'habille, je suis nue, fit-elle, c'est la faute au Brésil...

– Il ne pleuvait pas au Brésil?

– J'étais tout le temps en maillot!

– Si vous restez comme ça, mon cousin risque de se mettre à marcher, plaisanta Gilles.

Manon fronça les sourcils en décollant son chemisier trempé de son soutien-gorge.

– Je comprends maintenant pourquoi un type me suivait en bagnole...

– C'est pas de sa faute... tu ressembles à une photo de mode : Ralph Lauren, collection Cyclone et Naufrage 1997.

– Ou Zelda, sans Gatsby le Magnifique... qui s'est fait surprendre par une vague devant le Pacifique...

Manon croisa ses pieds sur le tapis du salon pendant que Sylvia lui frottait le dos.

– On se ressemble, non? fit l'Argentine à la Brésilienne.

Elles avaient le teint mat, les yeux noisette. Manon était aussi grande qu'elle, aussi blonde qu'elle était brune : une taille fine, des jambes longues et minces. Sylvia avait de gros seins lourds et fermes; ceux de Manon étaient plus hauts, plus ronds, plus insolents.

– Manouchka, je lui dis, tu fais toujours les choses dans le désordre! Quand tu sors, tu dois d'abord prendre une douche et ensuite tu t'habilles... pas le contraire...

Sylvia lui prit la main.

– Viens, je vais te prêter de quoi te changer...

Les deux femmes s'éclipsèrent.

Gilles me servit le thé dans un verre : à l'orientale. Il trouvait que j'avais progressé.

– Tu bouges mieux tes mains, non ?

Je lui fis un cours sur l'effet ténodèse : lorsque l'on redresse le poignet, la main se cambre et crée une prise entre le pouce et l'index, grâce auxquels laquelle on peut tenir un CD, une feuille de papier, un stylo, une petite cuillère ou une coupe de champagne. Avec de l'exercice, on renforce la musculature du poignet et on peut s'en servir pour crocheter, dézipper et pousser sur ses roues.

– Tu peux faire jouir une femme ?

Gilles m'imitait en relâchant puis en armant le poignet.

– Oui, avec un *thumb-index-fucking*...

Je tendis le bras dans un va-et-vient d'une pénétration imaginaire.

– Tu vas développer une nouvelle sexualité... travailler du ciboulot, c'est passionnant ! Tous les garçons sont obsédés par leur queue ; dès qu'ils se mettent à bander, ils veulent fourrer et balancer le spermato ! Toi, tu vas prendre ton temps... le temps de l'amour, le temps des femmes...

– Vu sous cet angle, c'est assez réconfortant.

– Ah oui, où est le problème ? Tu peux aimer, donner du plaisir, sans forcément utiliser ton sexe, non ?

– Génial, je vais devenir lesbienne.

Il y avait tant de pistes à explorer.

– À propos des filles, où sont les nôtres ?

Gilles partit vers la salle de bains ; je l'entendis pousser un cri et réprimer un fou rire. J'étais immobilisé sur mon canapé, cherchant à saisir le cadre de mon chariot. Trop loin ! Première leçon, Poisson Chat : ne jamais te séparer de ton fauteuil ! Ton fauteuil, ce sont tes jambes, ne l'oublie pas ! Mon regard balaya le salon, le vestibule en plan giratoire. Une caméra fixée sur un trépied.

– Ohé, y a quelqu'un ?

Gilles revint avec un air mystérieux et glissa un CD dans la chaîne. On entendit un gong japonais, mon cousin s'inclina :

– Merry Christmas, Mister Lawrence !

Sur les arpèges de Ryuichi Sakamoto, Manon et Sylvia rentrèrent de chaque côté du salon, déguisées en geisha. Elles s'étaient arrangé les cheveux en chignon, transpercé de grosses aiguilles. Sous leur kimono serré à la taille, elles avaient chaussé des sandales à semelles de bois qui faisaient « gnap gnap » sur le parquet. Divines, elles étaient ! Manon, radieuse, salua, joignit les mains, puis esquissa une chorégraphie sino-japo-hindou-arabo-techno dance, en cassant ses hanches et pliant son corps avec une souplesse de bambou. Je compris à quel point danser était vital pour elle. Le geste naturel, expressif, instinctif aussi bien dans le tempo que dans l'espace, Manon flottait, se cabrait, jouait des mains sur son corps comme deux libellules fantasques, curieuses et indépendantes. Son kimono se tendait, s'ouvrait, épousant ses formes et surtout ses deux fesses, haut perchées, aussi rondes que deux pommes.

Le soir, nous avions dîné aux bougies. Plus tard, Gilles avait raccompagné Manon ; elle m'avait confié sa bicyclette. Sylvia m'avait prêté sa chambre et dormait dans le salon. Papou était venu me mettre au lit, m'aider à ma toilette et à me déshabiller. Cela nous prenait un temps fou. Le plus fastidieux étant la douche. Nous utilisions une chaise de jardin en plastique, placée sous le jet d'eau avec une bouée ergonomique afin de protéger mes fesses. Sylvia nous aida pour le transfert des fauteuils. Sur un cintre de la salle de bains, les affaires de Manon séchaient : « taille 36 » sur l'étiquette de son pantalon. Elle était là, invisible, dans son uniforme blanc chiffonné. Je l'imaginais dormant sur le ventre, son pouce dans la bouche, ses cheveux blonds défaits, sa chemise de nuit retroussée à la taille.

Mon corps se détendait sous l'eau brûlante. C'était le seul moyen d'apaiser mes douleurs musculaires et neurologiques de plus en plus fréquentes. Mon temps de sommeil s'allongeait. Je priais toujours avant de m'endormir. Je réveillais mes morts afin qu'ils intercèdent pour ma guérison. Manon m'avait conseillé la protection de saint Antoine et m'avait fait répéter après elle : « Ô, glorieux saint Antoine, lumière des Saintes Écritures, fidèle serviteur de Marie et ami tout-puissant de Jésus, je viens te supplier d'écouter mon ardente prière afin que tu éclaires mon esprit et que tu m'aides à retrouver... – on avait fait l'inventaire ensemble – mes jambes, mes mains, mon dos, mon ventre, mon souffle et ma voix... fais que je déjoue les ruses et les pièges de Satan qu'il me tend pour me perdre et pour m'affliger, que ton auguste lumière guide mes pas dans la plus grande gloire de Dieu, pour le temps et pour l'éternité, je te rends grâces... »

C'était bon d'avoir la ligne directe avec le Ciel.

70

Manon

Le lendemain, Sylvia m'avait réveillé de bonne heure; pendant que Papou m'habillait, elle préparait le café et les toasts. Gilles et Manon étaient passés nous chercher vers 10 heures pour aller à l'église de Saint-Pierre-du-Gros-Caillou. L'office était célébré à 11 heures. Le ciel était splendide, un bleu turquoise immaculé tombait sur les ardoises des toits chauffés par un soleil de plomb. Manon portait une robe courte en dentelle blanche sur une combinette de soie afin de masquer les transparences des motifs. Un ruban assorti maintenait ses longues boucles d'or tressées en nattes qui flottaient sur ses épaules dénudées. Gilles poussa mon fauteuil jusqu'au premier rang. Manon me fit un clin d'œil. Une statue nous dévisageait à gauche de l'autel : saint Antoine. Elle alla allumer un cierge, puis s'agenouilla sur le prie-Dieu. Je contemplais sa nuque, son dos, le creux de ses omoplates, la finesse de ses poignets qu'elle tenait serrés contre son visage. Un rai de soleil perçait le vitrail et tatouait sa robe de taches multicolores, impressionnistes. Un halo de lumière semblait l'isoler du reste des fidèles qui se pressaient autour de la nef centrale. Elle revint s'asseoir près de moi; l'orgue annonça le début de l'office.

Avant la communion, au moment du sacrement de réconciliation, elle glissa sa main dans la mienne. Lorsque je sentis ses doigts chauds se croiser avec les miens, je fus submergé de reconnaissance envers celle ou celui qui, là-haut, arrosait mon âme de tant d'attentions. C'était comme si je m'éveillais au bout d'une nuit vertigineuse. Je savais, dès lors, que Manon n'était pas le fruit du hasard; ni un fruit défendu, même si je m'interdisais d'anticiper en cet instant crucial sur notre avenir. Pourquoi? Je n'en savais rien. Il suffisait que je pose mes yeux sur elle pour réaliser à quel point elle était heureuse et affectueuse. Nous étions faits du même jus. Nous aimions le soleil, la mer, la chaleur, la musique et la danse. L'exil aussi, et la perte de ce qui nous était le plus cher. Privée des beautés bossano-viennes de son pays d'enfance, elle avait trouvé une épaule pour la faire rire et chanter, moi qui pensais n'être plus qu'une vieille mandoline désaccordée. Nos malheurs se désintégraient, dès que l'un portait un regard sur l'autre.

Je reprenais mon souffle; mon imagination cavalait, mais c'était bien la moindre des choses depuis la perte de mes sens. Je ne rêvais pas... « elle me tenait la main ; elle me tenait la main... », je me répétais cette phrase comme les paroles d'une chanson qu'on a peur d'oublier.

Après le déjeuner dans le jardin de Sylvia, Gilles les avait emmenées se promener au jardin du Luxembourg ; il faisait trop chaud, j'avais opté pour une sieste. Sylvia avait tiré les rideaux de sa chambre. Je ne les avais pas entendues rentrer. Ce fut une musique qui me fit dresser l'oreille. *Agua de Beber* : une guitare, des percussions et une voix chaude, celle d'Astrud Gilberto, la diva de la bossa. J'entendis Manon qui chantait en déambulant dans le salon ; une sauvageonne aux pieds nus. Sans la voir, je devinais qu'elle dansait sur le parquet, sautait sur le canapé, puis se tenait en équilibre sur le petit banc en chêne. Le chaton ronronnait en brésilien, mais, à trop jouer les équilibristes, il rata une marche :

– Zut ! fit la demoiselle, je me suis niqué le genou... aïe, aïe, aïe... Poisson Chat, j'ai mal !

Elle bondit sur mon lit en éclatant de rire.

– Le gros bébé a bien dormi ?

– Continue la chansonnette, Manouchka, j'adore... mais si tu te casses la gueule, fais-le en rythme... et en silence...

– Attends, je reviens... j'vais te faire écouter un truc... De loin, elle joua à la devinette : c'est qui, c'est quoi, c'est quand ?

– C'est quelqu'un qui parle trop, j'ai dit, viens là Manon, et tais-toi...

Elle s'assit en tailleur sur le drap. La musique envahissait de nouveau le salon.

– Alors ? me demanda-t-elle, et ses yeux brillaient dans le noir.

– C'est vieux, chérie... mais c'est beau... *Manha de Carnaval*, de Luiz Bonfa, du film *Orfeu negro*.

– Bravo, mon ang..., sa voix s'étouffa.

Manon porta sa main à sa gorge, s'allongea à côté de moi et se blottit au creux de mon épaule. Je caressais ses cheveux, son front, sa joue. Elle baisa ma main, puis la serra contre sa poitrine :

– Je suis bien avec toi... je suis bien...

Nous nous regardions dans l'obscurité de la chambre ; nos visages se rapprochaient. Quelque chose me brûlait le ventre. Elle rapprocha ses lèvres des miennes et, après les avoir frôlées, elle me donna sa langue dans un baiser passionné, intense. Un petit serpent rose, humide qui me dévorait et me coupait le souffle. Une bretelle de sa robe glissa ; je fis mine de la remettre mais elle repoussa ma main avec une mimique.

Manon s'allongea sur moi, aussi légère qu'une plume ; ses jambes s'enroulèrent autour des miennes. Je sentis sa bouche se coller contre mon cou, puis sa langue venir me mouiller le contour de l'oreille. Mes bras serraient sa taille, caressant ses hanches pour remonter jusqu'à la naissance de ses épaules, dorées par le soleil. Manon se débarrassa de la seconde bretelle, sa robe glissa à sa taille. Quel étourdissement en découvrant ses seins ! Moi qui les imaginais moins volumineux que deux poires sauvages, proportionnés à l'architecture fragile et mince de son buste. Ah, Poisson Chat avait perdu son œil de *talent-scout*! Manon fit sauter le clip de son soutien-gorge, libérant une poitrine lourde, pleine, et dont la blancheur accentuait la masse voluptueuse. De sa chair émanait un parfum d'amande douce. Elle posa un sein sur ma bouche. Je gobai son téton entre mes quenottes, puis passai à l'autre. Ils étaient durs, d'une taille inhabituelle. Deux petits appendices en érection qui gonflaient lorsque je les aspirais, les titillais, les mordillais, déclenchant des spasmes qui faisaient tressauter son torse et lui arrachaient des gémissements. Une cascade de cheveux blonds me fouettait la figure et les épaules. Je posai ma main sur son front, non pas pour lui imposer une pause, ni pour la faire revenir à elle, juste pour lui signifier que je contrôlais la situation.

Manon se cambra et se hissa vers mon visage pour que je lui embrasse le ventre aussi tendu qu'un tambour. Accroupie au-dessus de mes épaules, ses cuisses me prenaient en tenaille. Elle donna du rythme à ses hanches, et je compris où elle voulait m'emmener. Je passais mes mains sur ses fesses, en suivant leurs courbes sous la culotte : un triangle de coton blanc dont elle écarta l'élastique pour me coller son sexe sur la bouche et, lorsqu'elle sentit ma langue la pénétrer, elle fit une ruade, recula... mais revint aussitôt, avec plus de force. Étrange et sulfureux rodéo. La tête prisonnière entre ses cuisses, je pensais à mes cervicales malmenées.

Elle caracolait plus fort maintenant et son plaisir mouillait tout le bas de mon visage. Les ombres de la chambre jouaient sur son visage, sur le haut de son corps, dévoilant une adolescente qui ne l'était plus : Manon-tigresse, Manon-métisse, Manon-impudique, Manon-amante, Manon-femme. Sans s'en rendre compte, elle parlait entre ses plaintes – des « ouiii », des « noon », des « ahh », et un surprenant « ... c'est bon, my love... c'est trop bon... prends-la ma chatte, prends-la... » – et ses cris modulaient quand son corps éprouvait une sensation nouvelle. Elle luttait aussi contre elle-même, secouant la tête comme si elle avait honte de ce qu'elle faisait ; je me disais qu'elle éprouvait une gêne à se retrouver sur moi et à me chevaucher le museau pour prendre sa jouissance. Je me disais aussi que cette expérience était nouvelle, fulgurante, vu qu'elle partait comme un bolide, de toute la vigueur de sa jeunesse. Elle devait y penser depuis quelque temps. Elle n'avait rien à craindre de moi. Et si j'étais son premier ? Peut-être que non ? Les choses n'étaient-elles pas beaucoup plus simples ? Enfin, Poisson Chat, tu débloques ?

Peut-être, étais-je le seul à me tordre l'esprit et à me poser des questions inutiles ? Peut-être aussi que j'avais peur qu'elle ôte sa culotte et décide de me faire l'amour ? Et si elle était vierge ? Si elle ne l'était plus ? Tout allait si vite. J'avais envie et j'avais peur. Elle était à moitié nue et moi, en pantalon et en T-shirt. Ça chauffait sous l'étoffe mais il n'y avait qu'elle pour me virer ce foutu jean !

La musique s'était arrêtée. Manon était en nage, les cheveux en pagaille. Assise sur mon ventre, la taille encerclée par sa robe chiffonnée, elle avait une expression d'extase et de souffrance ; une enfant qui émerge après une semaine de fièvre et d'alitement. Elle se releva, se frotta les yeux, puis étira son dos vers l'arrière :

– Ooh, bébé, soupira-t-elle, ça va trop vite... trop fort...

Ouais, là, j'étais d'accord ! Je tendis ma main vers sa bouche ; elle avala mon pouce et joua avec, en le faisant descendre et remonter sur ses lèvres.

– T'as vu l'état de ma robe, soupira-t-elle, je crois que je devrais l'enlever... Ooh, y a plus de musique ? Tu permets...

Elle se leva sur le lit, la robe tomba toute seule ; elle la récupéra avec la pointe de son pied et l'envoya valser au bout de la pièce. Elle fit deux bonds sur le matelas, trois sur la moquette et son petit cul disparut au salon.

Tiens, mais où était Sylvia ? Sûrement avec Gilles.

Manon s'encadra dans la porte, en ombre chinoise, au moment où *Corcovado* jouait sur la platine CD. Elle avait le sens de la pause, debout, dans sa petite culotte blanche.

– Hé, pistolet... ça te ferait plaisir que l'on parte en voyage... très loin...

– Très loin, c'est où ?

– Où tu voudras, Manouchka... c'est toi qui choisis...

– Au mois d'août ?

– Euh, non... j'ai une copine vachement sympa qui m'emmène au Brésil...

Manon sursauta, saisit un polochon et commença à m'étouffer :

– Salaud, j'te défends d'y aller sans moi ! C'est mon pays, là-bas...

Une furie : elle me tordit le nez, les oreilles, tira sur mes cheveux :

– Répète après moi, sinon gare ! « Pas-de-Brésil-sans-Manon-pas-de-Brésil-sans-Manon... OK ? Va-z-y, à toi ! »

Le petit démon maintenait ma tête sous l'oreiller.

– « Paribozilmonzamano ! », promis mon cœur, promis !

Rassurée, Manon s'allongea sur le côté afin de coller son dos contre moi. Je l'enveloppai au creux de mes bras et soufflai une brise chaude dans sa nuque ; elle frissonna :

– Encore un câlin et je vais devoir rentrer... mais j'ai pas envie...

On sonna à la porte ; Sylvia nous prévenait de son arrivée. Zut, elle était là trop tôt !

71

Deo gratias

Manon a réponse à tout. La dernière fois, elle est venue dormir à la maison. Nous avons dîné et puis elle s'est mise dans mon lit. Elle a joué pendant une demi-heure avec le zappeur de la télé puis j'ai entendu de la musique. Un mix de jungle, drum et bass, hurla Manon. C'était l'heure de sa gymnastique et de ses vocalises. Je terminai les textes de mon émission radio qui avait lieu le lendemain. Je tapais sur le clavier de mon ordinateur en utilisant un doigt (avant, c'étaient les deux), puis j'envoyais l'impression : sept feuillets pour un show radio d'une heure. Papou me fit couler un bain. En passant devant ma chambre transformée en discothèque, j'observais Manon, debout sur le matelas en plein exercice rythmique : poirier, équilibre sur les mains, abdos, étirements, grand écart; elle était dans son monde, dans sa musique, dans ses rêves.

Je barbotais dans l'eau chaude et Manon passa sa tête dans l'entrebâillement de la porte :

– Je peux venir prendre un bain avec toi ?
Attends, je vais chercher les bougies et la
musique...

Elle avait refermé la porte, éteint la lumière,
ôté son T-shirt et sa culotte, puis s'était assise
en face de moi, en croisant nos jambes. La
vapeur de l'eau chaude, les ombres jaunes des
bougies sur les murs carrelés, Youssou N'dour
dans la Music Box, Manon qui se faisait
un shampoing... je rêvais... cet accident n'avait
jamais existé...

– Tu trouves pas qu'on fait vieux couple ?
me demanda-t-elle en se rinçant les cheveux.

– Toi, tu es vieille... moi, je viens juste de
commencer... apprendre à marcher, à manger
tout seul, à m'habiller, à travailler...

– Un gros bébé de soixante kilos, voilà ce
que t'es ! Tu veux que je te savonne ?

Manon passa dans mon dos, glissa ses
jambes autour de ma taille et me massa la
nuque et les épaules. Elle détailla longuement
l'estafilade de douze centimètres qui séparait
ma nuque en deux. Un trait fin qui suivait les
cervicales. C'est par là que ma vie d'avant
s'était enfuie. Si jamais la science trouvait le
moyen de guérir ma moelle épinière, le chirurgien rouvrirait la plaie : à découper selon le
pointillé. En écartant les chairs, il injecterait
un produit miracle dans le canal médullaire,
réveillant un homme nouveau.

J'avais dit à Manon, la première fois que
nous avions fait l'amour ensemble, que j'étais
désolé de ne pouvoir lui offrir mon corps
« d'avant » ; elle m'avait engueulé :

– J'en ai rien à foutre de ton corps « d'avant », Poisson Chou ! Je t'aime tel que tu es... si tu m'avais rencontrée avant, tu m'aurais baisée comme toutes les autres et puis tu m'aurais laissée tomber... je te connais par cœur !

Maintenant que je fréquentais des prêtres et que je m'efforçais de revenir dans la foi chrétienne, mes vieux démons me tarabustaient. Ma relation avec Manon me perturbait. Jamais très longtemps. De mes complexes judéo-chrétiens, elle se moquait éperdument. Ses parents lui laissaient une totale liberté. Son père l'avait accompagnée un jour sur sa bicyclette. On avait pris un thé, Manon appelait son père par son prénom –, et au moment du départ elle lui avait dit : « Je reste dormir, il y a un canapé-lit dans le salon, embrasse maman, je rentrerai demain... » Il avait souri et m'avait demandé si cela ne me dérangeait pas. J'avais été franc : « Votre fille, c'est mon soleil... mon porte-bonheur... et en plus, elle fait très bien les pâtes ! »

– Tu vois, avait renchéri la demoiselle, aucun homme ne peut se passer de moi, alors tu vas apprendre à partager !

Il l'avait traitée de demonia et, avant de nous quitter, m'avait suggéré de l'enfermer dans le congélateur au cas où elle deviendrait insupportable.

Le soir, après avoir pris sa douche, elle m'avait rejoint sous ma couette en murmurant : « Quelle journée, je suis épuisée... allez, dodo ! » Elle m'avait caressé, embrassé, vérifié que j'étais bien dur, puis s'était embrochée très doucement sur mon sexe. J'aimais son plaisir; le mien était trop loin, même si l'excitation cérébrale comblait le manque. Il y avait toujours sa tendresse pour me rattraper, et le vertige de ses seins qu'elle m'offrait en tétée pour me consoler. J'avais donc tout le temps de m'occuper d'elle et, malgré mes innombrables expériences amoureuses, je réalisais qu'en matière d'orgasmes féminins j'avais de grosses lacunes. Jadis, j'étais un mâle égoïste. Pauvre de moi, petite queue gonflée d'orgueil et de prétention.

Avec Manon, je redécouvrais l'amour, les femmes, les baisers, la patience, le langage. (Allez, me disait-elle, raconte-moi une histoire!) J'appris à déchiffrer sur sa peau les innombrables zones érogènes camouflées derrière une oreille, un coude, un orteil, un doigt, un cheveu, un poil, une canine. Le minou de Manouchka était la huitième merveille du monde, mais aussi capricieux et exigeant qu'une pelouse anglaise. Son entretien était faramineux. J'y passais des nuits. Nous commencions l'amour tard, et de glissades en embrassades, de suçotements en dévorements, de pénétrations en vacuités stratégiques, de fessées en effleurements, de silences pudiques en paroles crues, de conversations anodines en contes érotiques, nous regardions le réveil : 5 heures du mat'! Mon sommeil étant difficile et agité, je renvoyais ma blondinette dans ses pénates – le canapé-lit du salon –, elle protestait au pied de mon lit en se frottant les paupières (Tu vois, Poisson Chou, tu me prends et tu me jettes!) et, comme elle enfilait sa nuisette, ses fesses à portée de mes mains, je l'attrapais entre ses cuisses et, remontant vers son ventre, je la basculais vers ma bouche, avide de sa peau, de son triangle doré et de ses amertumes chaudes et froissées. Elle se laissait envahir par ma langue, par mes doigts, se chopait un nouvel orgasme avant de traverser la chambre en titubant, le cul à l'air puisque sa nuisette « Petit Bateau-14 ans » ne la couvrait que jusqu'à la taille. Elle avait grandi trop vite quand, moi, j'avais raccourci trop tôt.

N'empêche... à revenir dans les églises, je me posais des questions. Je me confessais. Le péché de chair est-t-il vraiment un péché? Devais-je y renoncer? C'est un prix trop lourd à payer lorsque l'on se retrouve tétraplégique, non? Le bon Dieu comprend, le bon Dieu pardonne...

Frère Samuel, le prieur de Sainte-Cécile, était devenu mon ami. Un jour que je l'avais invité à déjeuner, il me proposa de célébrer la messe. Dans mon salon. Entre les nus d'Aslan, les pin-up d'Elvgreen, mes guitares électriques, les tirages limités de Jean-Loup Sieff, la Casta en Victoria's Secrets et les photos de mes ex en maillot de bain. À deux mètres de l'autel, dressé sur une table de bridge, juste derrière le mur, il y avait dans la table de nuit deux polaroïd : Manon nue sur le canapé en train de lire *Bibi Fricotin* et Manon face au miroir de la penderie, en minishort et bustier, le corps étiré de la danseuse, dressée sur la pointe des pieds, le bras levé en demi-cercle.

Après avoir communié, Frère Samuel s'assit à côté de moi, sa tête penchée sur mon épaule. Je lui ouvris mon cœur :

– Tu vois Sam, ça fait trois mois que je suis installé ici... ç'a été assez dur de repartir dans une vie qui me semblait sans intérêt, sauf les petits moments de plaisirs volés, mais tout me paraissait dérisoire face à l'échec colossal de mes projets... notre religion dit qu'il y a une vie après la mort... moi, je me suis rendu compte qu'il existait une mort pendant la vie... et puis, avant l'été, un copain m'a présenté sa nièce pour que je lui donne des cours de musique... cette fille, Manon... a déboulé, j'ai vu son sourire, sa beauté... une source, un amour incroyable... alors...

– Tu as compris que tu n'étais plus seul... que quelqu'un veillait sur toi...

Sam m'avait pris la main entre les siennes ; un sourire fraternel éclairait son visage ; je voulus poursuivre, développer, avouer... Il me cloua le bec :

– C'est une grâce, mon ami, c'est une grâce ! Prions ensemble et allons déjeuner, je meurs de faim !

72

Vivant

Après les vacances, Manon s'était éloignée ; elle avait un nouvel amoureux. Elle me l'avait annoncé en se glissant sous mes draps, un soir de septembre où je ne l'attendais plus. Elle avait frappé au carreau un petit tempo de connivence : un 2/4 de samba. Lorsque j'ai senti une pluie chaude au creux de mon épaule (elle pleurait et me demandait « pardon »... mais pardon de quoi ?), son corps tremblant contre le mien, j'ai réalisé combien elle me manquerait et qu'il me serait difficile, sinon impossible, de retomber amoureux sans la crainte d'être à nouveau délaissé et de souffrir encore.

À la fin de la nuit, elle enfouirait dans son sac tous les trésors qu'elle avait déposés au fond de mes tiroirs, dans l'armoire de la salle de bains, sur mon bureau, dans la cuisine. Ses photos, ses livres, ses CD, ses affaires de toilette, sa lingerie qu'elle faisait sécher sur le radiateur et qui me parlait d'elle quand elle ne faisait pas l'école buissonnière. Il me semblait qu'avec son absence ma vie ne se composerait plus que de départs, d'abandons impromptus, de solitude aménagée.

C'était tout Manon, ça... elle sanglotait en m'annonçant qu'elle me quittait mais me suppliait de ne jamais l'abandonner et de lui laisser *ad vitam æternam*, ma porte ouverte. Et mon cœur, alors? Et mon corps? Pourtant, j'étais déjà de l'autre côté de la montagne; le versant des ruptures ne se termine pas forcément dans les ravins. Elle m'avait aimé d'un amour de diamant; pur, lumineux, intransigeant, limpide, précieux.

Que pesait la douleur lancinante des adieux face aux semaines radieuses que nous avions passées ensemble? Devais-je me lamenter de ce qu'elle me reprenait ou me réjouir de ses dons merveilleux qui m'avaient enrichi aussi longtemps qu'elle m'avait aimé? J'aimais Manon, et sa démission, si cruelle soit-elle, ne changerait rien à mes sentiments; au contraire, elle pouvait compter sur mon affection à perpétuité. Les temps qui l'attendaient seraient sûrement plus mouvementés, plus risqués que les miens. Un grand frère aimant-amant, vigilant et complice, ne serait pas de trop pour souffler sur sa voile et la voir repartir au grand large en attendant son retour, vaillante ou déboussolée, confiante ou inquiète. C'était cette promesse que je lui confiai en la berçant dans mes bras et en séchant ses larmes.

Elle se serrait davantage contre moi et avait glissé une jambe entre les miennes. Ses boucles blondes couvraient ma poitrine glabre : adolescent, je rêvais d'une toison sur le torse pour m'affirmer devant les filles; j'avais même acheté des crèmes pour développer mon système pileux... que dalle! Je restais poilu comme un lavabo. Pourtant ce casque d'or, ce champ de blé qui reposait sur moi, c'était, grâce à Manon, ma virilité retrouvée. Je n'avais pas un poil sur le plexus mais j'avais sur mon cœur la plus jolie jeune femme de l'Hexagone, de l'Europe, de la planète, de l'Univers : l'amour tient parfois à un cheveu !

– Tiens, il n'y a pas de musique, s'étonna-t-elle.

C'est vrai. Pendant trois mois, nous avions vécu de bossa nova et d'eau fraîche. Aujourd'hui, les noires, les blanches et les croches nous boudaient. Le silence. C'est ce qu'il y avait de mieux pour se dire adieu. Sans avoir besoin de hausser la voix, sans fausses notes, sans en rajouter... juste le bruit du vent dans les volets. Une fin naturelle. Sans mise en scène. Je t'aime.

Même lorsque tu auras refermé derrière toi doucement la porte, en serrant au fond de ta poche ce double des clefs que tu ne me rendras jamais.

T'ai-je rendu mon cœur ?

Alors, Manon, garde-le au chaud... et reviens quand tu veux...

Même sans me prévenir.

Même sans m'aimer.

Il n'y a que la mort qui arrive à l'improviste. Et aujourd'hui, je suis vivant.

Table

Derniers mots

Jean-Dominique
Bauby
**Le scaphandre
et le papillon**

(Pocket n° 10372)

Le 8 décembre 1995, un accident cérébro-vasculaire plonge Jean-Dominique Bauby dans le coma. Il est entièrement paralysé, à l'exception de la paupière gauche. C'est avec ses battements de cils, déchiffrés un à un par sa confidente, qu'il fournit un dernier effort. À jamais muet, statufié, il jette toute sa vie dans un carnet de voyage immobile ; un adieu à la vie, dont les images dansent devant lui. Puisqu'il faut mourir bientôt, autant le faire sans peur, affronter la mort de face et se souvenir.

Il y a toujours un Pocket à découvrir

Impression réalisée sur Presse Offset par

BRODARD & TAUPIN

GROUPE CPI

16470 – La Flèche (Sarthe), le 31-12-2002
Dépôt légal : janvier 2003

POCKET – 12, avenue d'Italie - 75627 Paris cedex 13
Tél. : 01.44.16.05.00

Imprimé en France